KB248144

던전에서 만남을 추구하면 안 되는 걸까 20
특장판 소책자

CONTENTS

✦✦✦

✦✦✦

Character
Status

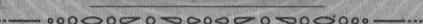

캐릭터 스테이터스

벨 크라넬

소속
헤스티아 파밀리아

종족
휴먼

직업
모험자

도달 계층
제37계층

무기
《헤스티아 나이프》 《하쿠겐》 《골라이아스 머플러》

소지금
2,750,400발리스

스테이터스			
Lv.5			
힘	F319	내구	E447
기교	F363	민첩	E459
마력	H117	행운	F
내성	G	도주	G
속공	I		

마법	【파이어볼트】
스킬	【리아리스 프레제】 【아르고노트】 【옥스 슬레이어】 【바나디스 테베레】

4

니이나 튤

소속	종족
학구(발두르 클래스)	하프엘프

직업	도달 계층
학생, 힐러	제29계층

무기
기구무장《언미스틸의 지팡이》
학구제 양산마검《매직브링어 Mk.4 열풍》

소지금
450,000라그나(150,000발리스 환산) ※고향에 매달 송금 중.

스테이터스				마법	【마기아 크리스】
	힘	I 32	내구	I 36	
Lv.2	기교	I 91	민첩	I 81	

스테이터스					
힘	I 32	내구	I 36	마법	【마기아 크리스】【라그리엘 크리스하임】
기교	I 91	민첩	I 81	스킬	【페어리 크레이들】【알브 미니스텔】
마력	G212	마도	I		

크리스티아 엘비아

소속	종족
학구(발두르 클래스)	파룸

직업	도달 계층
학생	제25계층

무기
《게슈의 검》

소지금
210,000라그나(70,000발리스 환산)
※마음에 든 것은 잽싸게 사버리는 주의.

스테이터스					
힘	I 77	내구	I 17	마법	【알스 알스터】
기교	H177	민첩	I 97	스킬	【노블 페이지】【나이트 플랜】【나이트 스콜란】
마력	I 37	내성	I		

5

이글린 마즈

소속	종족
학구(발두르 클래스)	드워프

직업	도달 계층
학생, 스미스	제25계층

무기
《시험작 이형살 마즈 봄버》

소지금
5,997,000라그나(1,999,000발리스 환산) ※장래를 위해 저금 중

스테이터스					마법	없음
Lv.2	힘	G233	내구	H130		
	기교	I 87	민첩	I 22	스킬	【드베르그 함마니우스】
	마력	I 0	스미스	I		

레기 기기

소속	종족
학구(발두르 클래스)	엘프(다크엘프)

직업	도달 계층
학생, 수습 암살자	제25계층

무기
《월아의 단쌍》

소지금
2,100,000라그나(700,000발리스 환산) ※자급자족이 새겨져 있어서 물욕은 낮은 편.

스테이터스					마법	【다크 마인】
Lv.2	힘	I 49	내구	I 6		
	기교	F303	민첩	H144	스킬	【페어리 자르니】
	마력	I 79	내성	I		【자르니크】

GUEST ILLUSTRATIONS

니리츠

◆ 니리츠

『던전에서 만남을 추구하면 안 되는 걸까 파밀리아 크로니클』 시리즈를 비롯해, 던전만남 외전의 일러스트레이터로 다수 참가. 『처형소녀의 살아가는 길』(GA 문고 / 사토 마스미 저) 외 대표작 다수.

COMMENTS

처음에는 명령으로 서로 안고 있는 정도의 지정이었는데, 좀 더 드라마틱한 느낌도 필요하겠다 싶어 자빠뜨려버린 듯한 버전도 러프로 제출했더니, 이쪽이 선택되었습니다. 헤이즈와 회른, 각각의 성격을 생각해가며 평소에 하지 않을 것 같은 특별한 느낌이 나왔다면 좋겠네요.

© nilitsu

야마치 타이세이

◆ 야마치 타이세어

코미컬라이즈 작품 『던전에서 만남을 추구하면 안 되는 걸까 II(스퀘어에닉스 간행)』 담당.

::::::: **COMMENTS** :::::::

『던전만남』 20권 발매 축하합니다!
『풍요의 여주인』 제복이 귀여워서 축하의 의미로 헤스티아 님에게
입혔습니다!
벨 군 일행의 이야기를 앞으로도 응원하겠습니다!

30
volumes

© Taisei Yamachi

야기 타카시

◆ 야기 타카시

코미컬라이즈 작품 『던전에서 만남을 추구하면 안 되는 걸까 외전 소드 오라토리아 스퀘어 에닉스 간행』 담당.

▒ COMMENTS ▒

20권 축하합니다!!
그 귀여웠던 벨 군도 이젠 아주 댜부지게 성장해버렸고.
사실은 그 인상이 만화의 모습에도 영향을 미치고 있답니다.
초기의 벨(코미컬라이즈 11권쯤까지)은 아이즈가 앞에 있으면 위축되어버리는 모습이었고.
한 꺼풀 벗은 벨(코미컬라이즈 23권부터는 특히)은 확실하게 등을 펴고 아이즈와 마주할 수 있죠. 자연스럽게 그렇게 그리고 있었습니다. 앞으로 벨이 어떤 모습을 보여줄지 독자로서 창작자로서 기대하고 있습니다!

© Takashi Yagi

모모야마 히나세

◆ 모모야마 히나세

코미컬라이즈 작품 『던전에서 만남을 추구하면 안 되는 걸까 파밀리아 크로니클 episode 프레이야(스퀘어에닉스 간행)』 담당.

COMMENTS

던전만남 시리즈 20권대 도달 진심으로 축하드립니다!
그리고 여기에 오기까지 매권 뜨겁고도 밀도 높고 멋진 이야기를 보여주셔서 감사합니다!
앞으로 벨 군 일행이 자아내는 영웅의 궤적도 기대할게요!

후쿠키츠네

◆ 후쿠키츠네

『추방왕자의 암약무쌍 ~마경에 버려진 왕자는 영웅왕들의 힘을 물려받아 최강이 된다 ~(GA 문고 / 니시지마 후미카루 저)』 외, 대표작 다수.

COMMENTS

20권 발매 축하드립니다!! 제가 처음으로 샀던 피규어가 헤스티아 님이라….
축하 일러스트를 그리게 되어 너무 기뻐요!
앞으로도 응원하겠습니다~!

© FUKUKITSUNE

쿠로데코

◆ 쿠로데코

『'추방촌' 영주의 오버빌드 ~추방자투성이 변경 마을이 이윽고 세계에 패권을 부르짖는다고 합니다~(GA 노벨 / 저: 후쿠야마 마츠에)』외, 대표작 다수.

COMMENTS

20권 축하합니다!! 왜 제가 이 자리에 있는지 너무 황송하지만 축하 일러스트를 그리게 되어 엄청 기뻐요!! 앞으로도 모두의 모험이 너무 기대됩니다!!

© kurodeko

『풍요의 여주인』은 이른 아침부터 움직인다.

"……뭐— 일찍 일어나는 것 자체는~ 이미 폴크방에서 익숙해졌지만요—…… 흐아아암."

새벽의 기척은 아직도 먼 시간대에, 헤이즈는 반짝 눈을 떴다.

주점의 별채에 존재하는 목조 방. 그곳은 과거에 어떤 요정이 사용하던 개인실이었다. 그녀가 어떤 파벌로 소속을 옮기고 이사해 방이 비었기 때문에, 지금은 헤이즈 **일행**이 고맙게 『2인실』로 이용하고 있다.

"고맙게~라기보다는, 억지로~…… 그것도 떠넘겼다~……고 하는 편이 맞겠지만요오~."

잠이 덜 깬 눈으로, 아직도 잠꼬대 같은 소리를 음냐음냐 중얼거리며, 돌아누워 자고 싶다는 충동과 씨름했다.

『파벌대전』의 패배를 받아들여, 표면적으로는 해체된 【프레이야 파밀리아】는 멤버 대부분이——특히 헤이즈를 비롯한 『안드흐림니르』나 여성 단원이——『풍요의 여주인』에 몸을 의탁하게 되었다. 주점 주인이자 과거 【프레이야 파밀리아】의 단장이었던 미아의 손에 의해, 패배의 페널티라는 양, 거의 강제로.

실력으로는 무슨 수를 써도 이기지 못하는 헤이즈 일행에게 거부권은 없었다. 이미 여신은 사라지고 『마을 아가씨』가 되어 생살여탈권을 빼앗겨버린 후라면 더욱 그렇다.

당장이라도 일을 하러 나가야 할 시간에 끙끙거리며, 헤이즈는 부스스 상반신을 일으켰다. 폴크방의『세례』보다도 빨라~ 하고 마음속으로 투덜거리며, 나무 사다리가 삐걱거리는 소리와 함께 2단 침대의 상단에서 내려왔다. 가녀린 몸에 두른 것은 조금 뻣뻣한 핑크색 파자마. 팔랑팔랑한 프릴이 가미되어, 더운 여름에는 무조건 속옷을 벗게 되는 사양.

웬일로 아직까지도 자고 있는 아랫단 침대의 주인, 지금은 룸메이트인 소녀에게 말을 걸까 하고 안을 들여다보니.

"흐뮤……."

"……후, 후후…… 프레이야 님……."

"………………………………."

좁은 침대 속에, 두 소녀가 한데 얽혀 있었다.

한 사람은 아무것도 묶지 않은 회색 머리카락이 귀며 뺨에 달라붙은 상태로, 상대의 풍만한 가슴에 앳된 얼굴을 묻은 채 곤히 잠들어 있었다.

또 한 사람은 그런 소녀를 황송하게도 다정하게, 마치 언니처럼 감싸 안고. 평소의 일상생활에서는 볼 수 없을 정도로 조용한 미소를 머금고 있었다.

전자는 세상에서 제일 귀엽다. 응 우승. 후자는 새어 나오는 웃음소리가 글러먹었다. 초 감점에 즉각 퇴장.

양쪽 모두 아름다운 소녀이며, 남신들이 있었다면『백합백합 베드씬 떴다아―!!』하고 열광할 것이 틀림없는 광경이었지만, 현재 초절 빡친 헤이즈의 채점 기준은 냉혹했다.

홈이었던 폴크방을 길드에 압수당했을 뿐만 아니라【프레이야 파밀리아】멤버를 대량으로 수용하는 바람에 주점 별채에는 빈자리가 없는 작금의 상태. 헤이즈 일행의 주인, 아니, 주점의 마스코트인 시르는 현재 절찬 잠자리를 찾아 다니는 유랑민족이 되었다. 한동안 신세를 졌던 캣 피플들에게 쫓겨나, 어젯밤에는 헤이즈의 방을 찾아왔던 것이다.

그리고 헤이즈는 공평하면서도 엄숙한 승부의 결과, 이룸메이트 회른에게 패배해, 영예로운 마을 아가씨와의 동침 권리를 양보했다──…….

"……에잇─."

"후야악?!"

"무, 무슨 일인가요?! 어라, 헤이즈?! 뭘 하고 있는 건가요, 무례하게! 내 행복의 시간을 빼앗다니──!!"

더는 참을 수 없었던 헤이즈는 곯아떨어진 두 사람 사이로 다이브했다.

커다란 가슴에 묻혀있던 마을 아가씨의 얼굴을 이번에는 자신의 가슴으로 감싸, 견디지 못하고 낸 귀여운 비명과 함께 와락 끌어안아 탐닉했다. 그것만으로도 해피 폭발 울트라 영광을 곱씹으며 오늘 하루도 힘낼 수 있게 되었다. 바로 뒤에서 소리를 지르며 떼어놓으려 하는 방해꾼의 개입은 Lv.4의 어빌리티로 완전히 차단했다. 항간에서 『황금의 마녀』, 혹은 『마녀의 제자』라 불리는 소녀들이 벌인 불모의 싸움은 꾸벅꾸벅 다시 잠든 시르가 완전히 눈을 뜰 때까지 이어졌다.

이렇게 오늘도, 신생 『풍요의 여주인』의 하루가 시작되었다.

◆

불가침조약을 맺었던 헤이즈의 배신이라는 최악의 형태로 잠을 깨버린 회른은 언짢은 기분을 숨기지도 않은 채 방을 나왔다. 비단으로 지은 고급 네글리제는 이미 바닥에 벗어버린 채, 아직도 수치심을 버릴 수 없는 떡잎색 제복을 입고 1층으로 내려갔다.

"애초에 난 아직 이 주점에서 일하기로 승낙하지 않았는데……!"

무릎 위로 올라오는 스커트 자락을 필사적으로 누르며 얼굴을 붉히지만, 이제 그 혼잣말에 딴죽을 거는 이는 아무도 없었다. 안드흐림니르나 에인헤랴르 소녀들은 『그만 포기하세요』 하는 분위기를 노골적으로 드러내며, 하늘이 뿌옇게 밝아오기 전부터 각자 일터로 가고 있었다.

주점에서 일하는 종업원은 미아의 지시에 따라 완벽하게 역할을 분담하고 있다.

별채와 가게 안의 청소, 식재료 운반과 요리 준비, 도구

점검과 정리, 그리고 어젯밤 모험자를 상대로 난투하다 파손된 비품의 정리, 점원들의 아침식사 준비, 그 외에도 이것저것. 미궁도시에서도 명성을 떨치는 주점은 아무튼 할 일이 많다.

참고로 시르는 아침부터 던전에 나간 가증스러운 짐승, 이 아니라 벨 크라넬의 도시락을 준비하기 위해 주방에 틀어박혀 있다. 헤이즈도 함께. 원래 같으면 회른도 돕고 싶었지만 헤이즈에 비해 요리 실력은 별로다. 그리고 벨을 상대로 성가신 독을 넣어버릴 수도 있다는 이유로 헤이즈의 입장은 금지되었다. 끄으응.

"하지만 나도 맛 정도는 볼 수 있는데……! 지금까지도 그랬고, 이변이 생기자마자 마법으로 회복시켜 대미지를 없었던 걸로 하는 헤이즈 따위는 사파야……! 시르 님의 필설로 형언하기 힘든 요리도, 내장에 입을 대미지도 있는 그대로 받아들일 수 있는 내가 당연히 정파지……!"

자기도 모르게 주방 쪽을 원망스럽게 노려보며, 마을 아가씨의 가디스 쿠킹에 대한 태세로 경쟁하려던 회른. 하지만.

"얀마 후배들! 냉큼 우리 대신 일해라옹!"

"우린 경력이 긴 선배라냐~ 새로 들어온 녀네가 부하가 되는 건 당연하다냐~ ♪"

언제나 회른을 울컥하게 만드는 원인 1호 2호의 목소리에 생각이 중단되었다.

안뜰 쪽으로 가니, 캣 피플 클로에와 아냐가 【프레이야 파밀리아】를 상대로 절찬 선배 행세를 하는 중이었다.

"녀네는 우리를 편하게 해주는 노동력 그 자체! 계속 힘들었던 일을 대신 해주는 건 당연! 왜냐면 우린 녀네를 두들겨 패서 이겨버렸던 승자니까옹!"

"편해져서 좋다냐~. 부하들한테 다 맡겨두면 올 오케이다냐!"

『파벌대전』에 패배한 【프레이야 파밀리아】는, 미아가 말하길, '빚을 다 갚을' 때까지 일을 해야만 하며, 이 바보 같은 고양이들의 명령도, 굴욕적이지만, 받아들여야만 한다. 아무리 바보 같더라도 그녀들에게는 일일지장(一日之長)이 있으며, 일의 노하우는 배워야 하니까.

――하지만 이 주점에 강제 수용당한 지도 꽤 지났다.

일의 내용을 익히기 시작한 소녀들은 순조롭게, 으스대는 고양이들에게 울분을 쌓고 있었다.

"――뇨?! 뭐냐옹?! 뭐냐옹 녀네들?! 말없이 우릴 에워싸고!"

"일솜씨는 우리가 더 좋은데, 게을러터져선 발목이나 잡는 들고양이들 명령을 왜 따라야 하지?"

"무, 무슨 소리냐, 레밀리아! 여기선 우리가 선배다냐!"

"닥쳐 아렌 님의 덤. 무능. 쓰레기. 울보 아냐. 또 폴크방 당하고 싶어?"

"우냐아아아아아?! 두들겨 맞는 것도 썰리는 것도 싫다냐아~~~~?!"

반역 플래그를 지나치게 세워버린 고양이 두 마리는 살기 넘치는 미녀 미소녀들의 벽에 포위당했다.

에인헤랴르를 대표해 Lv.4인 레밀리아——『매료의 상자정원』이 형성되었을 때는 벨의 감시를 맡았던 여성 단원——가 험악한 눈빛으로 입을 열자, 클로에는 바짝 쫄아버리고, 아냐는 트라우마를 자극당해 훌쩍거리기 시작했다. 감정을 지워버린 얼굴, 거기에 조용한 어조로 힐문하는 미녀만큼 무서운 것은 없었다. 특히 폴크방에서 도망쳤던 패배자 고양이에게는 조금도 봐주는 것이 없었다.

"또~ 저러고 있네. 슬슬 반란 일어날 거 같으니까 기고만장하지 말라고 했는데."

"당신은…… 루노아 파우스트."

"그냥 루노아라고 불러. 부르기도 힘들고, 이젠 동료잖아? 난 신입이라고 부려먹고 그럴 생각 없으니까."

울분이 풀리는 심정으로 회른이 바라보고 있을 때, 커다란 나무통을 운반하던 루노아가 지나갔다.

그녀는 거들먹거리지도 않고, 남들 이상으로 그들을 잘 챙겨줬으므로 회른이 속으로 높이 평가하는 휴먼이었다. 그렇다기보다 아냐와 클로에에 비하면 대부분은 인상이 좋을 수밖에 없다.

"전부터 느꼈습니다만…… 당신은 금방 주먹이 나가는 것만 빼면 비교적 참한 사람이군요."

"비교적이라는 말이 좀 마음에 걸리지만…… 아니아니, 잘못 봤어. 난 그런 사람 아니야."

내용물이 꽉 찬 나무통을 힘들이지 않고 두 손으로 옮기면서도 루노아는 요령 좋게 어깨를 으쓱해보였다.

"일은 변함없이 살인적이니까, 힘을 합쳐서 해나가는 편이 그나마 효율적이란 거지. ……그리고 저렇게 아픈 꼴을 당하기는 싫고."

선구자의 관록을 보여주듯, 혹은 이 주점에서의 처세술을 가르쳐주듯, 어떤 방향을 향해 턱짓을 한다.

긴 앞머리를 찰랑거리며 회른이 시선을 되돌리자, 아냐와 클로에, 레밀리아 일행의 곁에, 어느샌가 가장 무시무시한 드워프가 우뚝 서 있었다.

"시간 낭비하지 마, 이 바보 딸네미들아아아아아아아아아아아아아아아!!"

""""우냐아아아아아아아아아아아아아아아아아아아아아아아아아아아아아아아?!""""

제1급 모험자도 막을 수 없는 꿀밤이 점원들에게 작렬했다.

그 체벌은 캣 피플도 아닌데 레밀리아 일행이 고양이 같은 비명을 지를 만큼 격렬하고 무시무시해, 회른까지도 서둘러 등을 돌리고 이탈을 개시했다. 나무통을 든 채 이미 달려가고 있었던 루노아의 뒤를 따라. 나 완전히 물들어버렸어! 하고 마음속으로 비명을 지르며.

풍요의 주점에서는 변덕스러운 고양이도, 역전의 용사도, 시종장도, 신들까지도 여주인의 노성에 겁을 먹으며 입을 다물어버린다.

이런 광경 또한 『풍요의 여주인』의 일상이었다.

◆

겨우 고개를 내민 태양이 잠에서 깬 도시와 함께 기지개를 켜고 느긋하게 중천을 향해 다가갈 무렵, 『풍요의 여주인』은 영업을 개시한다.

"새우 페페랑 로스트 램 다 됐어! 가져가!"

"네~에!"

"베리 타르트 다 됐다냐—!"

"네에——!!"

아무리 『풍요의 여주인』이 오라리오 100대 맛집(헤이즈가 마음대로 찍음) 중 하나라 해도, 미궁도시는 모험자의 도시이고, 낮부터 외식을 오는 부유층은 거의 없겠지……라고 생각했더니.

생각보다 있었다. 아니, 꽤 있었다. 상당히 있었다.

주방에서 캣 피플 셰프와 안드흐림니르가 영차영차 요리를 준비하고, 미아에게서 받은 음식을 헤이즈와 종업원들이 열심히 착착 테이블로 옮기는 정도로는 손님을 다 소화해낼 수 없었다. 가게 밖에는 줄이 길게 늘어지고, 덧문 너머를 흘끔 본 헤이즈는 "어우……" 하며 정신이 아득해지는 표정을 짓고 말았다.

손님 대부분은 무소속 일반인. 대낮부터 에일을 기울이고 양고기며 쇠고기에 입맛을 다시는 별종(드워프)들도 있기는 하지만, 고수입자도 아닌 ──세계의 중심인 오라리오의 임금은 다른 도시에 비해 높은 편이지만 대체로 물가도 높다── 그들이 이렇게나 외식을 하는 것은 드문 일이다. 보통은 소비를 줄이기 위해 도시락을 지참하거나, 적당한 빵이나 감자돌로 때워버리는 경우가 많다.

이처럼 일반인들로 붐비는 이유는, 시간대마다 다른 고객층을 노린다는 전략이 잘 먹힌 데 있다. 낮에는 주부층을 비롯한 여성, 저녁 이후에는 던전에서 돌아오는 모험자에게 맞춰 메뉴의 내용과 금액을 바꾸는 것이다. 그러면 낮에는 이렇게 무소속 일반인이 싸고 맛있는 점심과 디저트를 먹기 위해 찾아오고, 밤에는 탐색이 잘 풀려 지갑 끈이 한껏 느슨해진 모험자들에게서 돈이 쏟아져 들어온다는 계산이다. 미아는 "그놈들한테는 돈을 팍팍 쓰게 해"라고 말한다.

"어떤 때라도, 어떤 사람이라도 웃으면서 밥을 먹고 배부르게 한다는 게 미아 어머님의 본심인걸요?"

이것은 헤이즈와 함께 바쁘게 요리를 운반하며 귀띔을 해주었던 시르의 말이었으며,

"그야 이만큼 밥을 지을 정열이 있으면 세스룸니르의 주

방도 혼자 맡을 수 있었겠지~.”

　그렇게 말하며, 【프레이야 파밀리아】 내에서도 화젯거리
가 되었던 『전설의 드워프』를 흘끔 본 헤이즈는, 납득과 감
탄, 피로감과 어이없음 등 온갖 감정이 뒤섞여 나오는 것
을 느꼈다.

　배고픈 기술자들로 붐비는 북동쪽의 『공업구역』, 길드
직원이나 아이템 숍 등의 점원들이 점심식사를 사러 나오
는 북서쪽의 『모험자 거리』, 상인이나 도시 밖에서 온 사람
들이 명물이나 진미를 찾는 남서쪽의 『교역소』. 그 어느 곳
에도 속하지 않는 서쪽 메인 스트리트에 있음에도 이 가게
가 성황인 이유를, 이제까지 일에 익숙해지느라 필사적이
었던 헤이즈도 어느 정도 이해할 수 있었다.

　“참고로 녀네 덕분에 손님이 늘어난 건 확실하다옹.”

　“맨날 건방 떨던 녀네 【파밀리아】가 열심히 일하는 거 보
러 오는 거다냐!”

　“그리고 다들 미인이니까, 너희들. 아무리 봐도 남신들
이 늘어났고…….”

　“으음, 못 말리겠군…….”

　한편으로는 고참 3인조인 클로에, 아냐, 루노아는 손님
이 전년도 대비 10할은 늘어났다며 의심스러운 데이터를
말해주었다. 루노아의 말대로, 느물느물 웃는 남신들이 눈
요깃감이라는 양 주점 제복을 입은 【프레이야 파밀리아】의
미녀 미소녀들을 바라보는 것을 눈에 담으며, 헤이즈는 한

숨을 참았다.

참고로 신들에게 가장 인기 있는 것은 회른이었다. 갭이 참을 수 없다나. "매도해줘~" "주문 건성으로 들어줘~"라고 조르면 분노와 수치에 몸부림치는 모습은 제법 볼만해서, 주신을 배신했던 건을 아직 용서하지 않은 헤이즈는 그 점만은 '더 괴로워하세요~' 하고 생각했다.

점심 시간대를 지나면 그나마 손님도 뜸해져, 그들에게도 한숨 돌릴 시간이 찾아온다.

"……고 생각하게 되지 않나요, 보통은~~~."

그런 일은 없었다.

【프레이야 파밀리아】가입으로 인원이 잔뜩 늘어났으니 보통은 쉴 시간도 생긴다. 하지만 이 주점의 이름은 『풍요의 여주인』. 상식은 전혀 통하지 않는다.

"자, 오늘도 던전에서 식재료를 가져와!"

야간 영업용으로 사온 식재료는 충분하다. 음식 손질도 충분하다. 그렇다면 남은 자들은 던전으로.

이해할 수 없는 구호와 함께, 헤이즈 일행은 오후부터 던전에 내려갈 의무가 주어졌다.

미아가 생각하는 이상향은 높았다.

이제까지는 종업원 수에 한도가 있었지만, 여기에 헤이즈 일행이 들어왔다. 할 수 있는 일이 늘어났다. 구체적으로는, 예전부터 조리에 도입하고 싶었던 던전의 희귀한 채집물을 따러 『심부름』을 보낼 수 있게 되었다.

모험자에게 의뢰하기에는 보수가 비싸 채산이 맞지 않겠지만, 헤이즈 일행은 우는 아이도 뚝 그치는 안드흐림니르와 에인헤랴르. 어지간한 모험자에게 의뢰하는 것보다 훨씬 일을 잘 할 것이다(당연히 보수도 공짜).

　이제까지는 탐색을 가는 벨 일행에게 이따금 부탁해 가져다 달라고 했지만, 이제는 매일 던전산 소재를 들일 수 있게 되었다. 헤이즈 일행의 혹사와 맞바꾸어서.

　"로나, 일데. 내가 던전에서 쓰러지면 부드럽게 들것에 실어 옮겨주세요——…….."

　"정신 차리세요 헤이즈 님?!"

　"반 님네도 열심히 하고 계시니까요……!"

　으랏차 기합을 넣으며 자포자기한 것처럼 주점 제복을 벗어던지고, 애용하는 간호의를 걸치며 메인 스트리트를 나아가는 헤이즈는 어느【페르세우스】와 같은 눈을 하고 있었다. 함께 던전으로 향하는 안드흐림니르의 두 부관, 키가 큰 엘프 일데와 몸집이 작은 휴먼 로나가 필사적으로 위로했지만, 미아에게서는 "24계층까지 갔다가 야간 영업 전에 들어와!"라는 명령이 내려왔다. 지옥인가?

　휴먼 로나의 말대로, 주점에서는 일하지 않고【헤스티아 파밀리아】홈의 경비나 던전에서 단련을 하고 있는 반을 비롯한 남성 단원들에게도 지령이 내려져, 드롭 아이템을 제외한 『중층』이나 『하층』의 약초, 과일, 향신료 등이 매일같이 『풍요의 여주인』으로 들어오고 있다. 물론 그들은 울며 겨자 먹기로 하고 있지만, 미아에게는 거역할 수도 없고 당해낼 수도 없다.

그 덕분에 주점의 평판은 더더욱 치솟아, 예전에는 없었던 진미를 찾아 손님이 더 늘어나는 선순환이 생겨나고 있다지만…… 거듭 말하자면, 헤이즈 일행에게는 중노동을 넘어선 지옥이었다.

"어쩌면 폴크방 시절이 더 편했던 것 같아요—……."

그나마 마법으로 편하게 넘어갈 수 있었던 에인헤랴르들의 치료와 세스룸니르의 만찬 준비 시절과 비교해보며, 헤이즈는 그런 소리를 중얼거리고 말았다. 로나와 일데도 입을 다문 채 부정하지 않았다. 훌쩍.

조만간 외박을 끼고 『심층』에도 보낼지 모른다고 예감해버린 헤이즈는,

"『원정』으로 식재료 조달을 시키는 주점이 어디 있냐고요~~."

라고 중얼거렸지만,

"여기 있다!!"

라고 머릿속의 드워프 여주인이 엄지로 가슴을 척 가리키는 것을 보고 고개를 푹 숙여버렸다.

◆

그리고 마침내 찾아온 밤.

『풍요의 여주인』은 전장으로 변해, 하루 중 가장 다급한 시간에 돌입했다.

"에일 추가다아!!"

"과일주도 줘! 그리고 고기 고기 고기!!"

"시르 한 잔 따라줘어어~~!"

"흐하하하하! 가증스러운 암여우가 눈이 팽팽 돌아가는 모습을 보니 오늘도 술이 맛있구만으하하!"

"꼴좋다 꼴좋아!"

"여봐라 시르 아무개! 이 몸을 접대하지 못할까~!"

"네에~~~~!! 지금 갈게요~!"

수인 거한, 배고픈 아마조네스, 얼굴이 불콰해진 남신, 깔깔 웃음소리를 터뜨리는 여신들. 종족을 가리지 않는 수많은 손님을 처리해나간다. 주로 시르를 중심으로. 그렇다기보다 신들은 일부러 시르를 지명해 무례한 행동을 보이고 있었다. 회른은 그들에게 살의를 풍기며 돌격하고 싶었지만, 참았다.

시르는 스스로에게 부과한 속죄를 하는 중이다. 회른의 감정 하나로 방해해서는 안 된다.

하지만 그건 그렇다 쳐도 매일같이 주점에 오는 저 신들이 짜증 나……!

"회른! 멍하니 서 있지 말고 일이나 해!"

미아의 노성에 회른이 어깨를 흠칫 떠는 동안에도, 가게 안은 격전의 양상을 띠고 있었다.

미궁에서 돌아온 모험자들이 오고 또 오고. 가게 안은 물론 바깥의 테라스 자리까지 꽉 차, 계절은 겨울임에도, 술기운과 함께 불그레해진 몸을 식히기 위해 손님들이 겉옷을 벗어젖히는 형국. 술 가져와 밥 가져와 노래를 하고, 온갖 맛있는 음식에 헤벌쭉 웃음을 흘린다.

세스룸니르처럼 기운을 충전하기 위한 만찬이 아니라, 행복이 넘쳐나는 연회.

이곳은 역시 폴크방과는 다르다고, 회른은 다른 에인헤랴르들도, 약간 분하지만 인정하지 않을 수 없었다. 왜냐하면 미아가 내는 음식과 술은 찍소리도 못할 만한 미식 미주 그 자체여서, 이렇게나 바쁜데도, 웃음에 에워싸인 시르는 어딘가 즐거워 보였으므로.

"우냐~! 새 손님이 또 왔다냐아!! ……뇨? 백발네 애들이다냐!"

회른은 바쁜 와중에도 아냐의 그 목소리를 듣고 깜짝 놀라 돌아보았다.

가게 입구에 나타난 것은 다름 아닌 【헤스티아 파밀리아】 일행이었다.

"와아, 류~! 와줘서 고마워! ──정말로 벨 씨도 데려왔네!"

"당신의 부탁은 거절할 수 없으니까요……. 게다가 오늘 밤은 이대로 일하기로 약속했으니."

요정에게 제일 먼저 달려가 끌어안은 ──일부 에인헤

랴르들이 질투하고 부러워했다—— 시르가 그대로 가느다
란 귀에 소곤거리는 내용을, 회른은 고스란히 들어버렸다.

다시 말해, 그들의 내방은 시르가 졸랐던 결과였던 모양
이었다. 동료들 곁에서 떨어져 도우미로 참전해준 류를 보
고 "앗싸아 류 사랑한다옹—!" "살았다—!"라며 클로에와
루노아를 비롯한 고참 점원들 사이에서 환호성이 솟았다.
그러는 동안【헤스티아 파밀리아】일행이 가게 안으로 안
내를 받았다.

"나도 붙어 있단 말이다, 시르 아무개 군! 벨에게 이상한
짓을 할 수 있을 거란 생각은 집어치우거라!"

"뿌우~. 알고 있다구요~!"

"아하하하…… 불러주셔서 고마워요, 시르 씨."

던전에서 돌아온 권속과 만나 함께 왔는지, 거대한 가슴
을 여봐란 듯이 젖히는 어린 여신이 시르를 견제했다. 아
름다운 극동의 소녀, 일급 기녀 못지않은 미모의 르나르,
귀여운 파룸의 모습에 남신들이, 사나이다운 스미스와 레
코드 홀더의 조합에 여신들이 한층 떠들썩하게 소란을 피
웠지만, 주위의 모험자들 또한 술렁거리기 시작했다.

"【헤스티아 파밀리아】다……!"

"파벌 연합의 맹주……! 패배한 프레이야 녀석들을 이
주점에 팔아치운 게 저 녀석들 짓이래!"

"이젠 아주 거들먹거리면서 기고만장했구만!"

"야,【래빗 풋】! 우리하고 한잔하자!"

"멍청한 소리 집어치워! 후덥지근한 너희보다야 당연히 우리 아마조네스들 쪽이 좋겠지!"

아폴론, 이슈타르, 그리고 프레이야를 궤멸시켰던 파벌의 소행에 겁을 먹는 자. 출처도 알 수 없는 소문을 수군거리는 자. 말은 험하지만 기분 좋게 웃는 자. 지금 오라리오에서 가장 주목을 받는 소년과 어떻게든 친해지고 싶어하는 남녀. 반응은 제각각이었다.

공통점은, 모두가 벨 일행을 환영하며 떠들어댄다는 것.

그것이 조금 마음에 들지 않았던 회른은 ——자신과 미의 여신이 훨씬 먼저 저 가증스러운 토끼를 점찍어놨다는 자부심이 있는 소녀는—— 부루퉁해지고 말았다.

"아, 회른 씨……."

"……왜 부르나요, 짐승. 또 나를 빤히 바라보면서. 그렇게 이 모습이 우스꽝스럽나요?"

자신의 모습을 비추는 루벨라이트색 눈동자에, 회른은 자기도 모르게 독설을 내뱉고 말았다.

그런 부조리에도 벨은 화를 내지 않고, 조금 말문이 막혔다가도 꽃이 피어나듯 쓴웃음을 지었다.

"아뇨…… 회른 씨는 또 화를 내실지도 모르지만…… 가게 제복, 잘 어울리세요. 전보다도 훨씬."

본심이 자연스럽게 새어 나오는 듯한 그런 말을 듣고, 독설을 내뱉는 입술 대신 뺨이 발갛게 달아오르고 말았다. 회른은 눈가를 확 곤두세우며 고함을 지르려 했지만, 입술을 우물우물 움직이는 데에서 그쳤다.

『또 화를 내실지도 모르지만』이라는 말을 듣고 화를 내는 것은 소년의 말대로 되는 것 같아 싫었고, 『전보다도 제복이 잘 어울린다』는 그 말은…… 아니꼽지만, 정말로 본의가 아니지만, 수치와 고생의 틈바구니에서 싸웠던 자신의 행위가 보답받은 것처럼 여겨졌으므로, 고분고분 받아들이기로 했다.

"……당연하죠. 저는 프레이야 님의…… 시르 님의 종자니까."

소녀는 자신의 일처럼 활짝 웃었으므로, 회른은 더더욱 입술을 비죽거리며 언짢아졌다.

"베~엘~ 비켜주세요~. 던전을 왕복했던 저는 이미 피곤할 대로 피곤해져서~~…… ──아, 현기증이."

그리고 그때.

대량의 접시로 탑을 쌓아 두 손으로 운반하던 소녀가, 불길하게 머리를 휘청거렸다.

오늘의 소재 채집은 한층 하드했는지, 혹은 오늘까지의 피로가 정점에 달했는지, 어느 【페르세우스】 못지않은 하드워커의 운명을 타고난 헤이즈는 어이없게도 요란하게 넘어져 버렸다.

혹시 노린 건 아닐까 싶은 예술적인 수준으로 소년에게 뛰어들어, 벨은 벨대로 제1급 모험자 주제에 허공으로 날아오른 접시를 어떻게든 깨뜨리지 않고 전부 캐치하는 것이 고작이었는지 자세를 무너뜨리면서, Lv.4의 박치기를 받아 바닥에 쓰러졌다.

그러자 무슨 일이 일어났는가 하면, 어라 신기해라, 헤이즈와 서로 끌어안고 누운 소년의 모습이.

"아~ 죄송해요, 금방 비킬게요오—— 아, 무리, 사람 체온. 부드러워. 머리는 뽀송뽀송해서 따뜻한 함박눈 침대라는 모순…… 의식, 이, 멀리—— 죄송해요 조금만 잘게요."

"에에에에엑————?! 헤이즈 씨이————?!"

실 끊어진 인형처럼 풀썩 의식을 잃고 벨을 덮친 자세로 잠들어버리는 동료 소녀.

지금 무엇이 회른의 속을 뒤집어놓는가. 그것은 이 황금의 마녀가 당장이라도 침을 질질 흘릴 것 같은 표정으로 소년에게 몸을 맡기고 있고, 이 발정 난 토끼는 토끼대로 얼굴이 새빨갛게 물든 채 소녀의 모양 좋은 가슴이라든가 순산형 엉덩이라든가 싱그러운 팔다리를 만끽(다른 의견도 있긴 하다)하고 있다는 점이이이이!!

뚜둑! 하고 회른의 머릿속에서 이성의 끈이 끊어지는 소리가 울렸다.

"쓰레기 쓰레기 쓰레기 쓰레기 쓰레기 쓰레기 쓰레기 쓰레기 쓰레기 쓰레기, 왕쓰레기————!!"

"끼야아아아아아아아아아아아아아아아아아악?!"

"우와아아아아아악얘들아이얀데레걸에게서벨을지켜라아아아아아아아?!"

한시도 떼어놓지 않고 가지고 다니는, 토끼를 죽이는 저주의 나이프를 뽑아드는 회른, 제물로 바쳐진 성녀처럼 외치는 벨, 권속들에게 호령하는 헤스티아. 류는 물론이고 다른 점원들까지 말려들어 대난투로 발전하는 가운데, 스위치가 끊어진 헤이즈만은 소년의 몸에 달라붙어 새근새근 행복하게 자고 있었다.

"이 바보 멍청이들아아아아아아아아아아아아아아아아아아아아아아아아아아아아아아!!"

여주인이 오늘 최대의 호령을 터뜨리며 꿀밤의 폭우를 쏟아낸 것은 피할 수 없는 일이었다.

◆

"안 돼요—! 오늘은 헤이즈 씨의 침대에서 재우지 않을 거예요! 벨 씨한테 그런 부러운 크흠크흠, 그런 짓을 제 눈앞에서 저질렀으니까요!"

"너무해—! 오늘은 나랑 같이 주무시기로 약속했는데—!"

주점 영업이 겨우 끝난 심야, 별채의 방에서, 기품 있는 네글리제로 갈아입은 시르는 슬쩍 눈을 돌렸다. 헤이즈는 이 세상이 다 끝났다는 표정을 지으며 눈물을 글썽거렸다.

마찬가지로 옷을 갈아입고, 의자에 앉아 긴 머리를 빗으로 빗던 회른은 당연한 응보라는 것처럼 곁눈질로 노려보았다.

"······시르 님, 저와 교섭해요. 벨과 끌어안았던 저랑 안고 있으면 시르 님도 벨과 안았던 거나 마찬가지. 토끼의 온기는 지금도 저에게 있답니다. 이거야말로 신화에 이름이 남을 전설의 『간접 허그』······!"

"——좋아요."

"시르 님?!"

뜨거운 손바닥 뒤집기에 회른이 눈을 크게 뜨고, 시르와 굳은 악수를 나눈 헤이즈가 "아자~"하며 태평하게 기뻐했다. 회른이 의자를 박차고 일어나거나 말거나, 헤이즈는 공손히 시르를 자신의 성—— 다시 말해 2단 침대의 상단으로 안내하고, 자신도 이동하면서, 훗 하고 눈웃음을 쳐주었다.

뚜둑—! 하고 다시 회른의 머릿속에서 무언가가 끊어지는 소리가 울렸다.

"실례합니다!!"

"아앗—?! 나도 아침까지 참았으니까 당신도 기다리세요, 회른!!"

"시끄러워요! 그 짐승의 잔향을 풍기는 당신이랑 시르 님을 둘만 내버려 둘 수는 없잖아요!"

"싸우지 말고 셋이서 같이 자요~. 오늘 밤도 추우니까~."

마을 아가씨를 사이에 끼고, 잿빛 머리와 연홍색 머리의 소녀가 꽥꽥 말다툼을 벌였다.

회색 머리 소녀는 이때만큼은 마치 막냇동생처럼 활짝

웃고 있었다.

"저는 이제 여신도 아니지만…… 이런 날도 즐겁고 사랑스럽네요!"

그녀가 그런 말을 하니, 드잡이질을 하려던 회른과 헤이즈는 움직임을 멈추고, 부득불 휴전하며 마석등을 *끄고*—— 좌우에서 아가씨를 꼭 안았다.

세 사람이 나란히, 온화한 미소를 지으며.

그렇게 바쁘고, 힘들고, 그러나 웃음이 맺히는 풍요로운 시간이 그녀들의 새로운 『풍요의 나날』.

오모리 후지노
OMORI FUJINO

일러스트 야스다 스즈히토
YASUDA SUZUHITO

김민재 옮김

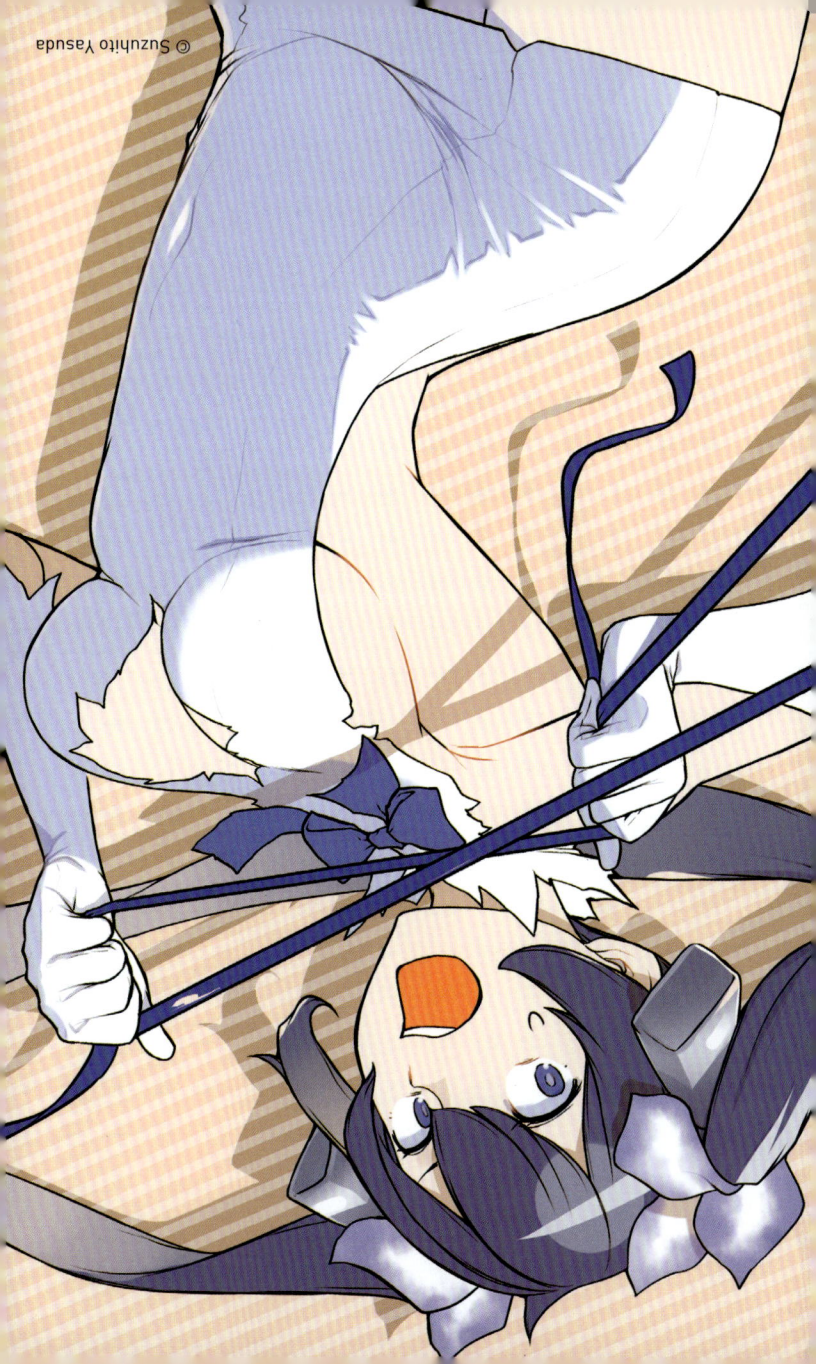

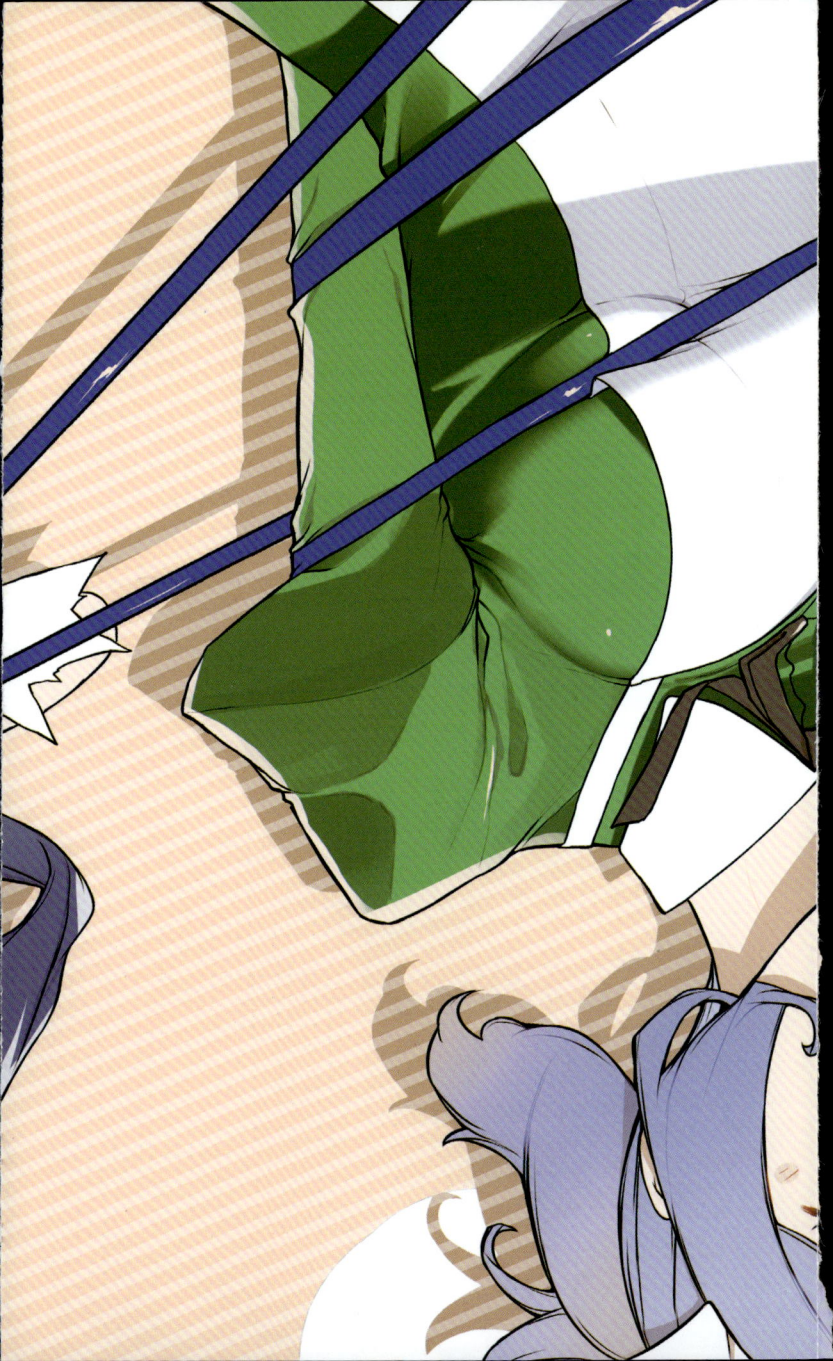

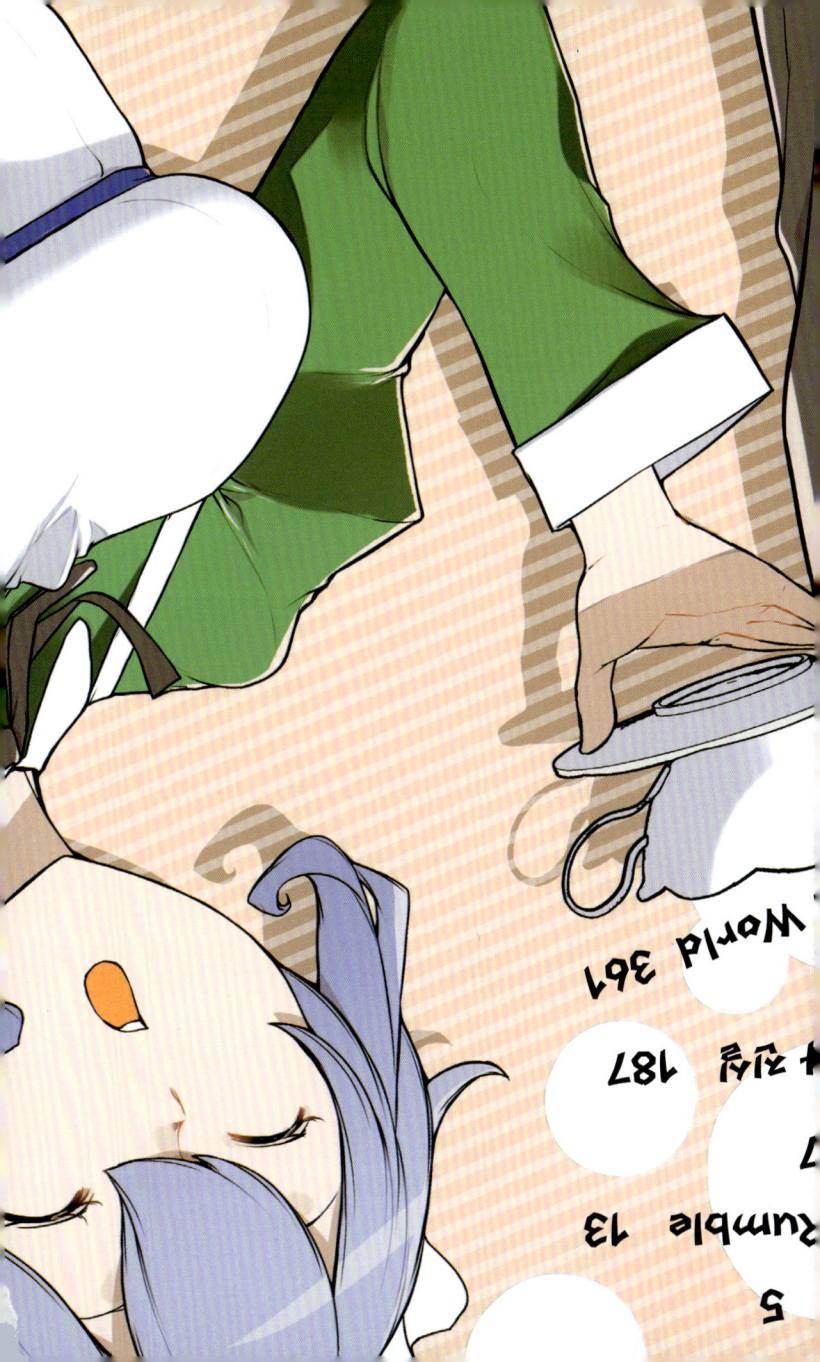

던전에서 만남을 추구하면 안 되는 걸까 20

오모리 후지노 지음 | **야스다 스즈히토** 일러스트 | **김민재** 옮김

벨프 크로조   WELF CROZZO

벨의 파티에 들어온 스미스 청년. 벨의 장비 《깡총이 Mk-II》의 제작자. 【헤스티아 파밀리아】 소속.

릴리루카 아데   LILIRUCA ARDE

'서포터'로 벨의 파티에 들어온 파룸(소인족) 소녀. 보기보다 힘이 장사. 【헤스티아 파밀리아】 소속.

산죠노 하루히메   SANJONO HARUHIME

벨과 환락가에서 마주친 극동 출신 르나르(여우 수인). 【헤스티아 파밀리아】 소속. 아냐 프로멜 【풍요의 여주인】 점원. 조금 바보스러운 캣 피플. 시르와 류의 동료.

야마토 미코토   YAMATO MIKOTO

극동 출신 휴먼. 한번 미끼로 삼았던 벨에게 용서를 받은 데에 은혜를 느끼고 있다. 【헤스티아 파밀리아】 소속.

발두르   BALDER

【발두르 클래스】 주신. 『학구』를 설립한 장본신이며 최고책임자.

이글린 마즈   IGLIN MARS

【학구】의 전투 클래스에 소속된 드워프 학생. Lv. 2. 드워프로서는 보기드물게 거드름 피우는 행동을 좋아한다.

레기 기기   LEGI GIGI

【학구】의 전투 클래스에 소속된 다크엘프. Lv. 2. 독특한 대화 방식을 가진 수수께끼의 암살자 견습생.

크리스티아 엘비아   CHRISTIA ELVIA

【학구】의 전투 클래스에 소속된 파룸 학생. Lv. 2. 파룸답지않은 자신만만한 전위 겸 척후.

헤르메스   HERMES

【헤르메스 파밀리아】의 주신. 파벌들 속에서도 중립을 자처하는 여리여리한 남신. 행동력이 뛰어나고 빈틈이 없다. 누군가에게서 벨을 감시하도록 의뢰를 받고 있는지도……?

아스피 알 안드로메다   ASUFIAL ANDROMEDA

다양한 매직 아이템을 개발하는 아이템 메이커. 【헤르메스 파밀리아】 소속.

아이샤 벨카   AISHA BELKA

【이슈타르 파밀리아】에 소속되어있던 아마조네스. 성격은 강단이 있고 야하다. 현재는 【헤르메스 파밀리아】로 컨버전 했다.

미아흐   MIACH

【미아흐 파밀리아】의 주신. 주로 포션 같은 회복계 아이템을 판매한다.

헤파이스토스   HEPHAISTIOS

벨프가 소속된 【헤파이스토스 파밀리아】의 주신. 헤스티아와는 천계 시절부터의 오래된 인연.

타케미카즈치   TAKEMIKAZUCHI

【타케미카즈치 파밀리아】의 주신. 엄청난 무예를 뽐내는 무신으로 미코토 일행에게 『기술』을 전수했다.

우라노스   OURANOS

던전을 관리하는 길드의 주신.

로이먼 마르딜   LEUMANN MALDEAL

【길드】의 최고 권력을 담당하는 엘프. 별명은 『길드의 돼지』. 『3대 퀘스트』의 의의를 잘 알고 있는 인물 중 하나.

헤스티아
HESTIA
인간과 아인을 넘어선 초
월존재인, 천계에서 내려
온 신. 벨이 속한 【헤스티
아 파밀리아】의 주신. 벨
이 너무 좋아!

벨 크라넬
BELL CRANEL
본 작품의 주인공, 할아버지
의 가르침 때문에 던전에서
멋진 히로인과 만날 날을 꿈
꾸는 신출내기 모험자. 【헤스
티아 파밀리아】 소속.

레온 바덴베르크
LEON VERDENBERG
『학구』의 교사. 【발두르
클래스】 소속.

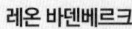
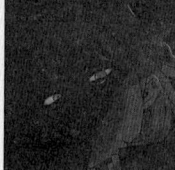

아이즈 발렌슈타인
AIS WALLENSTEIN
아름다움과 강함을 겸비한
오라리오 최강의 여성모험
자. 별명은 【검희】. 벨에게
는 동경의 존재. 현재 Lv.6.
【로키 파밀리아】 소속.

니이나 튤
NINA TULLE
『학구』의 학생이며 【발두
르 클래스】에 속한 하프
엘프.

에이나 튤
ENA TULLE
던전을 운영하고 관리하는
"길드" 소속 접수원. 벨과 함
께 모험자 장비를 구입하는
등 공사 양면에서 도와준다.

시르 플로버
SYR FLOVER
주점 【풍요의 여주인】의
점원. 우연한 만남으로 벨
과 친해졌다.

류 리온
RYU LION
원래는 뛰어난 모험자였다.
현재는 주점 【풍요의 여주인】
에서 점원으로 일한다.

CHARACTER & STORY

미　궁도시 오라리오── 통칭 『던전』이라 불리는 장대한 지하미궁을 보유한 거대도시. 모험
자가 되려는 소년 벨 크라넬은 이 도시에서 여신 헤스티아와 만나 【헤스티아 파밀리아】에
입단한다. 동경하는 【검희】 아이즈 발렌슈타인에게 인정받고자 던전 탐색에 매진하는 가
운데 서포터 릴리, 스미스 벨프, 극동 출신 미코토, 르나르 하루히메도 같은 【파밀리아】의
일원이 되었다.
초거대교육기관 『학구』에 잠입하게 된 벨은, 가짜 신분인 라피 플레미슈라는 이름으로 첫 학생 생
활을 보내게 된다. 새로운 만남. 【기사】와의 해후. 배운다는 것을 알고, 동료를 이끌며 『학구』에서
의 경험이 벨을 점점 강하게 만들어 간다. 그러나 『학구』의 귀환은 동시에 오라리오의 새로운 파란
을 가져오게 되는데──.

커버 그림, 본문 일러스트 | **야스다 스즈히토**

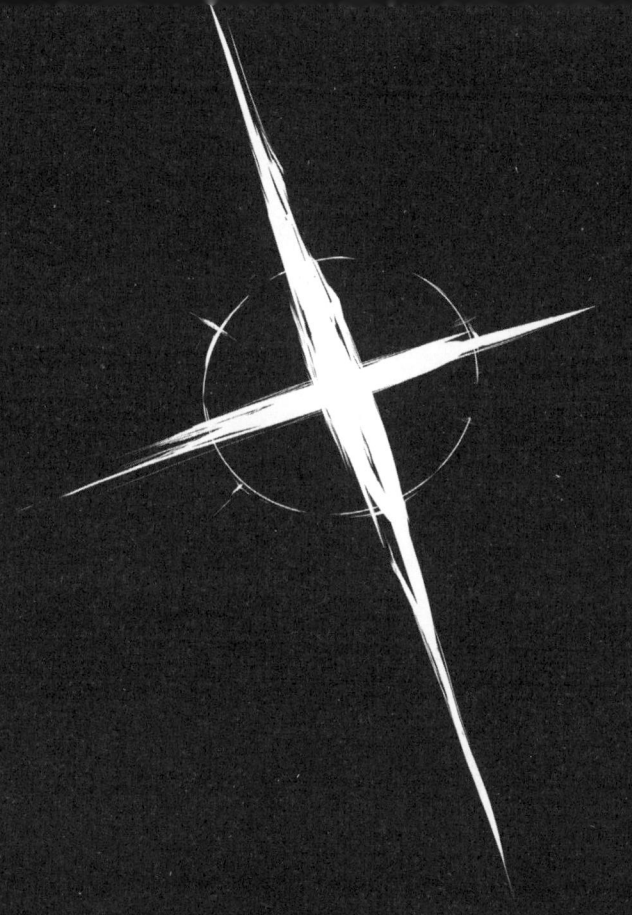

프롤로그 영웅잔광

『영웅』을 보았다.

이 세상의 끝처럼 어둡고, 암흑과도 같이 교차하는 하늘과 바다의 경계에서.

절망과 종언이 교대로 밀려드는 대해원 속에서.

만물을 집어삼키는 어둠도, 쩌렁쩌렁 울리는 이형의 포효까지도 찢어버리는 『영웅의 광채』를 보았다.

"【축복의 화근, 탄생의 저주. 반신을 먹은 내 몸의 원죄】."

거친 파도라는 표현으로는 부족한 바다의 충격은 모든 것을 부수고 으깼으며, 교차하는 물보라는 탄환과도 같았다.

사람의 몸으로 물 위에 서 있는 오만함 따위 도저히 용납되지 않는다.

까마득한 미래에 『배움터』라 불릴 거대한 『해상요새』는 대파되고, 남은 발판은 갈가리 찢긴 뗏목처럼 볼품없었다.

그런 종말과도 같은 바다의 끝에서, 『영웅』의 빛은 결코 끊이지 않았다.

배의 파편에 매달려 아연실색 올려다볼 수밖에 없는 자신의 눈에 새겨졌다.

"【재계는 없으며. 정화는 없으며. 구원은 없으며. 울려 퍼지는 하늘의 음색이야말로 나의 죄】."

장대한 영창.

막대한 마력.

호우와 강풍을 물리치는 회색 머리카락의 마녀.

마의 소용돌이가 범람해 섭리가 뒤틀려, 허공에 뜬 채 입술을 선혈로 물들이면서도 노래한다.

수많은 역전의 용사를 몇 명이나 차가운 물속으로 가라 앉히고 없애왔던 바다의 패왕이 울부짖었다.

공포의 포효를 질렀다.

세계를 집어삼킬 정도의 거구를 자랑하며, 몸을 흔들기 만 해도 파괴의 파도를 낳는 거대한 짐승 한 마리가.

그 영웅의 노래를 두려워했다.

"【신들의 나팔, 정령의 하프, 빛의 선율, 다시 말해 죄과 의 낙인】."

절대적인 파도가 솟았다.

모든 것을 집어삼키고 죽일 바다의 충격. 그러나 포효를 터뜨리는 다른 영웅들이 이를 막아냈다.

무시무시한 수천 가닥의 빛줄기를 여걸의 일격이 쳐 떨 어뜨린다.

세계를 부수는 가공할 패왕의 돌격을 단 한 명의 영걸이 대검 한 자루로 바다에 떨군다.

뗏목에 매달린 권속들의 마법이 비늘을 부수었다.

바다의 전사들이 죽음과 동의어인 해원으로 뛰어들어, 거대한 몸을 향해 작살을 던져 꿰뚫었다.

　"【상자정원에 사랑받은 나의 운명이여—— 부서져라. 나는 네놈을 증오한다】."

　피는 끊이지 않고.
　비명 또한 끊임없으며.
　울려 퍼지는 영창은 어느샌가 장송곡으로 전락했다.
　그래도.
　비장한 선율은 개선의 노래를 원했다.
　이제는 손가락 하나 까딱할 수 없었던 이 몸을 떨게 했다.
　어둠을 가르고 난반사하는 『영웅들의 광채』는, 이 눈동자와 이 마음을 태운 것이다.

　"【대가는 이곳에. 죄의 증거로서 만물을 멸하노니】——【통곡하라 성종루】."

　임계에 달한 마력은 어이없이 던져졌다.
　세상을 멸망시키고자 하는 종언의 상징을 향해, 성스러운 파괴의 축복은 해방되었다.
　어둡게 물들었던 세계가 희게 물들었다. 아름다움이라고는 한 점도 없는 파괴의 극치가 모든 것을 감쌌다.

의식이 끊어지기 직전, 하얀 세계 속에서 마지막으로 그 것을 들었다.

거대한 짐승을 타파한『영웅들』의 포효를.

불가능을 뒤집는 기적과 희망을 이어나간 자들을.

저것인가.

바로 저것인가.

이 빌어먹을 세계를 비추려면.

이 지긋지긋한 세계를 구하려면.

저『광채』가 필요한 것인가.

『영웅』을 보았다.

앞으로도 끊어지게 해서는 안 될, 희망이라는 이름을 가 진 빛의 전파를.

자신들의 차례가 돌아오더라도 되살려내서는 안 될 찬 란한 광경을.

——세계는 영웅을 원하고 있다.

그 말이 맞다.

세계가 그렇듯, 이 늠름한 모습을 새긴 눈과 마음도.

분명 저 모습을 따라, 원하고 또 원할 것이다.

새로운『영웅』의 태동을.

한 명이라도 많은『영웅』의 산성(産聲)을.

우리는 희망의 인도자를 원하는 것이다.

"레온."

하늘은 맑게 개어 있었다.

눈꺼풀 안쪽이 기억하는 암흑의 바다 따위 모른 채, 시야에 펼쳐진 기수호는 오늘도 반짝이고 있었다.

바닷새 울음소리를 들으며, 흐링호르니 한복판에 우뚝 솟은 브리지『브레이다블리크』에서『학구』의 모습을 둘러보던 레온은 신이 부르는 목소리에 돌아보았다.

"발두르 님. 무슨 일이십니까?"

"『대방벽』에서 소식이 왔어요.『코골이』가 한 차례, 계곡에서 울려 퍼졌다고."

항구에 흐르던, 온화하기만 하던 겨울철 공기.

그것이 레온의 주위에서 한순간 날카로워졌다.

"빠져나온 개체는?"

"아마도 큰 것이 한 마리. 우리『학구』의 결계에 붙들려 있다는데, 뿌리치고 나오는 것도 시간문제겠지요."

『학구』의 교장이자 자신의 주신인 발두르가 가져온 소식에 레온은 입을 다물었다.

아주 잠깐 동안 생각에 잠기며 시선을 돌렸다.

시야에 펼쳐진 기수호, 그리고 대해원의 반대쪽. 산들이 능선을 이루는『북쪽』방향을.

"사람이 아닌 신의 견해를 여쭙고 싶습니다. 유예는 어느 정도라 예상하십니까?"

"열흘 하고도 이틀. 직감일 뿐이지만요."

자식의 물음에, 신의 대답은 간결했다.

레온은 그 대답을 의심하지도 않고 천천히 고개를 끄덕였다.

"그렇다면 제가 가겠습니다. 그리고 허락하신다면……동반자를 데려가고 싶습니다."

"『그』인가요?"

"예."

항상 닫혀 있던 신의 눈꺼풀이 활처럼 구부러져 온화한 미소의 모양을 그린다.

레온 또한 웃으며 대답하고, 마지막으로 그것을 보았다.

하늘을 찌르는 백색 거탑을 가진, 거대한 성벽으로 둘러싸인 '영웅의 도시'를.

"약속했던 『모험』을. ……새로운 『영웅』을, 이 기회에 꿈꾸어보고 싶습니다."

zuhito Yasuda

"학구의【발두르 클래스】소속, 니이나 튤입니다! 오늘부터 인턴(파벌 체험)으로 오게 되었습니다. 잘 부탁드립니다!"

갈색 머리에 일부가 비취색으로 물든 앞머리.

그리고 적포도주색 넥타이를 함께 찰랑거리며, 하프엘프 소녀는 힘차게 고개를 숙였다.

벨과 헤스티아를 비롯한 멤버들의 눈앞, 『화덕관』의 거실에서.

"정말로 『학구』에서 학생이 찾아올 줄이야…….."

"스카우트까지 받아오시다니, 역시 벨 님이에요!"

"역시라는 소리가 나올 만한 일은 하지 않았지만요…….. 아니, 진짜로……."

우수한 인재로 명성 자자한 『학구』의 여학생 니이나를 앞에 두고, 미코토는 경탄하고, 하루히메는 두 손을 모으며 소년을 칭송했다.

반면 벨은 당혹스러워하며 오른손으로 뒤통수를 긁적거렸다.

『학구』의 **변장** 입학이 끝난 지 이미 사흘.

홈 바니 학생 『라피 플레미슈』에서 제1급 모험자【래빗 풋】으로 돌아온 벨은 일단【헤스티아 파밀리아】로 돌아왔다.

발두르를 비롯한 신들은 "앞으로도 『학구』에 재적해도 상관없다"고 말했지만, 헤스티아와 동료들로부터 "그만하고 돌아와!"라는 명령이 떨어지고, 『학구』의 커리큘럼 중 하나인 『던전 실습』도 끝났으니 일단 본거지로 돌아오기로 했던 것이다.

벨의『학구』특별입학이 허가되었던 것은 워스트 파티『제3소대』를 돌봐준다는 교환조건에 따른 것이었다.『던전 실습』을 통해 그들의 문제가 개선되고, 무사히 발두르의 요망을 달성해, 잠시 정리를 할 좋은 타이밍이기도 했다.

'게다가, 파티원들에게 내 정체가 탄로 나버렸고······.'

무엇보다, 발두르나 레온과의 약속이었다고는 하지만, 정체를 속인 채로『제3소대』와 접했던 벨은 정체가 드러난 지금 민망함을 느끼고 있었다.

드워프 이글린을 비롯해『라피 플레미슈』의 비밀을 알아 버린『제3소대』의 멤버들도, 어떤 표정으로 그를 대해야 좋을지 모르는 듯했다. 그러므로 그들을 위해서라도 일단 거리와 시간을 두기로 한 것이다.

'응, 그렇게 하기로 했는데······.'

보다시피, 니이나 쪽에서【헤스티아 파밀리아】의 홈으로 쳐들어온 것이다. 발두르와 레온에게서도 허가를 받은『인턴』의 형태로.

벨은 솔직히 뭐가 뭔지 모르겠다는 심정이 더 강했다.

"아······."

"······!"

놀라움과 당혹감을 반반씩 품은 채 시선을 향하다가, 마침 이쪽을 살피던 니이나와 시선이 딱 마주쳤다.

어딘가 열기를 띤 시선을 향하던 연하의 소녀는 금세 고개를 숙이고 뺨을 붉혔다.

벨은 벨대로, 제25층에서 털어놓았던 『네 곁에서 많은 경치를 보고 싶다』는, 프러포즈로도 받아들이지 못할 것도 없는 격렬한 고백 비슷한 발언을 떠올리며 니이나와 마찬가지로 얼굴을 붉──히지는 않고, 흐뭇한 표정으로 눈을 가늘게 떴다.

다시 말해,

"그때는 이상한 말실수를 해버리는 바람에 창피했겠지."

라고 생각한 것이었다.

주위에는 거의 연상의 여성밖에 없는 폐해로, 자신보다 연하인 소녀가 나타나자마자 비네나 고아원 아이들을 접하듯 『강한 모험자 오빠』 행세를 하는 얼치기 토끼로 변해버렸던 것이다. 니이나 또한 우등생이면서 "라피 군, 라피 군!" 하고 오빠처럼 의지한 것도 있다 보니, 못난이 벨 크라넬은 무의식중에 품은 부성애를 자극받고 있었다.

신(제우스)은 탄식하고, 신들의 아가씨(회른)가 극동살인검(부엌칼)을 서걱서걱 갈 만한 참상에, 자비의 여신 헤스티아는 스스로 몸을 날려 권속의 엉덩이를 꼬집었다. 힘껏. 손목을 돌려서.

"끼야악?!"

얼치기 토끼의 비명이 터졌다.

"죄송합니다, 여러분……. 바쁘신 가운데 시간을 빼앗아서."

그리고 그때 니이나의『동반자』가 입을 열었다.

또 한 명의 하프엘프, 에이나였다.

"왜 이렇게 되었는지, 벨에게도 거기 있는 하프엘프 군에게도 따지고 싶다만…… 일단은 왜 자네까지 있는 겐가, 어드바이저 군?"

"인턴 첫날은 길드 입회가 필수인 데다, 특별 대우할 생각은 없습니다만…… 제 동생 일이라서요."

릴리가 말없이 벨에게 Lv.2의 몸통박치기, 박치기를 날려대 "잠까, 아파, 왜?!" 하고 울려 퍼지는 비명소리를 뒤로 한 채, 헤스티아가 째려보며 묻자, 에이나는 안경의 위치를 고치며 친여동생을 바라보았다.

"어, 언니가 오면 창피하다고, 말했는데……!"

"나는 벨 군의 어드바이저라 거의【헤스티아 파밀리아】담당 취급을 받는다고 말했잖아? 미샤나 다른 동료들도 바쁘고……."

과보호하는 엄마를 부끄러워하는 딸처럼 입술을 비죽거리는 니이나에게, 그녀를 쏙 빼닮은 에이나는 손 많이 가는 여동생에게 그렇게 타일렀다. 그들 사이의 거리감은 어색함을 넘어서, 오랫동안 함께 했던 가족처럼 가까웠다.

두 사람 사이에 무슨 일이 있었는지 구체적으로는 알 수 없다.

그러나, 바라던 자매의 유대를 되찾아가는 에이나와 니이나의 모습을 보며 벨은 기쁨을 감추지 못하고 미소를 지었다.

지금도 옆구리에 릴리의 박치기를 받으면서.

"벨에게 보내는 뜨거운 시선은 마음에 안 든다만,『학구』의 인턴을 무시할 수는 없고……."

"네. 장래가 유망한 학생, 무엇보다도 귀중한 힐러라는 직함은 간과할 수 없어요……."

작전 회의라도 하듯, 헤스티아는 박치기를 중지한 참모 릴리와 얼굴을 바짝 붙이며 말했다.

전에 벨에게 말했듯, 【헤스티아 파밀리아】는 제1급 모험자인 류가 가입하면서 『Lv.6이 들어왔으니 저희는 욕심내지 않을게요. 학구의 스카우트 경쟁은 사양할 테니 다른 파벌 여러분들께서는 부디 저희한테 눈총 보내지 마세요』라는 방침이었지만, 학생이 스스로 지원했다면야 이야기가 다르다.

이 이상 단장(벨) 주위에 여성을 늘리고 싶지 않은 것은 솔직한 심정.

목구멍에서 손이 나올 정도로 간절한 Lv.2 ── 상급 모험자 수준의 인재를 획득하고 싶은 것도 솔직한 심정.

게다가, 니이나는 강했다.

구체적으로 말하자면 『힐러』라는 간판이 너무나도 강력했다.

전열보다 희귀한 후열직 중에서도, 순수한 회복직은 압도적으로 적다. 치유의 힘은 틀림없이 미궁 공략에 기여할 것이고, 릴리가 항상 신경을 쓰는 아이템을 엄청나게 절약해줄 것이다. 아니, 여기서 그녀를 쫓아낸다면 다른 파벌이나 주신들로부터 "바보 아냐?"라는 놀림을 받을 것이다. 그만큼 니이나 튤은 매력적이었다.

여기에 추가점을 얻을 만한 요소로, 동료가 되어도 문제를 일으킬 리 없는 『학구』 최고의 우등생이라는 점도 꼽을 수 있었다.

거짓말이나 성품을 꿰뚫어 보는 신 헤스티아의 눈으로 봐도, 그녀는 처녀신인 자신이나 【파밀리아】와 궁합이 잘 맞았다(과거에 아이샤는 여기서 걸러졌다).

릴리와 소곤소곤 이야기를 나누던 헤스티아는 ──파벌의 안전을 맡은 주신으로서── 성가신 소녀심을 강철의 의지로 으랏차 집어던지고 니이나에게 손을 내밀었다.

"……인턴으로 온 것을 환영한다, 니이나 군. 네가 이대로 우리 【파밀리아】로 이적할지 어떨지는 모르겠다만, 들어와 준다면 기쁘겠고, 『역시 관둘래~』라고 한다면 마음이 놓일 것 같은 기분도 들고…… 에에잇, 아무튼 잘 부탁한다─!!"

"네, 네엣! 잘 부탁드립니다!"

헤스티아의 손을 잡은 니이나는 안도감과 감동을 느끼는 듯했다.

반면 여신은 극동의 매실장아찌를 먹은 듯한 표정이라 동료들의 쓴웃음을 자아냈지만.

"그런데, 인턴이란 건 홈에서 기거해야 하는 게냐? 『학구』에서 일일이 이동하려면 번거로울 테고, 빈 방은 몇 개 있다만……."

"예. 【파밀리아】측의 허가만 있다면 길드는 홈에서 받아들여 주실 것을 권장합니다."

"사실은 발두르 님께서 『틀림없이 괜찮을 거예요』 하셔서 짐도 밖에 가져왔거든요……. 지금 언니랑 가서 들고 올게요!"

여신이 확인을 구하자 에이나가 담담하게 대답하고, 니이나는 조금 부끄러운 듯 일단 자리를 뜨려 했다.

"아, 나도 도와줄게, 니이나."

벨은 자연스럽게 소녀의 뒤를 따라갔다.

하지만.

"괜찮아요, **벨 선배!**"

"베……벨 선배?!"

되돌아온 호칭에 깜짝 놀랐다.

움직임을 멈춘 채, 낯간지러운 듯, 어색한 듯, 기묘한 진미를 맛본 듯한 그런 온갖 표정을 지으며 약간의 동요와 함께 호소했다.

"그, 그렇게 정색하지 않아도 돼. 늘 하던 대로 부르면……."

"늘 하던 대로, 라면…… 라피 군이라고 불러?"

"윽……?!"

니이나는 딱 한순간 동급생으로 대하던 어조로 돌아갔다가, 눈을 치켜뜨며 벨을 바라보았다.

사실 가명은 위험했다.

모르는 사람이 들으면 혼란스럽다는 의미에서도, 벨의 양심 때문에도.

말문이 막힌 벨을 보며, 니이나는 쑥스러워하기는커녕 기쁜 듯이 활짝 웃었다.

"모험자라면 내가 후배니까 선배라고 부를게. ……아니지, 부르겠습니다!"

"으, 응…… 알았어, 니이나……."

"감사합니다! 그럼 언니랑 같이 가서 짐 가져올게요!"

그렇게 웃으며, 니이나는 언니와 함께 이번에야말로 거실을 떠났다.

어딘가 기분이 좋아 보이는, 말 그대로 동물의 꼬리처럼 파닥거리는 갈색의 긴 머리를 바라보며, 벨은 뒤통수를 긁고 있을 수밖에 없었다.

"좋은 녀석 같네, 선배."

"그, 그만해, 벨프!"

"당신이 선배라고 불리는 날이 오다니…… 어쩐지 감개무량합니다."

"류 씨까지……!"

무게가 더해지는 오른쪽 어깨에 한쪽 팔을 얹은 벨프가 재미있다는 듯 입가를 틀어 올렸다.

왼쪽 어깨에는 미소를 띤 류가.

완전히 난감해진 벨은, 니이나와 에이나가 나간 문 너머를 다시 한번 바라보았다.

"하아~! 긴장했다~~!"

저택 복도를 걸으며, 가슴에 손을 얹은 니이나는 크게 숨을 내쉬었다.

야무진 그녀가 이런 모습을 보여주는 사람은 분명 자신뿐일 거라고, 곁에서 걷던 에이나는 기쁘면서도 평온한 기분을 느꼈다.

"수고했어. 하지만 괜찮을 거라고 했잖아? 신 헤스티아는 신격자시고, 벨 군이나 다른 멤버들도…….."

"그거야 발두르 님도 똑같이 말씀하셔서 안심했지만……『벨 선배』라고 부르는 게 힘들었어! 센 척하긴 했어도, 나한테는 아직 라피 군은 라피 군이고…….."

"아, 그 문제였어……?"

"아~ 저 빨간 눈을 보면 아직도 두근거린다니깐! 분명 앞으로도 계속 그럴걸?! 하다못해 라피 군일 때 쓰던 가발이라도 써주지 않으려나~?"

"그건 무리일걸…….."

빨개졌다가 연분홍색으로 물들었다가, 조금 전의 벨 못지않게 온갖 표정을 보이는 니이나를 보며 에이나는 한숨을 참았다.

그 밖에도 『라피 군』에 관한 일련의 이야기를 알고, 신분을 숨긴 채 『학구』에 잠입하다니 무슨 짓이냐고 야단치고 싶은 기분이었지만, 발두르나 한때의 은사였던 레온까지 한통속이었다면 에이나로서는 이제 아무 말도 할 수 없다. 두 분 대체 뭐 하시는 거예요? 하면서 두통이나 참고 있을 수밖에.

지친 머리로, 설마 사랑하는 여동생까지 자신의 담당 모험자를…… 같은 생각을 하고 있을 때, 니이나가 멈춰서서 이쪽을 돌아보았다.

"그건 그렇고, 설마 언니까지 벨 선배를 좋아했다니…… 앞으로는 라이벌이네!"

아~ 자매가 똑같은 생각을 했네~

라고 한순간 현실도피를 했던 에이나는 흘러 떨어지려는 안경을 황급히 붙들었다.

"따, 딱히 난 벨 군을 좋아하는 건……!"

"거짓말이지, 언니? 그렇게 얼굴이 새빨간데. 게다가 언니가 라피 군…… 벨 선배를 좋아하게 된 거, 나도 이해가 가. 언니한테는 연하여도, 나한테는 연상이어도…… 응, 이해가 가. 자매인걸."

동생이 다독이는 말에 에이나가 말을 어물거리자, 니이나는 가슴에 한 손을 대고 고개를 끄덕였다.

취향은 같다.

어쩌면 튤 일가의 핏줄이 그런 계열에 약한지도 모른다.

그 증거는 엄마와 아빠.

지금 당장이라도 그런 말을 꺼낼 것 같은 여동생에게, 에이나는 뺨에 열기를 모으며 입을 막으려 했다.

"게다가…… 벨 선배는 제1급 모험자인걸. 언니가 아니더라도, 관심 끌려는 사람은 잔뜩 있어."

그야 실제로, 이미 벨은 확고부동한 Lv.5── 인기가 없으면 이상할 만한 지위에 있다.

그러나.

'벨 군은 아니야……. 벨 군을 그런 눈으로 보고 싶지 않아……!'

라고, 신출내기 시절부터 지켜봤던 에이나의 뿌리이자, 성가신 『누나 마음』이 외쳐버렸다.

『제1급 모험자 성공 인생 벨 크라넬 개념』은 에이나의 마음속에서 심각하게 다른 해석을 가지고 있었다.

『벨 군은 그 뭐냐 좀 더 말야, 좀 더 그 뭐냐!』하는 비통한 외침이었다.

반면, 입을 막으려 하다가 갑자기 번민하기 시작하는 그런 언니를 이상하다는 듯이 무시하며, 니이나는 파이팅 포즈를 취했다.

"하지만 안 질 거야! 언니한테도, 다른 사람한테도!"

아아, 얘는 완전히 육식 체질이 됐네…….

눈빛은 진지하고 마음도 순수하지만, 모르는 사이에 『학구』에 물들어버린 여동생을 보며, 에이나는 기쁘기도 하고 슬프기도 한 기분을 느끼며, 한 번 눈을 감았다.

역시, 이 말은 꼭 해야만 한다.

알아차렸을 때는 이미 손을 쓸 수 없을 정도로 늦어져, 자신도 좌절해버릴 것 같았던 『어떤 사실』을.

진정한 적은 따로 있는 것이다――.

"저기……. 니이나?"

"왜, 언니?"

"벨 군은, 동경하는 사람이…… 좋아하는 사람이 있거든?"

"에…………에에에에에에에에에에에에에에에에에에에에에에에에에에에에에엑?!!!"

여동생이 터뜨린 오늘 최대의 비명에, 에이나는 가녀린 두 귀를 손가락으로 막았다.

"뭔가 비명이 들린 것 같은데……."

니이나와 에이나 누나가 나간 저택의 거실에서, 나는 땀을 삐질삐질 흘리며 복도 쪽 문을 흘끔 보았다.

인턴이 자리를 비워 공기가 약간 느슨해진 방에서는, 주신님과 동료들이 소파에 편히 앉아 저마다 이야기를 나누고 있었다.

"그치만 정말로 『학구』쪽에서 역으로 지명이 올 줄이야…… 생각도 못 했어요."

"길드 쪽에도, 한동안 스카우트는 중단하겠다고 이미 전하지 않았습니까?"

"그래. 엘프 군도 들어왔으니 기고만장하지 말자는 생각에서 말이다. 그야 나도 저쪽에서 알아서 와주면 좋을 텐데~ 하는 생각은 했다만……."

"『학구』에 스카우트를 가는 것은 어차피 무리였잖아. 기쁜 오산이라고 생각하면 되지 않을까?"

"저도 동감입니다. 처음부터 소속한 경우를 제외하면, Lv.2 힐러를 얻을 수 있는 파벌은 거의 없지요. 이 행운을 놓쳐서는 안 됩니다."

"역시 벨 님은 행운의 토끼님이시네요!"

"으음……. 따지고 보면, 원래 무리일 것 같았던 스카우트를 결정적으로 방해한 게 저였으니까, 뭐라고 못하겠네요……."

릴리가 복잡한 표정으로 등받이에 몸을 기대고, 미코토 씨가 옆을 살피고, 주신님이 팔짱을 낀 채 대답하고, 벨프가 의견 담당이 되고, 류 씨도 동의하고, 하루히메 씨는 기쁜 듯 웃음을 지었다.

복도 쪽을 신경 쓰면서도, 나는 쓴웃음을 지으며 대놓고 기뻐할 수는 없는 이유를 말했다.

"애초에 오탈 씨네를 쓰러뜨렸던 【헤스티아 파밀리아】의 지명도로 보자면 지금의 상황이 더 부자연스러운걸요~."

김과 향이 피어올라 맛있을 것 같은 홍차를 시르 씨가

내밀어주어, "아, 고맙습니다" 하고 받았다.

"그야 그렇다만…… 까놓고 말해 벨을 노리는 아이가 너무 많단 말이다~."

"뭐, 벨 씨도 제1급 모험자니까요~. 인기만점 인기인 일직선이죠~."

"그건 싫은데."

모두에게 홍차가 돌아가고, 주신님이 찻잔을 쭈욱 기울이더니 후우 한숨을 내쉰 후.

"그보다 넌 왜 여기 있는 게냐――――!!!!"

고함을 터뜨리셨다.

새삼스레 우리도 깜짝 놀라, 은근슬쩍 자리에 끼어 아무렇지 않다는 듯 차를 따르던 회색 머리 여자아이――가 아니라, 주점 제복을 입은 시르 씨를 바라보았다.

"뭐 어때서요~. 저도 끼워 주세요~."

"당연히 안 되지! 애초에 주점 일은 어떻게 된 거야?!"

"회른 씨랑 다른 분들이 열심히 해주셔서 땡땡…… 장 보러 오는 길에 잠깐 들른 것뿐이에요♪"

"소녀의 일을 빼앗겼사옵니다……?!"라며 충격을 받은 메이드복 차림의 하루히메 씨는 내버려 둔 채, 헤스티아 님은 꽥꽥 고함을 지르고 시르 씨는 슬렁슬렁 피했다.

……하루히메 씨와 류 씨를 호위하기 위해 마스터 같은

분들이 『화덕관』에 상주하고 있는 탓인지, 이렇게 시르 씨가 훌쩍 놀러 오는 일이 자주 있다(물론 마스터 같은 분들의 경비는 그냥 통과).

그리고 주신님은 그걸 엄청나게 싫어하신다.

주신님의 표현을 빌자면, 『조금만 방심하면 금방 저택으로 영토를 넓혀버릴 것 같아서』라나.

아무래도 시르 씨는 이 저택에서 사는 것을 열망하는 것 눈치지만…….

"네 홈으로 돌아가—!"

"폴크방은 길드에 압류당해버렸거든요~. 이제는 마음대로 드나들 수 없고~ 재워주세요~."

"내가 알 바냐아! 주점에서 자면 되잖아—!!"

"헤이즈 씨랑 다른 분들까지 오는 바람에 별채도 꽉꽉 찼단 말이에요~! 오늘까지 아냐랑 클로에, 루노아, 회른 씨랑 헤이즈 씨의 좁은 침대를 전전하며 둘이서 비좁게…… 흑흑흑."

"그러니까 내가 알 바냐! 너를 벨의 근처에서 재우는 건 아이샤 군을 입단시키는 것보다도 더 위험하다!! 돌아가 시르 아무개—!"

"그냥 시르 님이라고 하면 되잖아요……."

시르 씨와 주신님이 꽥꽥 말다툼을 나누고, 옆에서 릴리가 어이없다는 표정으로 중얼거렸다.

결국, 버티고 버틴 시르 씨가 조건을 낮춰서, 가~끔씩 저택에서 묵고 가는 것으로 합의가 되었다.

처음에 큰 요구를 하고 점차 낮춰간다…….

헤르메스 님께 들었던 교섭의 상투수단.

애초에 이 정도의 『부탁』이 목적이었던 거 아닐까…….

헥헥 어깨로 숨을 쉬는 주신님을 보며 헛웃음을 짓고 있으려니, "헤스티아 님이 말발로 시르 님을 이길 수 있을 리가 없죠"라며 릴리나 동료들도 한숨을 쉬고 있었다.

"응? 차가 다 떨어졌나?"

"그럼 내가 끓여올게. 시르 씨도…… 하루히메 씨도 힘들어 보이니까."

신경 쓰지 않고 차를 마시던 벨프에게서 백자 티포트를 받았다.

시르 씨는 주신님과 "고맙습니다 여신님~!" "너도 여신이잖아! 역시 난 네가 싫다—!! 에잇, 엉겨붙지 마라아~!"라며 아직도 옥신각신하고, 메이드 하루히메 씨는 릴리나 미코토 씨와 함께 어떻게든 달래려 하고 있으니…….

단장이라고 집에서는 아무 일도 하지 않은 채 거들먹거리는 휴먼은 되고 싶지 않다.

고맙다고 하는 벨프에게 손을 들어 대답하며 조리장으로 향했다.

마석 제품인 발화장치를 준비하면서, 모두가 한번 썼던 컵을 씻으려 하고 있을 때——.

"도와드리겠습니다, 벨."

류 씨가 왔다.

이제는 이미 익숙해진 평상복의 옷자락을 찰랑거리며, 그야말로 주점 점원 때처럼, 아주 자연스럽게.

"아…… 고맙습니다, 류 씨……."

"아닙니다. 이런 것은 원래 신참인 제가 해야 할 일이니까요."

"그, 그렇지는……."

"적어도 제가 알리제와 동료들을 처음 만났을 때는 그랬습니다."

놀란 내심을 억누르고, 어떻게든 고맙다는 인사를 건네자 류 씨는 고개를 가로젓고, 알리제 씨의 이름을 꺼내면서 미소를 지었다.

그리고 우리는 작업을 분담했다. 내가 주전자를 불에 올리고, 류 씨는 그릇을 씻었다.

자연스럽게 나란히 섰다. 어깨와 어깨의 거리가 가깝다.

아름다운 금발에서 여성의 향기가 풍기는 것 같아 가벼운 현기증을 느끼려 했다.

류 씨와, 단둘이.

'……긴장돼.'

아니, 확실하게 말해서.

민망했다.

다른 동료들이 있을 때는 괜찮지만, 둘만 있으면 금세 안절부절못하게 된다.

원인은 분명했다.

『저는 당신을 좋아합니다.』

『한 명의 남성으로서…… 저는 당신을 좋아합니다.』

파벌대전 때 들었던, 그 짧은 고백.

그것이 머릿속도 마음속도 이상하게 만든다.

계속 미뤄두기만 한 채, 나도 계기가 없다는 핑계만 댈 뿐, 전혀 진전이 없었다. 나는 하나도 답을 내지 못하고 있었다.

류 씨는 아무 생각이 없는 걸까?

굳어버린 목 근육을 억지로 움직여 흘끔 쳐다보니, 엘프 미녀는 자연체 그 자체였다.

오히려 뭐랄까, 평온하고 기분 좋아 보이기까지 했다.

'……역시 안 되겠어. 설령 이 이상 민망해지더라도…….'

확실하게 매듭을 지어야 한다.

가슴속으로 그렇게 중얼거리고, 상처 주고 싶지 않다며 이기적으로 소리치는 마음에 등을 돌린 채, 굳게 마음을 먹었다.

말하자. 말해야 해. 그녀의 고백에 대해, 이미 정해져 있었던 대답을.

"류 씨. 저기――."

하지만.

"말하지 마십시오, 벨."

내 결심은 가로막혔다.

모든 것을 꿰뚫어 보는 듯한 하늘색 눈동자에.

입을 열려 하던 얼빠진 모습으로 굳어버린 내게, 류 씨는 손을 멈추며 시선을 얽었다.

"시르의 말도 닿지 못했습니다. 그렇다면 제가 같은 결말에 도달하는 것은 당연하겠지요."

"웃……!"

"괜찮습니다. 이해하고 있습니다."

류 씨는 그렇게 말하며 덧붙였다.

눈을 가늘게 뜨며 웃는 그녀와는 대조적으로, 내 얼굴은 균열을 일으킬 것 같았다.

분명 꿰뚫어 보고 있을 것이다.

여신제 때, 시르 씨와 헤어진 다음 날, 실의에 빠진 나를 추궁했던 이 사람은.

호의를 거절하는 것이 트라우마가 되려 하는 속마음을 상냥하게 꿰뚫어 보고 있다.

하지만 나는 남자다. 그것은 차별이고, 남자든 여자든 상관없다고 해도, 그래도 역시, 나는 『남자』다.

내가 상처를 입힌 여성이 감싸주어 혼자 안심하고 있다니, 그런 자신이 꼴사나워서 싫었다.

몸을 돌려, 얼마 되지 않는 어깨와 어깨의 거리를 좁히고 고집을 부리려 하자,

"하지만…… 조금만 더, 당신을 좋아하고 있고 싶습니다."

언젠가 그랬듯, 가느다란 검지가 내 입술을 눌렀다.

그것은 분명, 비네와 『제노스』를 구해내려고 다이달로스 거리에서 만났을 때——.

입술이 막혀 눈을 크게 뜬 나는, 바보처럼 그런 뜬금없는 기억을 떠올렸다.

"고집스러운 엘프가 겨우 솔직해질 수 있었습니다. 그렇다면 조금만 더, 이 연심에 휘둘려도 되지 않겠습니까. 요정에게 있어 평생은 긴 것이니까요."

그러니 나도 아직은 이 연심에 감싸여 있고 싶다.

그렇게 간청한다.

그 간청 앞에서는 남자의 오기나 체면 따위, 비교할 수도 없을 만큼 하찮은 것이었다.

"그래도 되겠습니까?"

내게 돌아오는 물음.

나는 시간을 들여, 뻣뻣하게 고개를 끄덕였다.

그럴 수밖에 없었다.

"고맙습니다."

그렇게 말하고, 그녀는 자리를 떴다.

인원수만큼의 찻잔을 착실하게 준비해놓은 상태로.

쫓아갈 수는 없었다. 아무리 둔감해도, 여기서 쫓아가서는 안 된다는 것쯤은 안다.

그런 내게 박차를 가하듯, 마석제품에 올려놓았던 주전자가 끓었다.

한동안 굳어있었던 나는 엉거주춤 불을 껐다.

홍차를 우리기 좋은 온도 같은 건, 이미 알 수 없었다.

마스터에게 또 걷어차이겠네.

차라리 걷어차이고 싶어.

남자인데도 배려를 받고 말았다…… 아니.

연상의 누나에게 휘둘리고 있는 건가, 이건?

이마에 손을 대며, 휘청거리는 붉은 얼굴을 붙잡은 나는, 그녀가 자기 나름대로 『매듭을 지은』 것임을 이해하고 말았다.

"………………………………………………………."

조리장에서 나온 류는 어째서인지 거실로는 돌아가지 않고, 복도로 나왔다.

사뿐사뿐 사뿐사뿐 절묘한 속도로 나아가, 모퉁이를 돌자마자 확! 하고 힘차게 주저앉았다.

두 무릎 사이에 얼굴을 묻은 채, 가늘고 뾰족한 엘프의 귀를 새빨갛게 물들이며.

그때.

"고생했네, 류."

불쑥하고, 언제부터 있었는지, 언제부터 보고 있었는지, 시르가 복도 뒤에서 고개를 내밀었다.

옆까지 다가와서는 미소를 짓는 그녀에게, 류는 귀 못지 않게 새빨개진 얼굴을 느릿느릿 들었다.

"시르…………."

"지금은 슬퍼? 아니면 창피해?"

"…………후자입니다."

"그렇겠지. 류가 진짜진짜 누나 같아서, 나 깜짝 놀랐어."

옆에 앉은 시르는 류를 끌어안고 머리를 쓰다듬어주기 시작했다.

웬일로 저항하지 않는 류는 붉어진 얼굴로 변명처럼 어물어물 중얼거리기 시작했다.

"파벌대전 때, 나는 매듭을 짓기 위해 내 마음을 털어놓았던 것이었지, 받아들이기를 바랐던 것은 아닙니다. 그의 대답은 이미 알고 있었고, 이제 와서 슬퍼할 이유는, 없습니다."

"응응."

"게다가, 그에게는 그렇게 말했지만, 나, 나는 편리한 여자가 아닙니다. 언젠가 다른 이성에 끌려, 반려를 택할 때가……."

"알아 알아. 그치만 류는 어딘가의 첫사랑 몬스터 여신님이랑 마찬가지로, 첫사랑 상대에게 엄청 집착해서 하나도 잊지 못한 채 질질질질 끌려다닐 것 같은걸?"

"그건 당신 얘기죠!!"

오늘따라 유난히 어조가 빠른 류는, 마치 남의 일인 양 첫사랑 몬스터 프레이야 님을 들먹이는 마을 소녀에게, 눈을 감은 채 큰 소리로 외쳤다. 조금 전의 주신처럼.

"이제 우린 벨 씨한테 차인 동지네!"

"나, 나는 아직 확실하게 차인 건 아닙니다……!"

"아, 류는 강하네~! 하지만 이해해! 남자든 여자든 오히려 차인 다음이 더 무적이 될 수 있으니까!"

"거절당한 경험 따위 없었던, 사랑을 관장하는 당신이 그런 말을 해봤자……."

"참고로 난 벨 씨가 영혼이 된 다음에도 쫓아갈 수 있고, 환생한 다음에도 만나러 갈 거니까 류보다 유리하네!"

"그만두십시오!!!!"

훌훌 털어버리다 못해, 사람의 일생을 초월한 합법 스토커의 장대하기 짝이 없는 연애관을 들먹이는 친구에게, 류의 딴죽은 멈출 줄을 몰랐다.

몸을 내던져가며, 새빨개진 얼굴을 들이대며 말렸다.

시르는 히죽 웃었다.

친구와 이런 대화를 나눌 수 있다는 것이 못내 기쁜 모양이었다.

"…………혹시, 라피 군의 옆은 길드 취직보다 경쟁률 심한 거 아냐……?!"

"그러게 내가 뭐랬니……."

──그런 대화를 다른 모퉁이에서 목격해버린 하프엘프 자매.

짐을 옮기다 말고, 벽에서 고개를 내민 채 바들바들 전율하는 니이나에게, 에이나는 한숨을 쉬고 있었다.

자신의 앞날도 험난하다는 것을 자각하며.

🔥

"【파밀리아】단장에게 필요한 건 뭔가요?"

【로키 파밀리아】의 단장인 핀 씨에게 그런 질문을 한 적이 있다.

『파룸의 구혼』소동 이후, 거리에서 스쳐 지나갔을 때. 그때는 신세를 많이 졌어, 아뇨아뇨…… 하는 이야기가 선 채로 시작되어서, 인사를 겸해 조심스레 물어보았지.

이래 봬도 일단은 단장이라 입장에 고민이 많았고, 내가 그런 일을 할 수 있을까, 릴리나 벨프가 더 낫지 같지 않을까, 정말 괜찮을까, 하고 당시에는 자주 생각했다.

단장직도 루키인 나에게, 위대한 선배는 막힘없이 대답했다.

"정체되는 인간관계의 정리와 개선."

명석한 두뇌라든가 리더십 같은 것을 생각했던지라, 삐질삐질 식은땀을 흘렸던 것을 지금도 똑똑히 기억한다.

핀 씨의 말에 따르면, 집단생활을 하는 이상, 때로는 동료에게 악감정을 품는 것은 당연하며, 사소한 오해라 해도 파티의 연대에 지장을 초래한다나. 명확한 싸움이나 불신은 치명적이고, 몬스터보다 더 무서운 것이라고 하셨다.

"갈등의 조기 발견과 수습은, 지상에서는 로키에게 떠맡길 수 있지만, 던전에서는 그럴 수도 없거든. 리베리아나 라울의 눈을 빌려서, 단원들의 움직임을 잘 지켜보고 있지."

핀 씨는【파밀리아】의 진정한 우두머리는 신이라고 생각하시는지, 그런 의미에서 신에게야말로 필요한 능력일지도 모르겠다고 덧붙이시더니,

"특히 누구누구가 반했다느니 사랑에 빠졌다느니 하는 연애사를 주의하는 게 좋을 거야."

라고도 말씀하셨다. 뭐…… 말할 필요도 없는 일일지도 모른다.

그런 의미에서, 지금의 나와 류 씨의 관계는【파밀리아】의 입장에선 어떨까, 하고 괜히 생각하게 된다.

류 씨는 이제까지 했던 것처럼 있어도 된다고 말씀하셨지만…… 역시 단장 실격 아닐까, 하고 땅바닥에 쓰러져 푹푹 파묻히듯 낙심하고 자신감을 잃어버렸다.

"뭐, 나도 대략 한 명에게 지나치게 열렬한 구애를 받고 있다 보니 잘난 척할 입장은 아니지만…… 네 경우는, 어디 보자."

하지만 핀 씨는 이런 말씀도 하셨다.

"누구보다도 먼저 선두에 서고, 모두를 뒤에서 끌어당기지. 그런 단장이 있는 것도 괜찮다고 생각해."

당시의 나에게도.

지금의 나에게도.

그것은 어둠을 비추는 등대의 빛 같은 말이다.

"──흡!!"

그러므로, 【헤스티아 파밀리아】의 단장은 지면을 분쇄할 정도로 힘차게 발을 내디디며 몬스터의 무리 속으로 몸을 날린다.

쏟아지는 포효와 발톱과 이빨을 피하며, 《주신님 나이프》와 《하쿠겐》을 일곱 차례의 참격으로 바꾸었다. 두꺼운 비늘과 도끼 같은 꼬리가 잘려나가, 세 마리의 대형급 『스피노액스』가 비명을 질렀다.

"벨 공의 뒤를 따르겠습니다!"

"조심해! 저 **공룡** 자식들 힘이 장난 아냐!"

레벨 부스트의 빛을 두른 미코토 씨와 벨프가 내 뒤를 따라온다.

두 사람의 부담을 최대한 줄이기 위해, 나는 지금까지와는 다른 새로운 적, 『공룡종』 몬스터를 상대로 크게 움직이며 싸웠다.

현재 위치, 제29계층.

층역의 이름은 『밀림의 협곡』.

제27계층까지 이어지던 『물의 미궁도시』 너머에 펼쳐진 정글형 던전.

우러러볼 정도로 거대한 나무들이 빽빽하게 우거진 채로 그야말로 벽처럼 빈틈없이 뻗어나가는 가운데, 양옆의 삼림이 V자 모양으로 깊이 솟아나 정규 루트를 형성하고 있어, 『밀림』이면서도 『협곡』이라는 별칭이 붙었다.

 29~32까지 각 계층이 『물의 미궁도시』와 같은 3단 또는 4단의 거대한 계단 형태를 이루고 있으며, 계층 입구의 최상단에서는 다음 계층의 연결통로가 있는 최하단까지를 내려다볼 수 있다. 그 웅장한 경관과 특수한 지형도 협곡이라 불리는 이유가 아닐까.

 강대한 공룡종 몬스터가 종족이 활개 치는, 그런 『하층』의 새로운 영역에 우리 【헤스티아 파밀리아】가 발을 들이고 있었다.

 『오로오오오오오오오!!』

 "크으윽——?"

 "정면에서 맞서지 마! 레벨 부스트가 있어도 날아가 버린다!"

 세 개의 머리를 가진 『아르마로사우루스』의 강습을 장도로 막으려던 미코토 씨의 몸이 휘청거리더니 부츠 밑창이 지면에서 떨어졌다. 자세가 흐트러지면서도 어떻게든 다시 착지한 그녀에게 다른 방향의 적과 대치하던 벨프가 외쳤다.

 거구에 파워 타입인 『아르마로사우루스』와는 다른 민첩한 개체, 『섀도우 랩터』 무리의 깎아내는 듯한 히트 앤 어웨이에, 이제까지 릴리와 『마검』 사용을 두고 자주 다투었던 벨프도 입가를 일그러뜨리며 주저하지 않고 『마검』을 뽑았다.

《시코우 카즈키》의 업화가 약탈집단처럼 파티의 왼쪽 정면을 불태웠다.

"전에 여길 지나갈 때도 생각했지만······! Lv.2 이하는 안 통한다는 것도 이해가 가는구만!"

자포자기한 것처럼 벨프가 외치며 다음 적을 베어가는 모습에, 나도 동감하고 있었다.

이전 『원정』에서 나와 류 씨를 구출하러 오며, 나 이외의 【헤스티아 파밀리아】는 제37계층으로 가기 위해 이 『밀림의 협곡』을 통과한 적이 있다.

그때는 『제노스』의 리드 씨 같은 분들이 지켜주기도 했다지만······ 공룡들의 맹위를 제대로 목격했는지, 이곳에 오기 전부터 동료들의 긴장감은 나와 달랐다.

길드가 공개한 던전 정보.

제13계층부터 시작되는 첫 번째 사선, 『퍼스트 라인』이 Lv.1로는 공략 불가능이라고 명기한 것처럼, 이 『밀림의 협곡』도 Lv.3 이상의 파티가 아니고서는 공략할 수 없다고 단언한다.

그 직접적인 원인은, 이 층역에 출현하는 『공룡종』 몬스터.

『카아아아아아아아아악!』

『르어어어어어어어어어어어어!!』

불규칙한 포효가 어마어마한 음압으로 고막을 뒤흔든다.

그 위용과 위압감은 **용**이라는 이름에 걸맞아, 쿠웅 쿠웅 쿠웅! 하고 다가오는 발소리 하나만도 엄청났다. 계층 터주를 제외하면 지금까지 교전했던 몬스터 종족과는 비교도 되지 않는 체격과 중량은 그 자체로 공격에 파괴력을 더한다. 근골 그 자체부터 차원이 달랐다.

단단한 비늘에 싸인 육체도, 어설픈 공격은 쉽게 튕겨 낸다.

그나마 다행인 점을 꼽으라면, 마법은 지금까지의 적과 마찬가지로 유효타가 된다는 정도. 레벨 부스트가 없는 벨프나 미코토 씨라면 정면에서 깔아뭉개버릴 것이다. 루비스 씨와 도르무르 씨도 공략을 저지당해, 이미 오랜 기간 동안 『밀림의 협곡』에 발이 묶여 있다고 들었다.

길드에 축적된 수치상의 데이터만 봐도 알 수 있다.

이 층역에서 가장 높은 숫자는, 노련한 상급 모험자 파티의 철수나 패주가 아닌, **전멸률**.

지형 효과나 던전 기믹 따위 상관없는, 계층 공략 난이도를 급상승시키는 압도적인 잠재능력.

【스테이터스】로 얼버무릴 수 없는, 순수하게 공격력과 방어력이 높은 종족.

잡졸을 잡졸이라고 부를 수 없는 부조리.

그저 **단순히 강할 뿐**.

그것이 바로 『공룡종』이며, 제27계층 이상의 몬스터와는 차원이 다른 존재다.

"하얏!!"

『아그악──?!』

그렇기에 나는 날뛴다.

"미코토 씨, 지원해주세요! 2시 방향 적의──."

"──발을 묶으란 말씀이군요!! 알겠습니다!"

"벨프!"

"말할 필요 없어! 위에서 오는 건 전부 태워줄게!"

도합 6마리의 적을 베어 쓰러뜨리면서 나누는 짧은 대화.

전열 담당들이 이제까지보다도 더 빠르게, 깊이, 강하게 의사소통을 할 수 있게 된 것을 기쁘게 생각하면서, 나는 안광의 궤적을 남기는 『그림자』가 되었다.

돌격.

지면에 달라붙듯 몸을 바짝 앞으로 기울인 자세.

『섀도 랩터』 무리가 나를 놓친 한순간과 맞바꾸어 몸통을 가르고, 창졸간에 반격하려던 『아르마로사우루스』의 목을 스쳐 지나가며 베어버린다.

그대로 기세를 늦추지 않고 맹렬한 질주의 호를 그리며, 미코토 씨의 쿠나이가 붙들어놓고 있었던 적의 무리를 눈 깜짝할 사이에 갈기갈기 찢어버렸다.

이어지는 잿가루의 폭발. 지체 없이 바로 머리 위의 허공을 달리는 『마검』의 불줄기.

내 머리를 노리던 『게일프테라』의 무리가 드롭 아이템조차 남기지 못하고 화장되었다.

"벨 님은 물론이고 벨프 님도, 미코토 님도…… 세 분 모두 대단하시옵니다! 벨 님이 중심이 되어, 그렇게 무서운 몬스터들을 단숨에!"

"『시야』의 공유……! 벨 님께 이끌려가는 형태로 미코토 님과 벨프 님도 전열끼리 의식을 높여나가고 있어요! 진짜로 『학구』의 경험이 도움이 되고 있네요!"

이번에는 류 씨의 제안으로, 중견이 없는 ──그녀 자신이 후열의 수비에 전념하는 작전── 가운데, 후열 위치에 고정된 하루히메 씨와 릴리에게서 환호성이 들려왔다.

"벨 님의 전장 어휘력이라고 해야 하나 말씨라고 해야 하나, 아무튼 지능도 올라간 것 같고요! 그야말로 신들이 말하는 『지능지수 올랐다 아자』!"

"리, 릴리 님, 그렇게 말씀하시는 건 좀……."

그리고 덤으로 슬픈 무언가도 들린 것 같았지만, 난 아무것도 못 들었어!

"릴리가 지휘관으로서 아무 역할도 못 하는 건 허무의 극치지만요……."

"그렇지 않습니다. 당신이 대비하고 있었던 대로──다음이 오고 있으니까요."

그 직후, 파티의 7시 방향, 즉 후열의 배후에서 이변이 발생했다.

릴리와 하루히메 씨를 보호하는 형태로 류 씨가 자리를

잡자마자, 밀림의 벽을 뚫고 『베노케라톱스』가 나타났다.

"적은 강하고! 수는 많고! 말도 안 되는 계층이구만, 여긴!"

"벨프, 미코토 씨! 릴리네랑 합류해주세요! 전선은 제가 맡고 있을게요!"

"감사합니다, 벨 공!"

류 씨에게 맡겨두면 아무 일 없겠지만, 벨프와 미코토 씨의 회복도 겸해서 후열의 방어를 강화해줄 것을 부탁했다.

전방의 숲에서, 불쑥 하고 그림자를 뚫고 나오듯 나타나는 새로운 섀도 랩터의 무리를 빈틈없이 경계하며, 아직도 끊이지 않는 공룡들의 습격을 정면에서 받아냈다. 머리 한 구석으로는 이 계층까지 찾아온 경위를 돌이켜볼 여유를 유지하면서.

——미션의 기한이 임박했어요.

진저리난다는 표정을 지은 릴리의 발언으로 시작된 이번 공략.

던전 탐색계【파밀리아】의 숙명. 일정 이상의 랭크에 도달한 파벌은 『원정』을 나가 미궁 개척에 공헌해야만 한다. 이에 따라【헤스티아 파밀리아】는 이전에 아이샤 씨 같은 이들과 파벌 연합을 맺은 이후의 도달 계층 갱신에 도전해야만 하게 되었다.

『학구』의 입학 체험을 겪고 난 지금은 '이제야 왔구나' 하는 기분과 '벌써 와버렸구나' 하는 생각이 반반 정도다.

실제로는 지난번 미션으로부터 벌써 3개월이 지났다.

『파벌대전』 등등 여러 가지 일이 있었다고는 하지만, 더 이상 길드도 【헤스티아 파밀리아】를 놀게 놔둘 생각이 없다는 뜻이겠지.

원래 같으면 지난번 『원정』은 실패로 간주되는 【헤스티아 파밀리아】는 성공 조건 중 하나인 도달 계층 갱신, 다시 말해 제25계층까지만 가면 달성이 가능했겠지만…….

"【너넨 랭크가 B까지 올라갔으니까 목표는 최소 29계층이거든? 이의는 인정 안함】이라고 적혀 있네요."

"어, 의역한 거지, 릴리?"

"【제1급 모험자가 2명이나 있으니까 껌이겠지? 거기다 반칙 같은 레벨 부스트도 있지? 빠릿빠릿하게 일해】. 그렇게 적혀 있네요."

"의역한 거지?! 그치?!"

릴리는 감정을 지운 얼굴로 길드의 지령서를 낭독했다. 두 손으로 든 편지를 구겨서 찢어버릴 것 같은 서포터를 내가 필사적으로 말리는, 그런 소동이 저택에서 있었다…….

"아마 우라노스의 신의도 있을 게다……. 여유를 주겠다느니 해놓고는, 끝나자마자 바로 이 모양이라니. 정말로 벨을 하계방위군, 아니, 3대 퀘스트에 편입시키려고 하디스트 인페르노 난이도 모험을 시킬 작정인지중얼중얼……."

주신님도 주신님대로 무언가를 중얼거리며 머리를 감싸 쥐고 계셨는데.

아무튼 릴리의 표현을 빌자면 길드의 횡포와 막무가내 요구로 인해, 우리는 예전처럼 『파벌연합』도 짜지 않고 이곳 29계층까지 진출하게 되었던 것이다.

——그래도, 릴리에게는 미안한 말이지만, 나는 이 공략이 무리라고 느끼지는 않았다.

"류 님, 앞쪽을 정리하시면 마법으로 안쪽의 적을……!"

"【별빛을 담아 적을 쳐라】—— 【루미노스 윈드】!"

"우왓 빨라?! 『병행영창』?! 고, 고맙습니다!"

일단, 뭐니 뭐니 해도 류 씨가 강하다.

Lv.6인 데다, 이곳 『밀림의 협곡』도 【아스트레아 파밀리아】 시절에 이미 여러 차례 답파했다.

공수 양면에서 우리를 지탱하는 대들보이며, 지휘관 릴리의 보조도 완벽히 맡아준다. 지식과 경험은 모든 위험성을 없애준다. 저런 분이 있으니, 당연히 길드도 『빨랑 공략하고 와』라고 하고 싶겠지.

내가 이런 말을 하는 건 좀 그렇지만, 역시 제1급 모험자의 존재는 엄청나게 크다.

이제 심층영역 이외의 계층은 『어떻게든 되겠지』 하는 생각이 들 정도다. 물론, 아무리 적정 Lv.이 높아도 던전은 우리를 죽이기 위해 애쓰고, 실수는 얼마든지 일어나기 때문에 절대 방심할 수는 없지만…… 어쨌거나 『힘으로 밀어붙여 정면돌파』가 가능한 것이다.

효율을 따지지 않는다면, 이 계층에서는 공격과 수비 중

어느 한쪽은 제1급 모험자 한 명이 도맡아버릴 수 있다. 있다. 그리고 나 혼자였다면 불안을 완전히는 불식할 수 없었을지도 모르지만, 지금은 류 씨가 있다.

전열에 내가, 후열에 그녀가 있는 것만으로 파티 전체의 안전이 단숨에 확보된다.

동종업자들 사이에서는 분명 인기만발일, 제1급 모험자의 샌드위치 배치.

"하루히메 공, 레벨 부스트를!"

"아까 썼던 효과 시간이 아직 남았지만 여유를 두고 갔으면 좋겠는데!"

"괜찮사옵니다! 꼬리가 아직 남았나이다!"

그리고 미코토 씨나 벨프도, 어쨌거나 이 계층을 한번 겪어봤다는 점이 등을 밀어주고 있다.

츠바키 씨나 리드 씨 같은 분들이 호위해주었다고는 하지만, 이 계층의 위협을 피부로 직접 느꼈다. 지식만이 아니라 『체험』까지 있었으니, 마음가짐 단계에서부터 동요하지 않고 구체적인 대책까지 마련할 수 있는 것이다.

다른 파벌에는 없는 벨프의 강력한 『마검』도, 하루히메 씨의 레벨 부스트도 있다. 미코토 씨의 색적 스킬도 이미 발동조건을 만족해 빈틈이 없다. 설령 아이샤 씨 같은 분들이 안 계시더라도, 【헤스티아 파밀리아】는 이미 제29계층에서 싸울 만한 준비를 마친 것이다.

빛의 꼬리를 4개 남기고 있었던 하루히메 씨에게서 금색의 은혜를 받아, Lv.3의 제한시간을 갱신한 미코토 씨와 벨프가 걱정 없이 반격에 나섰다.

"**니이나 님!** 영창에 들어가 주세요! 끝나는 대로 회복!"

"네, 네엣!"

게다가, 이번 탐색에는 니이나도 동행하고 있다.

——저, 저도 가게 해주세요!

위험하니까 인턴생인 니이나는 주신님과 함께 홈을 지켜달라는 말이 나왔을 때, 짐 정리를 마친 니이나는 미션에 참가하겠다고 손을 들었다.

당황한 에이나 씨는 필사적으로 말리려 했고, 릴리도 연계를 확인하지 못한 신참을 보호하면서 『하층』에 가는 건 걱정된다, 지휘에 혼란이 올 것 같다고 난색을 표했지만,

『전투 중에 조각상처럼 뻣뻣이 있더라도, 힐러라면 함께 가는 편이 파티의 안전성이 높아집니다.』

라고, 의외로 류 씨가 그런 의견을 냈다.

【아스트레아 파밀리아】 입단 초기에도 힐러 같은 역할을 떠맡은 경험이 있는지, 누구보다도 모험자 경력이 긴 【질풍】은 『힐러』의 편이성을 당당하게 설파했다.

향후를 위해서라도 어떤 범위의 부상을 치료할 수 있고 치료할 수 없는지를 최대한 빨리 공유해두어야 한다는 말과 함께.

『29계층이라면 그녀 하나가 더 온다 해도 호위에 지장은 없습니다. 그리고…… 힐러가 있으면 아이템 값을 대폭 절

감할 수 있습니다, 릴리루카.』

류 씨의 말에 릴리는 설득되었다. 구체적으로 말하자면 뒷부분의 말을 듣고 손바닥을 뒤집었다.

대량지출이 확실한 『원정』이기도 해서, 이미 탐색 비용을 계산해놓았던 우리의 참모는 니이나의 동행을 거의 강제로 결정해 에이나 씨를 실망시켰다.

나는 나대로, 니이나가 위험하지 않도록 확실히 지키겠다고 에이나 씨와 약속하긴 했지만…… 니이나라면 괜찮을 거라는 확신도 있었다.

릴리와 같은 Lv.2인 데다, 『워스트 파티』라고까지 불렸던 『제3소대』에서는 늘 소대원들의 막무가내에 휘둘리면서도 헌신적인 역할을 도맡았다.

후열 위치라면 『자신이 할 수 있는 일』을 정확히 선택할 수 있는 우등생.

치유의 힘으로 우리에게 도움은 될지언정 발목을 잡는 일만은 없을 것이다.

"【흔들리는 성륜(聖輪), 토한 숨결은 희게. 꽃이여 꽃이여 노래하라 청정의 언덕】……! 준비 다 됐어요!"

"벨프 님이랑 미코토 님께! 실수로 몬스터까지 치유하지 않게 하세요!"

"네에? 이 거리에서요?! 회복을 위해 일단 물러나 주신다든가 할 수는……?"

"그럴 시간 없어요! 회복마법의 사정거리는 조절이 가능하다고 했던 건 그쪽이었잖아요! 카산드라 님이라면 할 수 있어요! 빠릿빠릿하게 일하세요!!"

"카산드라 씨가 누군데요?!"

"전열의 진로를 예측하십시오. 두 사람을 직접 겨냥하는 것이 아니라 이동 예상 지점에 두기만 하면 됩니다."

"에, 에, 에엑……?! 아, 알았어요! ——마, 【마기아 크리스】!"

……라고 생각하지만, 릴리의 요구사항이 은근히 빡세다.

류 씨도 자연스러운 태도로 가혹한 요구를 하신다. 혹시 【아스트레아 파밀리아】는 신인 교육에 엄격했나?

곁에 있는 두 사람의 일갈과 지시에 끼이면서도 니이나는 요구를 만족시켰다.

어떻게든 벨프와 미코토 씨가 교차하는 이동 예상 지점을 알아내, 꽃잎 같은 흰색의 마력조각으로 두 사람의 몸을 감쌌다. 그리고 그것을 아무도 칭찬하지 않았다. 태연히 전투를 속행한다.

"나, 나 혹시, 엄청난 【파밀리아】에 들어가려 하고 있는 걸까……?!"

'니이나가 불쌍해…….'

학구의 배틀 유니폼 차림으로 로드를 꼭 끌어안은 채 무릎을 움츠린 니이나. 나는 나도 모르게 먼 곳을 보는 표정을 짓고 말았다.

확실하게 전선에 공헌하고 있는 동급생을 칭찬해 주고

싶지만, 나도 지금은 좀 무리다.

동정하면서 다이너스 록헤드의 무리를 참격의 그물로 처리하고 있으려니── 그것이 나타났기 때문이다.

『쿠오오오오오오오오오오오오오오오오오오오오 오오오오!!』

폭발하듯 뚫리는 밀림.

하늘로 흩날리는 거목의 파편은 바위만큼이나 크다.

그리고 긴 다리로 풀숲을 굉연히 뒤흔드는 붉은 거구.

너무나도 거대한 주둥이를 벌리며, 이 층역 최고의 『포식자』가 포효했다.

"『블러드 사우루스』!"

"저거냐?! 릴리돌이가 말한 위험한 공룡이란 게!"

"크기는 『세오로 밀림』에서 마주쳤던 것과는 비교가 안 되네요……!"

미코토 씨와 벨프, 릴리 셋이 저마다 반응하며 그 위용을 경계했다.

대형급 몬스터 『블러드 사우루스』.

사람을 통째로 삼킬 수 있을 정도의 주둥이와 날카로운 송곳니를 가졌으며, 선혈색 비늘로 덮인 육체는 강인하다.

몸길이는 10M이 넘어 계층 터주와도 맞먹을 정도. 릴리 말대로, 나자 씨의 퀘스트 때문에 『세오로 밀림』에 갔을 때 만났던 지상의 개체는 5M 정도였으니, 가뿐히 두 배가 넘는다는 계산이다. 그렇게 큰데도 민첩성까지 높다니 이만

저만 까다로운 것이 아니다.

『밀림의 협곡』에서도 가장 강하고, 위험하며, 층역마다 규정된 길드의 위협 평가도 또한 최고인 3성급. 『중층』으로 치면 『미노타우로스』 같은 존재라고 설명하면 가장 이해가 빠를 것이다.

도르무르 씨 같은 분들은 『그건 4성급이여』라고 했던가.

제30계층에서 아무렇지도 않게 씀풍씀풍 태어나니 레어 몬스터라고 취급할 수도 없는, 이 층역을 상징하는 부조리 중 하나일지도 모른다.

심지어, 그것이 동시에 **세 마리.**

『쿠오오오오오오오오오!!』

『꾸와악?!』

층역의 지배자가 등장하자, 모험자도 몬스터도 모두 한 차례 움직임을 멈추는 가운데, 옆에 있던 『섀도 랩터』들이 제일 먼저 포식당했다. 같은 대형급인 『스피노액스』조차 별로 저항도 못하고 거대한 주둥이에 잡아먹혔다.

이 층역을 평가하는 『약육강식』이란 단어의 축소판 같은 광경.

으적으적 씹는 소리에 낯이 창백해지는 니이나의 모습이 시야 가장자리에 들어왔다.

얼굴 언저리를 피와 살점으로 지저분하게 물들인 핏발선 눈은 다음으로 우리를 향했다.

"블러드 사우루스는 육식성 때문에 동족을 잡아먹는 『강화종』이 되기 쉽습니다. 주의하십시오."

류 씨의 경고가 어디를 향한 것인지는 금방 알 수 있었다.

세 마리 중 한가운데, 가장 뒤쪽.

한 둘레쯤 더 큰 개체가 있었다. 『강화종』 중에서도 저놈이 보스다.

『블러드 사우루스』의 원래 출현 계층은 30계층. 29계층에 올라온 시점에서 사냥감을 찾아, 피와 살에 굶주렸다…….'

책장을 고속으로 넘기듯, 에이나 누나와 공부하며 얻은 정보를 머릿속에 펼쳐놓고 즉각 판단했다.

아직은 벨프나 미코토 씨와 싸우게 하고 싶지 않았다. 그렇다면 단장이 할 일은 하나뿐이다.

땅을 박찼다.

무시무시한 육식 공룡들의 두 눈을 이쪽으로 끌어들이듯, 화려하게, 크게.

돌격의 초기 가속 속에서 얽히는 시선.

지휘관 릴리의 밤색 눈과 내 루벨라이트색 눈이 교차하는 한순간의 의사소통.

이미 그것만으로도 충분하다.

아무 걱정 없이, 블러드 사우루스를 향해 대담하게 육박했다.

"릴리루카."

"알고 있어요! 하루히메 님, 엄호 사격 부탁드려요! 지금의 벨이라면 아무리 쏴도 안 맞을 테니까요!"

"네, 네엣!"

후방에서 류 씨가 소리쳐 부르고, 릴리가 고개를 끄덕이고, 하루히메 씨가『부채』를 드는 것을 알 수 있었다.

『심층』의 결사행, 그리고『학구』의 학생 생활 속에서 길러진『넓은 시야』는 지금도 살아 있다. 곁눈질만으로 후열의 움직임을 감지한 나는『발사』타이밍에 맞춰 재빠르게 측면으로 뛰어, 몬스터들의 눈앞에서 모습을 감췄다.

한 치의 오차도 없이, 릴리가 쏜 단검형 마검의 불꽃, 그리고 벨프가 하루히메에게 준 부채형 마검『스이란(翠嵐)』에서 펼쳐진 바람의 칼날이『블러드 사우루스』의 무리에 꽂혔다.

『크아아아아아아아아아아──────?!』

폭염과 참격.

강력한 마포가 꽂혀, 두 마리의 블러드 사우루스가 비명을 질렀다.

하지만 가장 뒤에 있는 보스에게는 화력이 별로 닿지 않았다.

부하들의 거대한 몸이 방벽 역할을 하고 있었다. 그러니 다시 한번, 돌격.

측면으로 회피했다가 지체하지 않고 뛰어들고, 육식 공룡의 안구는『사냥감』의 모습을 정확하게 포착해 뒤룩거렸다.

반응속도가 빠르다. 초동조차도.

『강화종』이라는 이름에 부끄럽지 않은 움직임으로, 민첩하게, 그리고 격렬하게, 거인의 곤봉과도 같은 꼬리를 한 바퀴 돌려── 휩쓴다.

『용오름』이 발생했다.

주위에 있던 부하들은 물론이고, 정글까지도 날려버려 주위를 허허벌판으로 만드는 회오리바람의 강타.

튕겨 날아간 블러드 사우루스 두 마리의 살조각이 흩날리고, 부서진 나무 줄기가 화살처럼 날아갔다.

"라피 군!"

벨프를 비롯한 후열이 얼른 엎드리는 가운데 니이나의 비명이 들렸다.

『선배』라고 하는 걸 잊어버렸다. 조금 마음이 놓였다. 난 아직 동급생으로 있어도 되는 거구나.

그런 뜬금없는 생각이 떠올랐지만, 지금 그녀에게 보일 언동은 하나뿐.

『괜찮아』라는 한마디와, 『맹공』이라는 한 수.

허공으로 도약해 폭풍 같은 일격을 회피한 나는, 목에 감긴 《골라이아스의 머플러》를 풀었다.

머리 위로 도약한 그림자에 『강화종』이 흠칫 올려다보았지만, 이미 늦었다.

쭉 뻗은 왼손을 포신 삼아.

조준해서, 바로 아래를 향해 염뢰를 날렸다.

"【파이어볼트】."

『━━━━━━━━━━━━━━아아아아아?!?!』

3연사.

위력이 낮은 『속공마법』이지만, 제1급 모험자의 『마력』은 그것만으로도 충분한 포격으로 바뀌었다.

대형급의 몸을 갉아먹는 염뢰의 창.

선혈색 비늘이 터지며 육체를 뚫어 불태우고, 블러드 사우루스는 절규를 터뜨렸다.

그리고 완전히 움직임을 멈춘 거구의 뒤에서, 녹다 만 『보라색 광채』가 드러났다.

마인드는 아껴두고 싶었다.

그러므로 이제는 낙하운동에 몸을 맡기고, 자유롭지 못한 공중에서 오른손의 머플러를 휘둘렀다.

달려나가는 칠흑의 채찍. 최강의 강도를 가진 거인의 일격.

공중을 달려나간 머플러는 한 치의 오차도 없이 『마석』으로 빨려 들어가 핵을 파괴했다.

직격, 폭파.

블러드 사우루스의 거대한 몸이 대량의 재가 되어 밀림에 흩날리는 가운데, 착지한 나는 주위에 적이 없는지 확인하고 머플러를 다시 감았다.

"……굉장해……."

모험자가 되어 많은 경치를 보고 싶다고 했던 여자아이의, 그런 감탄성이 들린 것 같았다.

"미션을 달성하려면 드롭 아이템이 앞으로 얼마나 더 필요합니까, 릴리 공?"

"『블러드 사우루스의 송곳니』가 차고 넘칠 정도로 들어왔으니까, 까놓고 말해 이미 달성한 거나 마찬가지지만요……길드 측이 『오, 그럼 이제 30계층까지는 여유 있구나? 다음 원정은 최소한 31계층은 가야겠네!』 같은 소릴 할 것 같으니까, 『아르마로사우루스의 돌기』 아니면 『스피노액스의도끼날』이 10개쯤 더 있으면 좋겠네요……."

그 후로 두 번의 전투를 더 치른 후.

휴식장소에서 휴대용 식량을 먹는 미코토 씨 앞에서 릴리가 백팩의 내용물을 펼쳐보고 있었다.

그야말로 귀중한 화석이라도 다루듯 『드롭 아이템』을 늘어놓고 있다.

이건 얼마에 팔릴 거고 이건 수익이 얼마쯤 되고~ 하는 생각을 하고 있는 걸까.

주변 경계를 대충 마친 내가 그 모습에 웃고 있으려니, 벨프가 수통을 건네주었다.

"하지만 쉬려고 할 때마다 일일이 28계층으로 되돌아가는 것도 번거로운데."

"그건 그렇지만…… 어쩔 수 없어. 『밀림의 협곡』에서 쉬면 금방 공룡이 오니 다들 편히 쉬지도 못할 거고, 기왕 가까운 곳에 세이프티 포인트가 있으니까."

활용할 건 활용해야지, 라고 말하자 벨프는 그것도 그렇다며 주변을 둘러보았다.

수많은 청수정 기둥.

그 밑에는 형형색색으로 피어난 아름다운 꽃밭.

까마득히 높은 천장에서는 창백한 위스테리아가 늘어진 채 불가사의한 빛을 발한다. 그 빛을 받은 계층 전체가 푸른색으로도 보라색으로도 흰색으로도 보여, 영혼이 빨려 들어갈 것 같은 신비한 공간이 생겨나 있었다. 여기저기서 솟아나는 맑은 샘이 신비의 빛을 반사하며 수면을 찰랑거린다.

『언더 가든』.

제18계층 『언더 리조트』 다음으로 나타나는, 두 번째 세이프티 포인트의 명칭이다.

"『심층』에서 지상으로 돌아올 때 여길 지나갔다고 들었는데…… 하나도 기억이 안 나네."

"37계층에 떨어져서, 너도 저 녀석도 죽을 뻔했으니까. 무리도 아니지."

하층영역의 세이프티 포인트이자, 제28계층이라는 위치 관계 때문에 『밀림의 협곡』을 공략하는 모험자 파티가 지금의 우리처럼 자주 이용한다고 들었다.

아래로 내려갈수록 광대해지는 던전의 구조에서는 보기

드물게, 제28계층은 『언더 리조트』보다 좁고 작다. 그래도 충분히 넓기는 하지만, 시야가 탁 트이기도 해서, 마치 전망 좋은 지상의 꽃밭에라도 있는 것 같았다. 수정기둥도, 머리 위의 꽃들이 발하는 빛도 환상적이어서, 굳이 비교하자면 엘프의 숲속에 있는 꽃밭이 더 가까울지도 모르겠다.

채집할 수 있는 식량도 『언더 리조트』에 비하면 적다는데, 푸른 기둥을 부수면 희귀한 과일인 『크리스탈 드롭』이 나오는 경우가 있다고 한다. 샘물도 당연히 마실 수 있고, 심지어 은은하게 레몬 같은 감귤류 비슷한 맛이 난다. 애초에 벽에서 몬스터가 태어나지 않는 시점에서 이곳도 낙원이나 마찬가지다. 위아래 계층에서 오는 몬스터만 경계하면, 파티 전체가 상당히 긴장을 풀 수 있었다.

휴식할 때마다 이 『언더 가든』으로 올라와, 회복을 마치면 다시 『밀림의 협곡』으로 진격.

조금 번거롭지만, 우리는 제28층과 제29층을 왕복한다는 계획을 세우고 있었다.

"야영 준비는 다 끝났냐? 오늘 공략은 기껏해야 앞으로 한두 번이겠지?"

"다른 계층에서 몬스터가 와서 망가뜨릴지도 모르고……. 냄새 주머니를 놓아두는 건, 다른 파티가 왔을 때 엄청 야단맞을 것 같고……."

"『파벌대전』 끝난 후에 안 좋은 의미에서 눈에 뜨이는 것도 좋지 않겠지. 이렇게 되니, 어쩐지 『리빌라 마을』이 편리했다는 생각이 드는구만. ……별로 인정하고 싶지는 않지만."

수통을 샘에 담가 보급하며 입을 일그러뜨리는 벨프에게 쓴웃음을 지었다.

『언더 가든』에는 『리빌라 마을』 같은 미궁의 역참은 존재하지 않는다.

이상하다 싶어서, 전에 보르스 씨에게 "28계층에서는 장사 안 하세요?"라고 물어본 적이 있는데,

『계층이 너무 깊어. 손님은 얼마 안 돼서 수지가 맞질 않아.』

라고 했다.

하기야, Lv.2 모험자가 드나드는 제18계층에 비해, 『물의 미궁도시』를 돌파하고 제28계층까지 올 수 있는 파티는 얼마 되지 않는다. 그야말로 오라리오의 【파밀리아】 중에서도 중견 이상의 실력이 필요할 것이다. 보르스 씨 같은 공급자들이 오는 것 자체가 힘들 테고, 무엇보다도 이상사태가 발생할 경우가 무섭다. 제18계층이라면 지상으로 도망칠 수도 있지만, 제28계층이라면 그것만으로도 끝장인 경우도 충분히 있을 법하다.

다만, 『언더 가든』에서 거래하는 사람이 아예 없지는 않은지, 그야말로 제28계층까지 올 수 있는 파티가 다른 파티에게 천문학적인 가격을 제시하는 경우는 있다나.

특정한 【파밀리아】는 대파벌의 『원정』을 노리고 제28계

층에 와서, 탐색은 뒷전으로 미룬 채 돈벌이를 한다는 이야기도 들었다. 보르스 씨 같은 물주의 눈이 미치지 못하는 만큼 활동이 편하겠지. 이런 면에서도 모험자는 억척스럽다는 생각이 절로 들었다.

이야기가 옆길로 샜지만, 우리는 휴식도 겸해 제28계층에서 잠을 잘 생각이다.

이 계층에서 당일치기는 역시 무리니까, 던전 내에서 2박 정도 야영할 것을 상정했다. 이번 탐험은 어엿한 『원정』 취급이기도 하고.

벨프 말대로, 오늘은 공략을 한 번이나 두 번 정도 한 다음 야영하게 될 것이다.

"그치만 너희 같은 제1급 모험자가 있으니까 29계층도 쉽게 공략할 수 있겠어. 【파밀리아】로서는 좋은 일이지만 ······ 착각할 것 같아 무섭다니까. '우리끼리라도 갈 수 있겠는데?' 하고."

"그런 인식을 가지는 것은 좋은 일입니다. 혼자서는 아무것도 할 수 없다고······ 던전에서는 항상 그렇게 생각하는 정도가 딱 좋을 겁니다."

벨프와 이야기하고 있으려니, 계층 안쪽으로 갔던 류 씨가 돌아왔다.

두 팔 안에는 붉은 열매가 잔뜩 있었다. 저건 과일······ 아니다, 미루츠구나!

제20계층 『제노스의 비밀 마을』에서 대접받았던 고급 식재료!

『언더 가든』에서도 채집할 수 있다니, 몰랐어.

혹시 류 씨는 잘 알려지지 않은 채집 장소를 아는 걸까?

"교훈 줘서 고맙다. 그 연장 선상에서 말하는 건 아니지만, 우리가 방심하지 않을 만한 정보라도 좀 알려줘. 『밀림의 협곡』에서 제일 위험한 사태 같은 거."

"그렇군요. 흔히 있는 일은 아니지만…… 공룡 무리와 싸우고 있을 때 『심층』에서 램톤이 출현하는 정도 아닐까요."

"으엑?!"

고맙게 미루츠를 받으려던 나는 류 씨와 벨프의 대화에 처량한 목소리를 내려다 과일을 떨어뜨릴 뻔했다.

『심층』까지 끌려갔던 당시의 광경을 떠올리며, 제1급 모험자임에도 제일 먼저 비명을 질러버린 나에게 벨프가 소리 높여 웃고, 류 씨도 슬며시 미소를 지었다. 역시 나한테 제1급 모험자의 관록은 없는 것 같아…….

류 씨 말마따나, 『밀림의 협곡』에는 위협이라고 해야 하나, 특징이라 할 만한 것이 꽤 있다.

『물의 미궁도시』의 각 계층과 마찬가지로 개방된 구조이며, 사실은 거대한 줄기를 타고 나무 위로 올라가면 미궁의 구조를 무시한 채 다음 계층의 연결통로까지 일직선으로 갈 수 있다는 비기가 존재한다고 들었다.

……하지만 상공은 『게일프테라』를 비롯한 유익종의 사냥터다.

어떤 상급 모험자라도, 발판이 불안정한 나무 위에서는 지상보다 전투 효율이 떨어지고, 공중에서는 당연히 움직일 수 없다. 까마득히 높은 천장에서 급강하하는 유익종의 몬스터 파티에라도 걸려들었다간, 일단 끝장이다. 안 그래도 『게일프테라』는 항상 머리 위에서 우리를 노리고 있는데.

그야말로 마스터의 마법 같은 초 탄막으로 격추시키거나, 아니면 매직 아이템으로 자유롭게 하늘을 날 수 있는 아스피 씨 같은 경우가 아니라면, 파티 전체가 나무 위를 이동하는 그런 묘기는 불가능하겠지.

뭐 솔직히, 개인으로 한해 말하자면, 아이즈 씨 같은 분들은 나무 꼭대기에서 폴짝폴짝 뛰어다니며 유익종을 베고 나아갈 수 있을 것 같아⋯⋯.

그리고 이건 멀리 돌아가는 길이지만, 밀림을 거치지 않고, 귀찮은 공룡과도 마주치지 않는, 지하 동굴 비슷한 두 번째 정규 루트도 존재한다.

이쪽은 이쪽대로 『극독(劇毒)』의 몬스터가 나온다지만.

'정말로 여기까지 오니 『상층』과는 비교할 수 없을 정도로 던전의 양상이 다양해지는구나⋯⋯. 내가 이렇게 생각할 정도니, 니이나는 머릿속을 정리하지 못하고 있겠지⋯⋯.'

벨프와 류 씨에게서 시선을 돌려보니,

"흐아아⋯⋯."

하프엘프 소녀는 꽃밭에 주저앉은 채, 누구보다도 혼란

스러워했다. 지금은 하루히메 씨에게서 휴대용 식량과 수통을 받으며 고마워하고 있다.

지난번의 『수학여행』도 그렇고, 느닷없이 『하층』 여기저기로 끌려다니는 바람에 던전의 신비를 즐길 겨를도 없겠지. 기껏 모험자를 지망했는데, 열정이 위축되어버릴지도 모른다.

【헤스티아 파밀리아】의 『세례』 같은 것도 살짝 받았으니………… 구체적으로는 릴리라든가 류 씨라든가, 류 씨라든가.

기왕 파벌 입단 지망자가 들어와줬는데, 그 부분을 제외하더라도, 같은 학교에서 배웠던 친구로서 제대로 배려해주고 싶다.

『제3소대』와는 달리, 나 이외의 사람과는 초면이라 친해지기 힘든 것도 있을 거야.

그렇게 생각하며 발길을 옮기니,

"잠시 시간을 내주시겠습니까? 조금 전의 전투에서 위화감이라고 해야 하나, 무시할 수 없는 현상이 있어서⋯⋯."

미코토 씨가 주목을 끌려는 듯 손을 들었다.

확실하게 정보를 공유해야 한다고 판단했는지, 파티의 시선을 자신에게 집중시켰다.

"하루히메 공의 레벨 부스트가 20분이 경과했음에도 효과가 지속된 순간이 있었습니다만⋯⋯."

Lv.2가 되면서, 하루히메 씨의 【도깨비 방망이】는 제한 시간이 15분에서 20분으로 늘어났다. 미코토 씨는 레벨 부스트를 받는 입장이라 전투 중에도 초읽기를 하는 버릇을 들였는지, 효과 시간이 약 5분 정도 늘어났다는 사실을 자진신고했다.

벨프도 기억하는지, "그러고 보니 정말로 이번에는 길게 느껴졌던 것 같기도……"라며 내 옆에서 턱을 문질렀다.

정말로 그건 (아주 좋은 의미에서) 무시할 수 없는 현상이었다.

지휘관인 릴리는 놀라고, 술사 본인인 하루히메 씨는 연신 고개를 갸웃거리는 가운데 대화의 자리를 마련하려고 했을 때.

"저어…… 그거, 아마, 제 탓일 거예요……."

""""뭐?""""

이번에는 니이나가 쭈뼛쭈뼛 손을 들었다.

한쪽 팔로 로드를 안은 채 일어나, 뾰족한 귀를 흐물흐물 구부리며 발언했다.

"제 회복마법, 【마기아 크리스】는, 마법이라든가 아이템이라든가, 그런 지속형 상승효과를 연장시키는 힘이 있어서요……."

""""뭐?!""""

다음 순간, 【헤스티아 파밀리아】는 목소리를 한데 모아 소리치고 있었다. 특히 릴리가.

니이나가 흠칫 놀라거나 말거나, 미코토 씨가, 릴리가,

하루히메 씨가 말 그대로 눈빛을 바꾸었다.

"상승효과의 연장?! 그렇다면 하루히메 공의 마법이 이렇게 저렇게 돼서……! 리, 릴리 공?!"

"네에, 레벨 부스트와 조합하면 장난 아닌 거예요!! 유능해요, 너무너무 유능해요!! 소규모 상위 파벌인 우리【헤스티아 파밀리아】에게는 목구멍에서 용이 튀어나와서 덥썩 확보해야만 하는 그런 존재예요!! 하지만 상대는 벨 님을 노리는 도둑고양이, 하지만, 하지만, 크윽……! 그래, 에잇 무슨상관이야아—!! 스카우트, 스카우트밖에 없어요—!!"

"니이나 님께서 동료가 되어주신다면 하루히메도 마인드 다운을 덜 일으켜서, 지금보다도 여러분께 힘이 되어드릴 수 있다는 뜻——?! 캐앵—!"

느닷없이 니이나를 에워싼 세 사람이 빠른 어조로 주워섬겨댔다. 하지만…… 마음은 이해한다.

혹시 니이나는, 힐러 외에 버퍼의 재능도 있는 거 아닐까……?

류 씨마저 놀란 표정을 짓는 가운데, 놀라 멍하니 있었던 니이나는 순식간에 세 사람에게 포위당했다.

"니이나 공! 부디【헤스티아 파밀리아】에 와 주십시오!"

"인턴까지 했으니까 결정인 거예요 결정! 이제 절대『학구』로 돌려보내지 않을 거예요!!"

"부디, 부디 저희에게 요정님의 힘을……!"

"네, 에?! 잠깐만요, 저기요—?!"

포위당한 니이나는 압도당한 채 미코토 씨와 릴리, 하루히메 씨의 밀착 찐빵에 빨려 들어가버렸다.

　지금이라도 헹가래를 칠 것 같은 광경을, 한 발짝 떨어진 곳에서 셋이 바라보고 있으려니…… 벨프가 입꼬리를 틀어 올렸다.

　"생각보다 빨리 적응할 것 같구만. 고민하지 않아도 되겠는데, 단장?"

　"아하하…… 그런가 봐."

　"그녀는 저보다 사교적입니다. 틀림없이 괜찮겠지요."

　벨프의 농담에 내가 웃고, 류 씨도 자신 있게 보증했다.

　우리가 지켜보는 가운데, 자신이 누군가에게 필요한 존재임을 깨달은 하프엘프 소녀는 기쁨을 감추지 못하고, 간지럽다는 듯 활짝 웃고 있었다.

�

　벨 일행이 하층영역으로 『원정』을 떠난 지 3일째 되는 날 오후.

　던전 바로 위, 백색 거탑 『바벨』에서는 신들이 고대하던 연회가 열리려 하고 있었다.

　"신회다아————!!"

　"이얏호 이얏호!…… 근데 이번에는 개최가 좀 늦었네?"

　"지난번에 하고 3개월도 넘게 지났잖아~."

"그야 『파벌대전』 같은 것도 있었고…… 다들 그럴 상황이 아니었고……."

"프레이야 패배 축제 때문에 바쁘지 않았느냐! 그 녀석의 추태를 안주 삼아 마신 술은 얼마나 맛있던지!"

"매일 폭소 연회 대소동이었지~! 푸웁~ 키득키득 프레이야 쌤통! 안 그러냐 하토호르!"

"난너희들이괜히수장으로만든것뿐이니까—. 마을아가씨어그로나한테붙이지마—."

"그리고 『학구』의 귀항도 겹쳤지."

"맞아. 학구 특수 때문에 상인들은 북적거리고, 상업계 파벌들도 경쟁하느라 바빴고."

"리크루트 준비에다 인턴도 받아야 하고, 할 일 너무 많아~."

"『학구』의 탱글탱글한 우등생 갖고 싶다아~. 즉각전력 최고오~. 신회 같은 거야 아무려면 어때~."

"그런 슬픈 소리 하지 말기!"

"이러니저러니 하면서도 모여든 괴짜들 같으니! 빨랑 시작해버려, 이번 사회자! 마그니 & 모디!"

""그러면 느닷없이 『명명식』 갑니다아아아아아아아아아아아아아아!""

—— 예에에에에에에에에에에에에에에에에에에에에에에에이!!

그렇게.

결국 남신도 여신도 야단법석을 떨며, 바벨 30층의 대형 홀에서 『신회』가 시작되었다.

이런저런 사정으로 개최가 늦어지며 온갖 불평불만이 새나왔지만, 이번 『신회』 참가자는 역대 최대일지도 모른다. 적어도 헤스티아가 아는 범위에서는.

왜 신들의 출석률이 이렇게 높은가.

왜 그들 그녀들의 텐션이 이토록 무법지대일까.

눈을 부릅뜬 채 수라의 표정을 지은 헤스티아는 그 이유를 알고 있다.

또오~ 우리 집의 최속토끼(벨)가 【랭크 업】을 했기 때문이다.

"선생니임~! 지난번 신회에 이어 또 【랭크 업】을 한 버그 모험자가 있어요~!"

"참고로 이번이 두 번째입니다!"

"그 모험자의 이름은—?!"

"베엘————!!!!! 벨 벨 벨 대단해 벨 1급 모험자가 돼 버렸어 좋아해 벨 사랑해! 최애라든가 그런 게 아니라 사랑이라고 사랑 프레이야 님 못지않아 벨! 그러니까 내 사랑을 받아—"시끄러워.""

"누가 쟤 좀 말려라.""짜증 나게.""제2의 아폴론 필요 없어."

"어차피 도시 밖에서도 소란 떨고 있을걸, 오물 태양."

"하지만 파벌대전 때 벨은 정말 멋있었지."

"모두의 도움을 받으면서 끝까지 이겨낸 건 정말 벨다웠으니까. 축복해주고 싶다."

"하토호르가 진지하게 반응하다니……?!"

그렇게 제멋대로 떠들어대는 신들을, 여전히 수라의 얼굴을 한 헤스티아가 두 귀에 검지를 찔러넣은 채 노려보았다.

이름 막 부르지 마, 그리고 제2의 아폴론은 진짜로 필요 없거든, 하토호르 다음은 너까지 적으로 돌아설 거냐? 같은 생각을 하며.

그녀의 양쪽 옆에 앉은 헤파이스토스와 미아흐, 그리고 그 옆에 앉은 타케미카즈치가 나란히 쓴웃음을 지었다.

'로키가 『원정』 준비 중이라나 해서 없는 건 다행이지만…… 방심할 수 없어! 뭐니 뭐니 해도 그런 대전이 있었던 직후니까……!'

Lv.5에 도달한 것만으로도 신들에게는 절호의 먹잇감인데, 거기에 『파벌대전』의 위업까지 더해졌다.

결코 벨 혼자만 대단했던 것은 아니지만, 헤스티아와 함께 『미의 신』에게 선전포고를 하고, 마지막에는 결정타를 날려버린 소년은 어쨌든 주목을 모았다.

지난번 【랭크 업】까지는 오라리오를 중심으로만 반향이 있었다.

레코드 홀더의 이름은 분명 세상에 알려졌지만, 그나마 『폭발』까지는 하지 않았다.

하지만 이번만은 다르다.

『【프레이야 파밀리아】 타도』란, 그만큼 충격적이고, 지나치게 의미 있었다.

헤스티아가 피부로 느낄 만큼, 『제1급 모험자 벨 크라넬』의 명성은 도시 안팎에서 절정에 이르려 했다.

다시 말해, 눈앞에서 펼쳐지는 신들의 열광은 온 하계에서 일어나는 반응의 축소판인 것이었다.

"그런 것보다 명명식! 빨리 벨의 다음 이명을 정하자고!"

"자신작이 있다!!【영색추적자 / 하이퍼 울트라 체이서】!!"

"벨은 좋아할지도 모르지만 그건 아니지."

"이젠 벨이 기뻐해 준다면 뭐든 상관없어."

"엑스트라 하드 흑룡 루트 돌입 확정이니 이 정도는 해야지."

"저승길 선물처럼 말하지 마…… 슬프잖아……【저승의 신랑 / 타르타로스 그룸】."

"즐기고 있구만."

"저요~! 나의 낭군님 / 벨 플로버!"

"나가라 시르 아무개!!"

신들이 여느 때와 같이 제멋대로 날뛰는 가운데, 쳇~ 하고 떡잎색 제복을 입은 급사(사악하게 웃는 여신들에게 차를 따라 주라고 명령받은 마을 아가씨)는 아쉽다는 듯이 빈 찻잔을 회수했다.

이미 어깨로 숨을 쉬기 시작한 헤스티아를 제쳐놓고, 신회는 더더욱 열기를 띠고 있었다.

"벨에게 좋은 이름을 지어주고 싶은데……."

"그래, 신중해져야 해. 이것저것 전대미문이고."

"파벌대전 말고 새로운 정보는 없냐!"

"소문에 의하면, 학구의 미소녀 하프엘프가 벌써 반해버렸다던데."

"공략왕이냐?"

"빨라."

"그것까지 세계최속일 필요는 없어."

"【살인미소】 아닌 것만도 다행이지."

"【나이트 오브 나이트】 험담하지 마!!"

"우리 최애란 말야!!" "날려버린다!!" "여신 무셔……."

"그럼…… 【신세대 제우스】."

""""그건 진짜 아니다.""""

헤스티아의 이마에 핏대가 섰다.

"벨한테 더 심각하게 대미지가 가는데."

"그 똥멍청이 쓰레기 똥할배 생각나게 하지 마."

"하지만 들으면 들을수록 그만한 게 없는데……."

"……그걸로 갈까? 【신세대 제우스】."

"——내가 용서할 것 같으냐아아아아아아아아아아아아아아아아아아아!!"

어린 여신의 대노성이 신들의 원탁을 뒤흔들었다.

파벌 랭크 B(S)까지 올라간 헤스티아의 계급은 이제 최상급이다. 이렇게나 계속 장난감 취급을 당하면, 화로의 여신이라 해도 인내심의 한계에 달해, 급사를 맡은 마을 아가씨에게 눈짓과 함께 손가락을 딱 튕겨 파벌째로 오탈시켜버릴지도 모른다.

이제까지 그녀를 한껏 바보 취급했던 남신들은 "쳇!" 하고 혀를 차며 이를 갈 수밖에 없었다.

"근데 솔직히 말야, 진짜로 지금 와서 벨의 이명을 바꿀 거야?"

"3개월 뒤의 신회에서 분명 또 【랭크 업】할 거 같고 말이지."

"Lv.6이면 역시 지금까지대로 갈 수는…… 아, 파벌대전에서 엑세리아 벌었겠네요."

"이번에 우리가 혼신의 이명을 생각해봤자 어차피 또 바뀔 거 아냐? ……헛수고 아닐까?"

"하다못해 재미난 이벤트라도 있으면 그거랑 엮어보겠는데~."

"이봐이봐, 너희 그러고도 신이야! 좀 뜨거워져봐아!!"

"시대를 설레게 하는 벨뀽에게 상처를 남길 수 있는 귀중한 기회라고오?!"

"말해두겠다만 그 아이의 흑역사는 내가 무조건 막는다!!"

"저요 저요~! 나 마그니! 로리신도 이렇게 말하니까, 일단 벨뀽의 이명은 보류하지 않을래?"

"나 모디! 모두가 찬성할 만한 이명이 나올 때까지 방치……라기보다, 여기에 대한 결론은 나중으로 미뤄도 다들 불만 없지? 먼저 다른 애들 명명식부터 마치자고~?"

그렇게, 격전이 벌어지리라 생각했던 벨의 개명은 생각지도 못한 방향으로 나아가고, 사회자 마그니와 모디의 방침도 한몫 거들어 잠시 보류하게 되었다.

헤스티아는 자기도 모르게 연신 눈을 깜빡였지만, 이대로 【래빗 풋】을 유지하는 것을 목표로 삼고 투지를 불태우며, 다른 권속들을 보호하기 위해 진력했다.

"그럼 릴리땅의 이명은…… 【파룸 대사 / 리틀 마셜】로 결정!"

"하루히메의 이명은 【육광금주(六光金主)】~~!! ……Lv. 2인데 완전 막판 보스 분위기인데?"

잠시 후, 헤파이스토스와 미아흐, 타케미카즈치의 도움도 빌려, 다른 신들의 확정적 농담 별명을 막아내고, 무난한 이름을 쟁취하는 데 성공했다.

릴리 쪽은 벨의 예전 이명인 【리틀 루키】를 떠오르게 하는 칭호여서 어딘가 흐뭇했다. 이름의 유래는 말 그대로 『파룸 대군사』.

하루히메 쪽은…… 꽤나 의견이 분분했다. 처음에야 【초절반칙 여우 / 치트치트】, 【흉기 꼬리 / 반짝반짝 치트】, 【치트여우】 등등 철저하게 장난스러운 이름이 잇달아 터져 나왔지만, 오우거 같은 표정을 한 헤스티아가 틀림없이 저지할 거라고 체념한 순간, 신들은 진심을 발휘하기 시작했다.

그들의 표현을 빌자면,

『우리 여신들도 인정하는 공식 최강 Lv.2로 한다』

『우리 남신들이 이슈타르 님께 보내는 마지막 공양. 그 냥 송환된 거지만』

요컨대, 『파벌대전』에서 밝혀진 『레벨 부스트』를 모든 신 들이 내버려 두지 않았던 것이다. 최종적으로 결정된 이름 의 유래는 현재 장전 가능한 『레벨 부스트』의 숫자겠지.

부끄러운 칭호만은 용서하지 않겠다던 헤스티아도, 진 지하게 논의하는 신들의 『이 정도면 되잖냐 방해하지 마 라』라는 집단 압력은 배겨낼 수 없었다.

솔직히 하루히메에게는 더 귀엽거나 예쁜 이명을 붙여 주고 싶었지만, 이 정도가 타협점이겠거니 하고 마지못해 받아들이기로 했다.

"하아~~~~ 로리신 짜증나."

"로리 거유 귀찮아~~. 반년 전까지만 해도 우리 장난감 이었는데 말야~~~."

"로키나 프레이야한테는 거역하지 못했던 주제에 왜 나 한테는 반항적인 거야 너희들!"

일단락된 후에도, 시대를 설레게 하는 【헤스티아 파밀리 아】에 흠집을 남기는 데 실패한 신들로부터 온갖 푸념과 한숨을 받았다.

파벌의 지위가 향상되었어도 변함없는 태도를 고수하는

주위를 보며 헤스티아가 분개하고, 미아흐를 비롯한 절친 신들이 달래고 있던—— 그때.

"이봐, 야단났어!"

소리를 내며 대회의실 문이 힘차게 박살 났다.

달려온 것은 한 남신.

숨을 헐떡이며 뛰어든 그는 바깥을 가리키며 절박한 목소리로 외쳤다.

"밖에, 지금 장난 아니야!!"

하는 말과는 달리, 『오락』을 찾아냈다는 듯이 한껏 히죽거리면서.

던전 제15계층.

무사히 충분한 양의 『드롭 아이템』을 모아 『원정』 미션의 조건을 달성한 우리 【헤스티아 파밀리아】는 지상을 향해 돌아오고 있었다.

『밀림의 협곡』, 『물의 미궁도시』, 『거목미궁』을 지나 이곳 『암굴미궁』까지 오니, 역시 파티 내에서도 느긋한 분위기가 흐르기 시작했다. 물론 중층영역은 상급 모험자라 해도 사고가 일어나는 곳이니 방심해서는 안 되지만, 공룡종과 대치했을 때와 비교하면 벨프나 다른 동료들은 상당히 마음 편해 보였다.

이젠 레벨 부스트도 사용하지 않고, 최후방에 나와 류 씨를 배치한 대열을 짜고 있었다.

"니이나, 대활약이었어. 처음으로 파티에 참가했는데 정말 대단해."

"그, 그렇지 않아요. 전투에선, 아무 도움도 안 됐고……."

주변을 단단히 경계하면서, 바로 앞에서 걷는 니이나에게 말을 걸었다.

장래가 유망한 힐러는 로드를 가슴에 안은 채, 정말로 송구스러워하는 듯했다.

그런 그녀의 옆에 나란히 서서 미소를 지어주었다.

"『학구』에서도 배웠겠지만, 던전은 역할 분담이 엄청 중요해. 그러니까 니이나의 회복마법은 파티에게 도움이 된 거야."

"저, 정말요?"

"응. 우리 같은 전열은 안심할 수 있었고, 평소에는 지원을 맡아주는 류 씨가 전투에 집중할 수 있었는걸. 고마워."

"그렇구나…… 다행이다아."

내 생각을 숨김없이 전하자, 니이나는 뺨을 붉히며 표정을 풀었다.

태도가 조금 부드러워져, 라피에게 보이던 웃음과 말투가 살짝 드러났다.

흐뭇하게 여기며, 바로 앞을 가리켰다.

"그리고…… 봐봐, 릴리 얼굴."

"엄청, 만족스러워하시네요……."

"응. 니이나 덕분에 포션을 하나도 안 써서 그래."

뒤에서 봐도 알 수 있을 만큼, 릴리의 옆얼굴은 희열로 가득했다.

짐이 가득 든 백팩을 출렁거리며, 지금이라도 폴짝폴짝 뛸 것 같다.

나와 니이나는 얼굴을 마주보며 쿡쿡 웃었다.

"여러분, 적입니다!『헬 하운드』, 그리고『라이거 팽』!"

전방에서 미코토 씨가 목소리를 높였다.

시야 범위 안에 없던 몬스터들이 정면의 수평굴에서 나타났다.

"벨프 님, 미코토 님! 그대로 대형급을 쳐 주세요! 하루히메 님, 니이나 님! 숫자도 적으니까 우리도 여기서 착실하게【엑세리아】를 버는 거예요!"

"알겠사옵니다!"

"네, 네엣!"

릴리는 표정을 바꾸고 즉각 지시를 내렸다.

릴리 본인은 핸드보우건을 꺼내고, 하루히메 씨는 부채를 들고, 니이나는 내가 고개를 끄덕이는 것을 보며 두 사람의 뒤를 따랐다. 나와 류 씨는 아무것도 하지 않는다. 릴리도 말했듯『【엑세리아】벌이』를 위해 뒤에서 파티의 전투를 지켜보았다.

무슨 일이 생기면 바로 뛰어들 생각이지만, 걱정은 들지 않았다.

동료들 다섯이 모두 Lv.2…… 이 계층에서는 충분하고
도 남는 전력.

우리의 도움은 필요하지 않을 만큼, 모두 강해졌다.

"그녀의 마법은 왕족에게 버금가는 것이군요."

발을 멈추고 니이나와 동료들의 전투를 바라보고 있던
내 옆에 류 씨가 다가와 섰다.

"고귀한 비취색 머리를 가지고 있어서 설마 하기는 했습
니다만……."

"……? 류 씨?"

"아니…… 아무것도 아닙니다. 그녀는 귀한 재능을 가지
고 있고, 【파밀리아】는 그 사실만 알면 됩니다."

하늘색 눈동자에 경외심이 떠오르는 듯하더니, 류 씨는
살짝 고개를 가로저었다.

그 눈에는 이미 미래의 동료에 대한 미소와 우호의 감정
만이 남아 있었다.

"그녀가 정식으로 【파밀리아】에 입단할 날이 기다려지는
군요."

"네!"

나도 웃으며 고개를 끄덕였다.

그 후로도 전투는 있었지만 동료들이 모두 해결하고,
【헤스티아 파밀리아】는 『중층』을 벗어나 『상층』으로 들어
섰다.

안전지대라 해도 무방한 층역을 쉽게 올라, 우리는 지상으로 귀환했다.

"……응?"

"뭘까요. 『모험자 거리』가 유난히 소란스러운 것 같은데……."

이변을 감지한 것은 그 후.

『바벨』을 나와, 센트럴 파크를 벗어나, 환전과 원정 미션 보고를 위해 도시 북서쪽으로 진로를 잡은 우리는 전방에 펼쳐진 광경에 발을 멈췄다.

북서쪽 메인 스트리트『모험자 거리』가 평소보다 훨씬 북적거렸다.

마치 옆의 메인 스트리트에서도 사람들이 쇄도한 것처럼, 넓은 대로는 모험자와 일반인이 숲을 이루어 나아가기가 힘들었다.

"또 어디의 신이 소란이라도 피우고 있나?"

"그야 구경꾼들이 있기는 하지만, 다들 당황하고 있는 것 같습니다……."

벨프와 미코토 씨가 그런 이야기를 나누는 가운데, 우리는 어쩔 수 없이 앞으로 나아갔다.

인파와 소란은 길드 본부에 다가갈수록 극심해졌다.

이래서는 제대로 나아갈 수도 없다. 그렇게 판단한 우리는 릴리와 류 씨의 안내를 받아, 골목길을 꺾고 뒷길을 구사하며 건물 틈새 안쪽에 보이는 판테온으로 향했다.

『책임자 나와아아————!!』

『상세한 정보의 공개를 요구한다! 이것은 당연한 권리다!』

귀에 들려오는 소란은 모습을 바꾸어, 『규탄』이라는 목소리의 연쇄로 바뀌어갔다.

'……뭔가 분위기가 이상한데.'

평소의 오라리오에서는 있을 수 없는 노성과 열기.

모두의 발걸음도 저절로 빨라졌다.

그리고 내 바로 옆에 있던 니이나의 얼굴에서 살짝 핏기가 빠지고 있었다.

"니이나? 괘, 괜찮아?"

"이 느낌은…… 혹시……『학구』 사람들이…….""

내 목소리에 반응할 여유도 없는지, 그런 중얼거림이 흘러나왔다.

무슨 뜻이냐고 물어볼 필요는 없었다.

답은 곧바로 찾아왔으니까.

벽을 박차고 올라가는 류 씨의 뒤를 따라, 길드 본부 옆 상점의 옥상에 모두와 함께 뛰어올랐다.

그곳에서 내려다본 『상황』에, 나는 말을 잃어버렸다.

『길드의 횡포를, 용납하지 마라아아아아아————!!!!』

""""""""용납하지 마라아아아아아아아아아아아아아아!!"""""""

시야에 들어온 것은 사람, 사람, 사람.

그들 모두가 입고 있는 것은 같은 옷, 너무도 익숙한 적포도주색 넥타이와 흰색을 기조로 한 교복.

길드 본부 앞마당을 가득 메운 것은 수많은『학구』의 학생들!

"이, 이게 무슨 일이에요?!"

"저분들이 모두,『학구』의 학생들이시옵니까……?!"

릴리가, 하루히메 씨가 경악한다.

나도 마찬가지였다.

길드 본부 앞 현관 주변에는 생색도 낼 수 없는 숫자의 길드 직원, 그리고【가네샤 파밀리아】단원이 보였다. 하지만 도저히 밀어낼 수 있는 숫자가 아니야!

제1급 모험자의 시력이 창가를 포착했다.

그곳에서 보인 것은 입을 딱 벌린 채 본부 안에 갇혀 있는 모험자들과, 역시 비슷한 표정을 짓고 있는 뚱뚱한 엘프 길드장!

건물 뒷문까지 학생들에게 포위당했어……! 에이나 누나는 괜찮을까?!

『학구의 재산, 오리할콘을 강제 징수하는 길드에게, 우리는 단호히 항의한다――!』

""""""""와아아아아아아아아아아――――――――――!!""""""""

학생들의 선두에 선 것은 마석제품 확성기를 들고 안경을 쓴 휴먼 여자아이.

왼팔에 완장을 찬 그녀의 선동 아래, 학생들 목소리는

그칠 줄을 모른다.

"설마, 이건……."

"……『학생 투쟁』."

류 씨가 중얼거린 말을, 완전히 창백해진 니이나가 이어 받았다.

『학구』의 일원임을 증명하는 교복을 꼭 붙든 있는 모습에 우리의 시선이 집중되는 가운데, 에이나 씨와 같은 에메랄드색 눈동자는 눈앞의 광경에 묶여 있었다.

"마도대국 알테나의 마법자산 요구, 해양국 디자라의 흐링호르니 강제 점거, 그리고 제국의 레온 선생님에 대한 극비 헤드헌팅……. 어떤 지역에서도 부조리와 강권에 시달렸을 때, 『학구』의 학생들은 스스로 목소리를 높여, 사회를 끌어들이는 투쟁을 일으켰어요……."

"그, 그게 오라리오에서도 일어났단 거야……?"

쭈뼛쭈뼛 고개를 끄덕이는 니이나를 보며, 나는 마른침을 삼킬 것 같은 기분이었다.

『시위운동』의 의미, 그리고 거기에 존재하는 힘에 대해, 나는 잘 알지 못한다.

하지만 이렇게나 많은 학생들이 목소리를 높이는 광경을 보고도, 『별일 아니구나』라는 소리는, 입이 찢어져도 할 수 없다.

앞으로 어떻게 될 것인가.

무슨 일이 일어날 것인가.

혹은 아무 일도 일어나지 않을 것인가.

그저 압도당하기만 하던 나의 의문에 대한 답은, 곧바로 던져졌다.

바로 학생들의 호소에 의해.

『우리가 요구하는 것은 오리할콘 징수 철회!! 우리의 요구에 응하지 않을 경우, 리크루트 및 인턴을 무기한 중지하고! 오라리오와의 단교 또한 고려할 것이다――――!!』

""에……에에에에에에에에에에에에에에에에에에에에에에에에에에에에에엑?!""

아연실색한 동료들 사이에서, 나와 니이나의 고함만이 저녁놀 지는 하늘 속으로 솟아올랐다.

2장 사자 다음

검희

『영웅』따위 똥이다.

적어도 놈들의 파탄 난 성격과 그에 비례하는 듯한 폭력
의 정도를 본다면.

거대한 짐승들 중, 아직 육지의 왕도 바다의 패왕도 토
벌되기 전의 일.

『영웅의 도시』를 자처하는 미궁도시에서, 방약무인하다 못
해 포학하기 짝이 없는 놈들의 언동은 그야말로 지독했다.

대들면 날려버린다.

거역하면 걷어차버린다.

욕하면 **천장에** 처박아버린다.

약하면, 아무것도 용납되지 않았다.

제우스와 헤라를 주신으로 모시는 『영웅들』은 결코 약자
의 존재를 인정하지 않았다.

검을, 방패를, 지팡이를 든 자는 예외 없이 그들의 세례
를 받고, 굴욕을 당했다.

그 시대를 살았던 모험자, 혹은 싸우는 자 중에서 그 세
례를 받지 않은 존재는 없으리라.

당시의 미궁도시는 제우스냐 헤라냐, 혹은 **그 이외의 존
재냐.**

그 정도의 구분 말고는 필요가 없을 정도로, 실력 차이
는 확연했다.

『영웅』 따위 똥이다.

제우스와 헤라의 양대 파벌 중, 주로 성격과 행동기준이 끝장이었던 것은 후자 쪽이었지만, 제우스의 권속이 문제를 일으키면 헤라의 권속은 『사냥』을 시작했다. 그야말로 제우스의 방탕을 알고 고주파를 터뜨리며 땅 끝까지라도 쫓아다니는 헤라처럼. 그리고 자신들은 그 아포칼립스에 부조리하게도 휘말려 드는 것이다. 엿이나 먹으라지.

"10년만 더 지나면 남편으로 삼아줄게."

이쪽의 참격을 **새끼손톱으로 튕겨낸** 헤라의 여제는 재미있다는 듯이 말했다.

피투성이가 된 채 일어나, 떨리는 입술로, 차라리 빌어먹을 미노타우로스랑 맺어지는 게 낫겠다고 내뱉었다.

정신을 차리고 보니 수십 채의 가옥을 뚫으며, 거대한 성벽에 부딪히고 있었다.

"좋은걸. 너도, 저 멧돼지도."

참견쟁이 주신의 제지를 뿌리치고 역습에 나서는 자신의 의지를, 제우스의 걸작은 **포효만으로** 꺾어버렸다.

꼴사납게 두 다리에 경련을 일으켰지만, 그럼에도 울부짖으며 덤벼들었다.

정신을 차리고 보니 길바닥에 나자빠진 채 피를 토하며, 어째서인지 물방울로 일그러진 하늘을 바라보고 있었다.

그런 일들뿐이었다.

결코 손을 잡지 않았던 멧돼지와 파룸, 그리고 엘프와 동포 놈들과 함께, 계속 박살이 났다. 놈들의 역정을 사 분쇄되거나, 도전했다가는 반격당해 분쇄되거나. 과정은 달랐지만 결과는 항상 같았다.

『영웅』따위 똥이다.

"마도사가 아니더라도 『언덕』 정도는 베어봐라. 그 검은 장식인가?"
미궁의 몬스터와 주고받던 분쟁의 소리가 시끄러웠다.
근처를 지나가다, 단지 그 이유만으로 우리를 격멸해버린 회색머리 마녀는 그렇게 말했다.
정말로 밉살스러웠던 것은, 마녀의 가느다란 팔이 이쪽의 검을 빼앗아 『언덕』 정도는 베어버릴 만한 참격을 진짜로 펼쳤다는 점이다. 전사가 아닌 **마도사임에도 불구하고**. 무자비할 정도로 압도적인 재능 앞에, 자신의 지저분한 욕설 따위는 아무런 의미가 없었다.
몇 번이나 분노와 굴욕감에 혈관이 터질 뻔했는지.
몇 번이나 자신의 나약함을 저주하며, 타인 따위 돌아보지 않고 그들과 싸웠던지.
그리고 얼마나 많은 패배를 맛봤던지.
자신과 함께 반격을 당해왔던 멧돼지나 파룸 일당은 이 굴욕을 『진흙탕』이라고 불렀다.

자신은 『똥』이라고, 그렇게 내뱉었다. 진흙탕 따위 고상한 것이 아니다.

용납할 수 없는 오물이자 오점이라고, 그렇게 내뱉어댔다.

"또 왔나. 천박한 꼬마. ——이젠 『언덕』은 벨 수 있게 되었나?"

하지만, 그러나, 돌이켜보면.

놈들은, 『영웅』 놈들은, 항상 『진흙탕』과 『똥』 너머로 달려나가고 있었던 것 같았다.

더 『강해져라』라고, 그렇게 말하듯, 굴욕을 넘어선 그 너머로.

어중이떠중이라고 얕잡아보면서도, 언제든 쓰러뜨릴 수 있다는 양 숨통을 끊지는 않은 채, 자신들이 지르는 『약자의 포효』를 환영하고 있었다. 이유나 동기 따위는 전혀 상관없다는 듯, 강자가 되고자 하는 의지를 결코 거절하지 않고, 모조리 받아들이면서 부추겼다.

쏟아지는 불합리와 부조리. 파괴와 폭력. 세례와 **촉진**.

그 포학의 화신 놈들이 도시에서 사라지고, 뒤에 남은 것은 우리의 몸에 깃든 확실한 실력.

그리고, 영웅 놈들의 잔광을 좇는, 이 눈과 이 마음이었다.

『영웅』은 똥이지만, 이정표를 남겼다.

놈들은 처음부터 끝까지 강했으며, 희망과 과제를 보여

주었다.

약하면 아무것도 용납되지 못한다. 강해야 한다.

지금도 종말이 다가오는 하계의 지상명제를 끊임없이 설파하고,『검은 종말』에 패배한 지금, 다음의 유언을 이 대지에 새겼다.

——우리를 뛰어넘어 봐라——.

다음에는 자신들이 그들의 뒷모습을 따라잡고, 추월해야만 한다.

혹은, 우리를 따라오는 존재가『영웅』의 정상을 넘어서야만 한다.

그러기에는 힘이 부족하다. 숫자도 모자란다. 힘이 따르지 않는 의지가 얼마나 나약한지를 몸으로 알고 있다.

해야 할 일은 산더미처럼 쌓여 있고, 시간은 숫제 절망적일 정도로 부족할 것이다.

그래도.

그래도 지금, 비로소 이 손은,『언덕』정도는 쉽게 벨 수 있게 되었다——.

🔥

갑자기 일어난『학생 투쟁』.

그 영향과 여파는 오라리오에 빠르게 나타났다.

"""『학구』의 리크루트가 중지됐다고오~~~~~~?!"""

예고한 대로, 『학구』 측은 리크루트를 무기한 중지한다는 공식 정보를 발표했다.

오라리오 측의 【파밀리아】가 흐링호르니까지 직접 찾아가 학생들에게 파벌 설명회를 열고 스카우트하는 리크루트의 일정은 모두 중단됐다. 온 도시에서 일제히 비명을 지른 각 파벌에게 그 소식은 치명적이라 해도 과언이 아니었다.

던전계 【파밀리아】뿐만 아니다. 다양한 체계의 【파밀리아】에게, 학구 귀항에 따른 『인재 확보』는 세력을 확장할 절호의 기회나 마찬가지다. 아무리 애송이라 해도 『학구』 출신 학생은 우수한 인재다. 새로운 전력의 확보를 기대했던 각 파벌의 충격은 이루 헤아릴 수 없을 정도로 컸다. 특히 각 주신들은.

개최 예정이었던 대 스카우트 대회가 무산되자, 오라리오 측 【파밀리아】들은.

"길드는 뭐 하고 있어 장난하냐!!"

"뒈져버려 돼지!!"

"학구 측도 극단적이지만, 길드 측도 성급했다고 말하지 않을 수 없다. ──네놈 얘기야 돼지."

"동포의 수치다!"

"로이먼~. 넌 나중에 사형~."

등등 분노한 목소리가 권속과 신을 가리지 않고 터져 나올 정도였다.

생각지도 못한 사태에, 길드는 즉시 『학구』에 사자를 보냈지만, 어중간한 교섭 태세는 대표 학생들의 역린을 건드려 쫓겨나고 말았다.

『학구』 측의 분노는 가라앉지 않았고, 이대로 항구도시 멜렌을 떠나 ——그 와중에 깔깔 웃음을 터뜨리듯 마법대국 알테나가 『이미 받아들일 준비가 됐다』고 표명한 것도 추가 공격이 되어—— 소속처를 바꾸는 것도 불사하겠다는 식으로, 인연을 끊어버릴 분위기까지 풍길 정도였다.

이렇게 되면 당황한 것은 『길드』 측이다.

그런 횡포가 통하겠느냐고 비난의 목소리를 높여봤지만, 먼저 의리를 저버린 것은 그쪽이라는 양, 『학구』는 상대해주지도 않았다. 학생이나 교사 외에 신들도 "학구의 뜻은 곧 학생들의 목소리 그 자체"라며 이리저리 빠져나갔다.

학구 측의 태도에 누구보다 새파랗게 질린 것은 길드장 로이먼이어서,

"어, 어째서 이렇게 됐지……?!"

라며, 이렇게까지 반감을 살 줄은 몰랐는지, 복용 중인 위장약의 양이 두 배로 늘어나 고통스러워할 정도였다.

길드 직원이자, 오리할콘 강제징수에 이의를 제기했던 전 『학구』의 학생인 하프엘프는,

"그러길래 제가 뭐랬어요……."

라며 하늘을 우러러봤다고 한다.

『학구 특수』라고 불리는 경제 효과도 이 시점에서 종료되었다.

도시의 헌병 【가네샤 파밀리아】에게 진압되어, 한때는 길드 본부 앞에서 강제 퇴거한 『학구』 학생들이 그날 이후 하나도 남김없이 도시에서 자취를 감추었기 때문이다. 오라리오에서 많은 재화를 소비하는 학생들, 나아가서는 교사나 학구 관계자들이 도시를 드나들지 않게 되었으니 당연한 귀결이었다.

이에 따라 상인들의 비난이 쇄도했다. 학생 손님을 겨냥해 각 구역마다 임대 점포를 잔뜩 냈던 상회는 모조리 파리만 날려 대적자. 그 영향은 하루하루 일해 먹고 사는 민중에게까지 파급되었다. 항상 오라리오의 부하 취급을 받았던 『항구도시 멜렌』이 더 부유해지는 역전 현상까지 일어날 정도였다.

"대충 예상대로 전개됐는데…… 책임은 어떻게 질 거야, 우라노스?"

"힘내 로이먼."

"아무리 그래도 이건 악마 같은 짓이지……."

길드의 지하 제단에서는 검은 옷의 메이거스와 노신이 그런 대화를 나누었다나 말았다나.

결론적으로, 민중과 상인, 【파밀리아】, 나아가 다른 나라까지 말려들 정도로 『학생 투쟁』은 『대소동』이자 『대참사』가 되었다.

『학구』와의 사이에 발생한 균열은 치명적이라 하지 않을 수 없었으며, 길드는 최근 몇 년 사이에 볼 수 없었던 비난에 시달렸다.

이제 『학구』 관계자들은 모조리 호출을 받고 돌아가, 흐링호르니가 정박한 멜렌에 틀어박혔다.

그리고 그것은 각 【파밀리아】로 인턴을 나갔던 학생들도 예외가 아니었다.

"아악~~~!! 니이나 님이 돌아가버렸어요~! 유망한 인재가~! 【파밀리아】의 절약탐색에 기여하는 소중한 치료사가아~~~~~~~!!!"

릴리의 통렬한 비명이 홈의 거실에 울려 퍼졌다.

의외로, 라고 하는 것도 좀 그렇지만, 니이나가 없어지면서 가장 충격을 받은 것은 릴리였다.

소파에 엎드린 채, 마치 바다를 헤엄치듯 팔다리를 바동바동 휘저어대고 있었다.

그리고 탄식하는 것은 릴리뿐만이 아니었다.

미코토 씨와 하루히메 씨도 슬픔에 잠겼다.

"인턴마저 중단될 줄이야……. 니이나 공도 강제 귀환을 당하시다니……!"

"이, 이대로는 니이나 님의 【헤스티아 파밀리아】 입단도 이루어지지 않는 것 아니옵니까……?!"

"그, 그건 안 된다! 동생 군, 아니, 니이나 군은 초절 유능하지 않느냐?!"

"그 정도가 아니라 무조건 필요한 인재예요! 레벨 부스트와의 콤보를 생각하면! 그 어마무시하게 편리한 능력을 알고 나면 이젠 예전으로 돌아갈 수 없다구요……!"

주신님도 불쑥! 몸을 내밀고, 하고 릴리도 소파에서 벌떡! 고개를 들었다.

릴리와 미코토 씨와 하루히메 씨 + 주신님이 몸을 맞대고 "대형 신인의 가입이……!" "초유망주가……!" "즉각전력으로 꼭 필요한 힐러가……!" 등등 입을 모아 말하는 광경은, 옆에서 보고만 있어도 심각성과 비통함이 전해졌다.

"『학구』측이 저택까지 찾아와서 그 하프엘프를 데려간 후로는 계속 저 모양이군……."

"마음은 이해합니다. 그만큼 그녀의 능력과 인품은 매력적이었으니까요. 저도 입단을 기대하고 있었으니."

"그렇, 죠……. 여기서 헤어지게 될 줄은…… 저도 괴롭네요."

벨프, 류 씨와 함께 멀찌감치 떨어져 그 모습을 지켜보는 나도, 솔직히 말해서 동요하고 있다. 지금은 이성을 잃은 그녀들 덕분에 한 바퀴 돌아 침착해질 수 있었지만…….

받아들여줄 【파밀리아】의 역정을 사더라도 진행 중인 인턴까지 강제로 종료시키는 철저함……. 『학구』는 진심이다.

어차피 어떻게든 되겠지, 분명 잘 될 거야, 하고 낙관적으로 생각하기에는, 지금의 오라리오는 지나치게 술렁거려, 이 소동이 전혀 만만하지 않다는 것을 나도 알 수 있었다.

단장인데도 아무것도 할 수 없어 꼴사납게 안절부절못하고 있을 때, 마치 나를 진정시키려는 듯 은은한 홍차 향이 감돌았다.

"저기, 시르 씨…… 우리가『원정』을 나간 동안, 무슨 일이 있었나요?"

"으음~ 저희도 멜렌 쪽이 시끄럽네~ 하는 정도만 느꼈을 뿐이지만요…… 여러분이 출발하셨을 때쯤, 길드의 오리할콘 징수가 시작되었다고 해요."

오늘도 저택에 와서 차를 끓여주는 시르 씨에게 물었다.

쟁반을 안고, 가녀린 턱에 검지를 가져다 댄 시르 씨는 구체적으로 어떤 일이 있었는지 알려주었다.

"발두르 님 같은 분들이 온건하게 교섭을 시도하셨다는데, 길드장 로이먼 씨가 상당히 고압적인 태도를 취했다나요.『학구는 미궁도시의 지원으로 이루어진 자산 그 자체다. 성과물을 받는 것은 당연하다!』, 그리고『우라노스님의 허락은 받았다~!』라면서. 반강제로 오리할콘을 오라리오에 가져왔대요."

던전 실습이나 인턴을 마치고 돌아온 학생들이 그걸 목

격하면서, 지금의 소동으로까지 발전해 버렸다…… 그렇게 된 걸까.

시르 씨 자신도, 다른 신들이나 멜렌 항구의 지인들에게 들은 이야기라는데, 상당히 납득이 갔다.

고압적인 길드 측에 대해, 발두르 님을 비롯한 『학구』 측의 신들은 이렇게 말했다고 한다.

『뜻대로 하십시오. 하지만 그에 따라 발생할 **대가**에 대해서는 책임을 질 수 없습니다.』

……그들은 이렇게 될 거라 내다보고 있었을 것이다.

반쯤 무력행사에 나선 오라리오에게, 『학구』 측도 상응하는 카드를 내놓은 것이다.

신들이 선동할 필요도 없이, 자주성이 강한 『학구』의 학생들은 부조리에는 철저하게 맞선다. 짧은 기간이지만 학생으로 지냈던 나도 피부로 느낄 수 있을 정도로.

'니이나도 걱정되지만…… 앞으로 『학구』와 오라리오는 어떻게 될까?'

지금 가장 강한 것은 그런 불안감이다.

오라리오에 몸담고 있으면서, 어쨌거나 『학구』에도 소속돼 있으니, 어떻게든 화해했으면 좋겠다는 생각이 든다.

내가 할 수 있는 일은 없을까 고민하고 있으려니.

"에에잇, 어떻게도 안 되는 게냐—!!"

"어떻게든 하고 싶어도 정보가 너무 적어요! 하다못해 『학구』 측의 상황이나 타협점을 찾을 수 있다면……!"

"하지만 『학구』는 이미 문을 굳게 닫아버렸다니, 내부를 탐색하려면 그야말로 **학업의 신께 인정받은 학생**이 아니고서는……."

헤스티아 님과 릴리, 미코토 씨는 거기까지 말하더니——우뚝, 하고.

일제히 움직임을 멈췄다.

캥? 하고 하루히메 씨가 귀엽게 고개를 갸웃한 순간——.

휘릭!

셋이 일제히 내 쪽을 돌아보았다.

흠칫! 하고 어깨를 떤 나와 하루히메 씨가 같은 반응을 보이자, 세 분은 말씀하셨다.

"벨."

"벨 님."

"벨 공."

""다시 몰래 들어가서 『학구』의 상황을 보고 와주지 않겠느냐(보고 와주실 수 없을까요)?"

눈을 크게 뜨고, 내가 한껏 얼굴을 실룩거렸던 것은 두말할 필요도 없다.

힘내세요~ 하고 웃으며, 시르 씨가 이미 『학구』의 교복과 변장 세트를 준비해 준 것 또한, 역시나 두말할 필요도 없을 것이다…….

"라피 군!"

은은히 풍기는 바닷내음과 차가운 호수바람에 감싸이기를 한동안.

요즘은 계속해서 신세를 졌던 경사로 위로 캉캉 소리를 내며 니이나가 내 앞에 내려왔다.

『벨 크라넬』이 아닌, 하얀 학생복에 흄 바니 가발을 쓴 『라피 플레미슈』에게.

"미안해, 니이나, 갑자기 쳐들어와서."

"아냐, 아냐! 와줘서 기뻐! 나도…… 그렇게 헤어지기는, 싫었으니까."

그저 미안한 마음에 사과하는 나와는 대조적으로, 니이나는 몇 번이나 고개를 가로저으며……감격에 겨운 듯, 눈가를 촉촉이 적시고 있었다.

나는 살짝 눈을 크게 떴다가, 어느샌가 부드럽게 미소를 짓고 있었다.

청춘~ 이라는 목소리가 멀리서 들려온 것 같지만…… 기분 탓이겠지, 응.

"인턴 중인 학생들은 어제 안으로 모두 돌아갔을 텐데…… 괜찮을까? 나 하나만 이제 와서 돌아오면 수상하게 생각하진 않을지……."

"그건 괜찮아! 발두르 님이, 『개인적인 용무로 심부름을 보냈다』고 선배들한테 설명해 주셨어."

니이나와 이야기를 나누며 오르자, 성문의 도개교처럼 항구에 걸려있던 경사로가 금세 소리를 내며 닫히기 시작했다.

이제는 『쇄국』이라 해도 좋을 정도로, 이제 『학구』는 외부인의 출입을 엄격히 금지하는 것 같았다. 나도 『라피』가 아니었더라면 출입을 막는 정도가 아니라 돌을 맞았을지도 모른다.

연락할 방법도 없으니, 어떻게든 이쪽을 알아봐달라고 흐링호르니 앞에서 계속 마석등을 흔드는 동안에는 마음이 조마조마했지만······.

"라피 군 혼자 왔어?"

"응. 어디서 감시하고 있을지 모른다고 해서, 다른 동료들은 홈에서 대기하고 있어."

작은 목소리로 대화를 나누며, 흐링호르니의 최하층인 컨트롤 레이어를 나아갔다.

홈에서 의논한 후, 나에게 주어진 임무는 『잠입조사』.

오라리오를 나간 다음 변장을 하고, 이렇게 멜렌에 정박한 『학구』까지 온 것이다.

애초에 헤르메스님께 빌린 변장 도구 세트는 제25계층의 『수학여행』에서 누더기가 되었을 텐데, 시르 씨는 대체 언제 고쳐놓은 거지?

미리 이렇게 될 줄 알았던 거야?

역시 난 시르 씨에게 거역해선 안 되는 걸까…….

"아, 어떡해……. 『벨 선배』인데, 나 계속 『라피 군』이라고 부르고 있었어."

슬쩍 턱을 들며 먼 곳을 보는 표정을 하고 있으려니.

옆에서 걷던 니이나가 한 손으로 입을 막았다.

"제대로 벨 선배라고 부르는 게 좋겠죠?"

"드, 들키면 안 되니까 라피라고 해줘!"

"정말? 그럼…… 앞으로도 둘만 있을 때는 라피 군이라고 불러도 돼?"

"……? 뭐, 상관없지만……?"

눈을 올려 뜨며 그렇게 부탁하는 니이나에게, 연신 눈을 깜빡이며 어색하게 고개를 끄덕였다.

하프엘프 동급생은 "잘 됐다!" 하며 가슴 앞에서 손뼉을 쳤다.

"자, 가자! 라피 군!"

왜 그런 걸 물어봤는지는 모르겠지만…… 뭐 괜찮겠지, 하고 생각했다.

너무 기뻐하며 『라피』의 이름을 부르는 니이나를 보니, 나도 덩달아 기분이 좋아졌으니까.

손을 잡아당기는 니이나에게 당황하면서, 나는 노출된 파이프며 금속 벽에 에워싸인 컨트롤 레이어, 그리고 라이브 레이어를 지나, 햇살이 쏟아지는 아카데믹 레이어로 나갔다.

"길드 대책부를 더 늘려!"

"철저 항전이야! 오리할콘은 학구 탐구의 결정체이자 긍지! 절대로 양도할 수 없어!"

"길드의 돼지가 아니라 신 우라노스를 협상 테이블에 앉혀야 해! 이런 횡포가 통하게 둘 수는 없어!"

"『학구』와 교류가 깊은 여러 도시와도 연락을 취해! 서명을 호소해 외부에서도 압력을 가하는 거야! 길드에 대의를 묻겠어!"

뭐, 어느 정도 상상은 하고 있었지만······.

아카데믹 레이어는 엄청난 열기에 휩싸여 있었다. 아니, 숫제 살기까지 띠었다.

너도나도 뛰어다니고, 서로 말을 걸고, 여기저기서 회의를 하고 있었다. 창문이 열린 학교 건물들에서는 논의하는 소리가 성대하게 새어 나오고, 거리 곳곳에서는 도검——학구에서 제작한『장치』무장——을 세워놓은 웨폰 랙이며, 아이템이 담긴 나무상자와 나무통이 즐비하게.

전쟁에 대비하고 있는 건가······?

"의지를 검으로, 지식을 지팡이로, 그리고 실패를 왕관으로!"

"학구를 지켜라!『뿔잔과 지식의 샘과 함께』!!"

"""뿔잔과 지식의 샘과 함께!!"""

걸음을 멈추고 뒤를 돌아본다.

그곳에는 원을 이룬 학생들이 손을 내밀어 한데 겹치고 는, 한층 강한 구호를 하늘로 터뜨리고 있었다.

내가 들어본 적 없는 문구.

하지만 『학구』에 침입하기 전, 헤르메스 님에게 들어본 적 있는 듯한 말.

"저 구호는……."

"응, 『학구』의 신조이면서, 지식과 지혜의 정원을 표방하 는 표어야……."

니이나의 설명을 듣고, 납득하고, 그리고 신음소리를 낼 뻔했다.

지식과 지혜를 배우기 위한 수업을 내팽개치면서까지, 학생들은 『학구』의 권리를 지키려고 한다. 심지어 선생님 들도 함께.

역시 엄청난 일이 벌어지고 있는 거야.

온건한 화해 따위, 어쩌면 이제는 불가능하지 않을까…… 아카데믹 레이어에 펼쳐진 온갖 광경을 보고 있으니, 나도 모르게 그런 생각이 들었다.

불안이 쌓여만 가는 우리는, 일단 빈 교실——내가 처 음으로 니이나의 『전투기술학과』에서 자기소개를 했던 교 실——에서 밀담 겸 상황정리를 하려고 했는데,

"""앗."""

"앗."

너무나도 눈에 익은 얼굴이 셋, 있었다.

드워프와 다크엘프, 그리고 파룸.

이글린과 레기, 크리스……『제3소대』의 모두들!

"너, 넌……!"

"스파이?"

"아니라고?! 아, 아니…… 비슷한 걸지도 모르지만……."

놀란 얼굴로 이글린이 손가락질하고, 레기는 늘 그렇듯 짧고 담담하게 물었다.

반사적으로 부정한 나는 나대로, 하고 있는 일 자체가 스파이와 다를 바 없다는 것을 깨닫고 겸연쩍은 표정을 지었다.

니이나도 갑작스러운 일에 움직이지 못한 채, 미묘한 분위기가 흐르려 하고 있을 때.

"저기, 왜 다들 이렇게 어색해? 빨리 이 재회를 기뻐하자고!"

"……! 크리스……."

파룸 크리스가 우리의 한가운데에 서서, 그 작은 가슴을 폈다.

"라피의 정체가 모험자이고, 귀와 꼬리가 가짜라고 해도, 우리의 동료인 건 변함이 없어! 왜냐하면, 라피의 마음은 보들보들 따끈따끈하니까!"

자신만만하게, 역시나 잘 이해할 수 없는 근거를 말하는 크리스에게 잠시 넋이 나갔지만, 그것도 처음뿐.

먼저 니이나가 쿡쿡 웃음을 터뜨렸다.

다음으로는 이글린이 어깨를 늘어뜨리며 표정에서 힘을 빼고, 내 얼굴에도 미소가 번졌다.

레기 역시 검은 마스크 아래에서 입가를 슬쩍 틀어올리는 것을 알 수 있었다.

"우린 『워스트 파티』다. 이상한 『짝퉁 모험자』가 진짜 문제였다고 해도, 새삼스러운 일이지."

"그래도 갑자기 소실, 안 돼. 쓸쓸했어. 조금……."

"……미안해, 이글린, 레기, 크리스. 그런 식으로 들키는 바람에 좀 민망해져서."

"괜찮아! 인턴 가는 니이나한테, 라피가 어떻게 지내는지 봐줘~ 하고 부탁했거든! 지금은 이렇게 돼버렸지만!"

"……고마워."

사실은 계속 마음이 아팠다.

『라피』가 되고 나서부터, 모두에게 거짓말을 하고 있다는 것이, 가슴 한구석에서 계속.

잠시 거리와 시간을 두고 마음의 정리를 하겠다는 명분도, 사실은 모두에게서 도망치고 있었던 것뿐인지도 모른다.

그래서 이렇게 『제3소대』로 돌아올 수 있었다는 사실이 참을 수 없이 기뻤다.

험악한 분위기에 휩싸인 『학구』 속에서, 모두와 함께 있는 이 교실만큼은 따뜻하게 느껴졌다.

"그래서? 무슨 일로 온 거야? 니이나랑 같이 있는 걸 보니 오라리오 측의 꿍꿍이 같은 건 아니겠지?"

"응, 『학구』가 지금 어떻게 됐는지 궁금해서……. 다들 어떻게 느끼고 있어?"

"보이는 그대로. 다들, 빡친 상태……."

"학생투쟁은 『학구』에선 드문 일이 아니지만, 이렇게까지 달아오른 건 레온 선생님이 끌려가려 했을 때 이후 처음인 것 같아! 다들 오라리오를 용서할 수 없나봐!"

이글린의 질문에 대답하자 레기, 크리스가 거침없이 인상을 말했다.

크리스는 그대로 속마음을 말했다.

"나도 지금의 오라리오는 마음에 안 들어! 좀 싫어질 것 같아!"

"동의……."

"나도 납득할 수 없다. 영웅의 도시도, 횡포한 국가나 도시랑 똑같은 건가 싶어 실망이 들려고 해."

세 사람의 생각을 듣고 나는 입을 다물어버렸다.

니이나도 미안한 듯이 눈을 내리깔았다.

【헤스티아 파밀리아】에 들어가고 싶기는 하지만, 역시 응어리는 있는 거겠지. 마음은 이해할 수 있고, 이번만큼은 오라리오의 편을 들어줄 수가 없다.

말하자면 그동안 열심히 키워온 꽃, 혹은 소중히 쌓아둔 자산을 빼앗긴 것과 마찬가지니까.

'역시 당장 해결될 것 같지는 않아……. 해결해줄지 어떨지도 모르겠고…….'

그들을 통해 다시 한번『학구』의 의향을 느낀 지금, 어떻게 해야 좋을지, 애초에 나는 어떻게 해야 좋을지 고민하던── 그때.

드르륵 소리와 함께, 우리들만 있던 교실의 문이 열렸다.

"여기 있었구나, 라피."

"아…… 레온 선생님?!"

한 자루의 검처럼 쭉 뻗은 등줄기에, 사자색 머리카락.

검은색 교직원복을 입은 레온 선생님의 모습에 놀란 목소리를 냈다.

눈을 크게 뜬 동급생들과 함께 '여긴 어떻게?'라는 생각을 눈빛에 담고 있으려니,

"발두르 님께서 네가 왔다는 말을 들었거든. 오라리오 대책회의는 동료들에게 맡기고, 나는 너를 데리러 왔지."

"데리러……?"

당황한 나를 향해, 레온 선생님은 그야말로 기사다운 모습으로 손을 내밀었다.

"나와 함께 가다오. 발두르 님과 함께 내밀히 나눌 이야기가 있다."

"우리도 갈래!" 하고 크리스와 레기가 항의한 것은, 뭐, 당연한 일이기는 했지만.

여기에 몇 번이나 미안해하고, 레온 선생님의 사과와 설득도 있었던 덕에 나는 풀려날 수 있었다. 니이나와 이글린의 다녀오라는 인사와 함께.

나중에 무슨 이야기를 했는지 몰래 알려달라는, 함부로 약속할 수 없는 조건에, 나는 쓴웃음으로 대답할 수밖에 없었다.

"오시느라 고생이 많았어요, 라피. 아니면 지금은 『벨』이라 부르는 게 좋을까요?"

"앗, 아뇨, 라피라고 해주세요!"

『학구』 중앙에 세워진 가장 높은 탑이자 브리지이기도 한 『브레이다블리크』.

그곳의 최상층에 있는 교장실에서 기다리던 발두르 님과 마주 섰다.

"니이나가 안내해주어서, 지금의 『학구』가 풍기는 분위기는 피부로 느꼈을 것 같군요."

"네⋯⋯. 제가 생각했던 것보다 훨씬 엄청난 일이 벌어지고 있어서⋯⋯."

"욕심에 눈이 먼 로이먼과 길드의 행동이 지나치게 성급했다. 모두가 반감을 품을 정도로."

지금 이 교장실에 있는 사람은 발두르 님과 나, 그리고 레온 선생님 셋뿐이다.

내 옆에 있는 레온 선생님이 진지한 표정으로 입을 열었다.

"『학구』와 오라리오, 양측에게 지금의 상황은 매우 좋지 못하지. 우리 『학구』는 오라리오에게 투자를 받은 쪽이고, 오라리오 역시 세계의 비원을 위해 앞으로도 『학구』와 협력해나가는 것은 절대조건이다. 모두들 머리로는 이해하지만……."

"……학생들은 납득하지 못한다는 건가요?"

"그렇지. 그리고 그런 학생들의 마음은 우리도 이해한다. 오히려 이번 일에 관해서는 교사들도 불신감을 드러내고, 솔선해서 대책 마련에 나서고 있을 정도야."

반감이 퍼지고 있는 것은 학생들만이 아니라는 말을 듣고, 다시 한번 가슴이 철렁했다.

나는 한참을 망설인 끝에, 질문하기가 무서웠지만, 레온 선생님에게 물었다.

"레온 선생님은…… 어떻게 생각하세요?"

아직 만난 지 많은 시간이 지난 것은 아니지만, 『나도 이런 어른이 되고 싶다』고 생각하게 해준 레온 선생님의 입에서, 오라리오의 악평이나 험담이 나오는 것은 괴로운 일이다.

존경하는 사람이 내게 실망한다는 것도 괴롭지만, 직접적으로는 아니더라도 경멸을 당하는 것은 가슴이 시큰시큰 아프다.

언제나 훌륭하고 올바르고 상냥한 선생님의 그런 모습을 보고 싶지 않다는 것은, 어쩌면 이기적인 선망일지도 모른다.

아까의 니이나처럼 쭈뼛쭈뼛 올려다보는 나에게…… 레온 선생님은 한 손에 턱을 가져다댄 채, 낯빛 하나 변하지 않고 대답했다.

"『학구』의 일원으로서는 나도 분개해야 할 텐데…… 어렵군."

"네?"

"생각하는 바는 있다만, 이건 순수한 분노가 아니라…… 『조바심』일 거야. **이런 짓을 하고 있을 때가 아닌데**, 하는. 하필이면 『계곡』이 소란스러운 이 타이밍에, 라는 것도 있고."

『조바심』?

이런 짓을 하고 있을 때가 아니라고?

게다가, 『계곡』이 소란스럽다니……?

"오탈은 자기 연마에 몰두하고 있으려나? 핀은 어이없어서 자기 야망을 우선시하고 있을까?"

약간 독백 같은 레온 선생님의 대답에 당황스러워할 수밖에 없었다.

왜 지금 오탈 씨와 핀의 이름이 나오지?

무슨 말을 하시는 걸까.

무엇을 보고 계시는 걸까.

어딘가로 의식을 떨치는 사자색 눈으로, 이 사람은 **지금까지 무엇을 보아왔을까?**

"각자 품고 있는 것은 다르겠지만, 우리 신들이나 레온이 지향하는 방향은 같습니다. 하루빨리 이 사태를 수습하고, 오라리오와 『학구』를 건전한 상태로 되돌리고 싶어요."

이때 발두르 님이 조용히 말을 얹었다.

마호가니 소재의 책상을 사이에 두고 앉아 있는 『학구』의 교장 선생님이 그렇게 말씀해주시니, 나는 그제야 안도감을 느꼈다. 말씀대로 생각하시는 바는 있겠지만, 신들이나 레온 선생님도 지금의 상황을 위태롭게 여기시는구나.

"하지만 여기서 문제는, 길드가 내세우는 대의명분이 의심받고 있다는 점입니다. 던전에 구멍을 뚫는 『샤프트 계획』은 정말로 필요한 것인지, 부와 명성에 눈이 멀어 파멸의 길로 가는 것은 아닌지, 그런 말이 오가고 있지요."

"샤, 샤프트 계획⋯⋯?"

"길드가 고안한 대형 사업이다. 이번 오리할콘 징수도 그 계획에서 비롯된 것이지."

처음 듣는 말에 내가 어리둥절해하자 레온 선생님이 알기 쉽게 설명해주셨다.

『학구』의 오리할콘으로 만든 거대한 『기둥』을 던전에 꽂아, 하층 및 심층영역까지 곧바로 이동할 수 있는 엘리베이터를 건조하는 장대한 계획이라는 것이다.

세상 물정 모르는 나는 그 설명에 깜짝 놀라, 그건 정말로 반감을 살 것 같다는 생각에 뺨을 이상한 일그러뜨리고 말았다. 던전에 『구멍』을 뚫는다니, 그것만 해도 이미 무서워…….

에이나 누나도 길드 본부에서 들었다면 분명 같은 생각을 했을 것이다.

"역시, 들으면 들을수록 화해는 어렵다는 생각이…….."

길드가 사과하고 오리할콘을 돌려주면 금방 해결되겠지만, 그런 엄청난 계획을 추진하고 있다면, 전부 없었던 일로 할 수는 없겠지.

내가 갈팡질팡하고 있으려니, 지금도 눈을 감고 있던 발두르 님은 웃으며 말했다.

"안심하세요. 이대로는 가지는 않을 테니까."

"네?"

"금방이라도 사태가 바뀔 겁니다. 신들이 이렇게 『재미난 일』을 방치할 리가 없으니까요."

마치 모든 것을 꿰뚫어보고 있던 것처럼.

그리고 그 신의를 긍정하는 것처럼——『특대 확성기』가 쩌렁쩌렁 울렸다.

『이 대립은 우리 신들이 맡겠다아아아아아아아아아아아아아아아아아아아아아아아아아!!』

도시 방향에서 울려 퍼지는 어마어마한 고함성.

펄쩍 뛸 정도로 어깨를 흠칫한 것은 비단 나뿐만이 아닐 것이다.

니이나도, 이글린도, 『학구』에 있는 학생들도 경악에 사로잡혔다는 것을, 이내 솟아난 술렁임이 알려주었다.

발원지인 오라리오에서는 모두 귀를 막아버렸을, 그런 열광을 알리는 전조.

"이, 이 목소리는…… 헤르메스 님?!"

어느새 일어선 발두르 님이 창문을 활짝 열어젖히는 것을 보고, 나는 황급히 교장실에서 뻗어 나온 발코니로 뛰어나갔다.

『우리는 근심하고 있다! 어찌하여 길드와 학구, 양측이 서로 다투어야 하는가! 기원을 거슬러 올라가면 양쪽 모두 영웅의 도시에서 시작된 이들! 이런 내부 분열은 옛 영웅들도 하늘에서 탄식하고 있을 것이다!!』

금세 수상쩍은── 아니, 연극적인 연설이 시작되어, 나는 얼굴을 실룩거렸다.

오라리오에서 진저리를 치고 있을 동료들의 얼굴이 눈에 선했다.

아스피 씨를 비롯한 【헤르메스 파밀리아】의 피폐해진 얼굴도 보였다.

주먹을 불끈 쥔 채, 마석제품 확성장치에 대고 고함을 질러대는, 웃음을 감추려고도 하지 않는 헤르메스 님의 존안이 뚜렷하게 떠오른다!

『그래에서어어! 이 대립에 조속히 종지부를 찍고자, 오라리오 VS 학구, **대표 시합**을 하는 것은 어떻겠는가아아!!』

""""""뭐?!""""""

"에에에에?!"

발코니 아래, 아카데믹 레이어 가장자리에 모였던 학생들 쪽에서는 충격에 빠진 목소리가, 난간에 두 손을 짚은 내 입에서는 경악의 비명이 새나왔다.

단일 파벌끼리 싸우는 워 게임이 아닌, 많은 【파밀리아】가 소속된 도시와, 여러 파벌이 모인『파밀리아 유니온』사이의 대표전?

무슨 싸움을 한다는 건지는 전혀 모르겠지만…… 이건 완전히『파벌대전』같은 거잖아!

『다양한 배틀을 다섯 종목 준비해, 세 종목을 선취하는 쪽이 승리! 승리한 조직은 상대에게 그 어떤 받아들이게 할 수 있다! 즉, 오리할콘을 자기 것으로 만들 수도 있고, 되찾을 수도 있다! 아니면 영원한 복종을 요구해도 좋겠지! 힘을 보여서 자웅을 확실히 가려보자고!!』

시야 저편, 거대한 성벽에 둘러싸인 오라리오가 술렁거리는 듯했다.

마치『우린 그런 말 못 들었어!』라며 에이나 누나를 비롯한 길드가 혼란에 빠진 것처럼.

『이 투쟁은 신성하다! 이 대결은 절대적이다! 신의 이름
으로 맹세하지! 지금 한 말은 반드시 준수될 것이라고! 신
회의 입회 아래, 최고로 알기 쉽고 최고로 신나는 **축제**를
벌여보지 않겠는가!!』

오락에 굶주린 신들의 진면목.
우리가 고민하던 소동조차 『축제』로 바꿔버리는 초월존
재의 악습!

『【오라리오피아드】 시작이다아아아아아아아아아아아아
아아아아아아아아아아아아아아!』

맑게 갠 하늘로 솟구치는 대음성에 이어, 한순간의 정적.
그러나 다음 순간, 오라리오와 학구 두 곳에서 무시무시
한 함성이 터져 나왔다.
*"""오오오오오오오오오오오오오오오오오오오오오오오오
오오오오오오오오오오오오오오오!!"""*
당혹감과 흥분과 혐오와 혈기—— 모든 것을 한데 뭉뚱
그린 『포효』.
흠칫 놀라 다시 한번 발코니 아래를 내려다보니, 학생들
은 팔을 번쩍 들며 열광의 함성을 지르고 있었다. 너무나

도 야만적인 『선전포고』를 경멸하며, 그럼에도 그쪽이 그럴 생각이라면 『어디 덤벼봐라』라고 말할 것 같은 기세로.

이거…… 진짜로, 하는 거야?

오라리오와 학구의 진짜 대결을?!

"그야말로 『금방이라도』로군요."

"역시 합의점은 이렇게 거는 건가. 정말로 오라리오답군."

발코니에서 멍하니 서 있는 내 뒤에서, 발두르 님과 레온 선생님이 중얼거렸다.

나와는 대조적으로 전혀 놀라지 않는 분들을 보며, 역시나 넋이 나가 돌아보니, 그런 내 표정이 이상했는지 발두르 님이 어깨를 들썩였다.

"이제 대결은 피할 수 없게 된 것 같고…… 당신은 어느 쪽에 붙을지 물어봐도 될까요?"

"네……?"

"당신은 오라리오 소속 모험자이기도 하지만, 바로 얼마 전까지 『학구』에 입학했던 학생이기도 합니다. 편의상 『학구』 측에 서서 싸우는 것도 전혀 이상하지 않죠."

얼빠진 표정을 짓고 있었던 나는 금세 눈을 크게 떴다.

자신이 처한 상황을 이해하고, 아렌 씨의 질주도 깜짝 놀랄 기세로 핏기가 빠져나가고 있다!

"우리 『학구』의 진영에 합류해줄 수 있을까요, 『라피』?"

"잠깐만요잠깐만요?! 갑자기 그런 말씀을 하시면……?!"

"만약 당신에게 버림받았다는 걸 알면, 니이나와 『제3소대』는 엄청나게 실망하겠죠."

"그렇게 말씀하시는 건 치사하잖아요오?!"

발코니로 천천히 들어오는 발두르 님에게 비명을 질러 버렸다.

처음 만났을 때는 『선신』이라든가 『빛의 신』이라고 생각 했는데, 역시 발두르 님도 제대로 신이셨어! 미워할 수 없 는 장난꾸러기 같은 미소로 내 얼굴을 가만히 들여다보시 면서!

길드의 행동은 나쁘다고 생각하지만, 헤스티아 님이나 동료들, 오라리오를 배신할 수는 없고, 그렇다고 동급생들 에게 등을 돌리는 것도 괴롭고…… 대체 어떡하면 좋지?!

"발두르 님, 놀리시는 것도 그쯤 하시지요. 라피가 화살 맞은 토끼 꼴이 되지 않았습니까."

"후후, 미안해요. 그가 너무 귀여워서 그만."

반쯤 울고 싶은 마음에 갈팡질팡 못하고 있으려니 레온 선생님이 발두르 님을 나무라셨다.

발두르 님은 "장난이 지나쳤네요. 미안해요"라고 웃으면 서 물러나 주셨다.

도움을 받은 건 기뻤지만, 레온 선생님의 『라피』라는 호 칭이 은근히 도망갈 길을 막고 있는 것 같아서 나의 긴장 은 계속되고 있었다.

이제는 승부에 조금도 관여하지 않고 그냥 구경꾼이 되 는 게 제일 좋지 않을까……?!

나는 제1급 모험자이긴 하지만……!

"흐음…… 곤란한가, 라피?"

"흐엑?! 앗, 네, 엄청 곤란해요……!"

나를 빤히 쳐다보던 레온 선생님이 물었다.

왼손에 팔꿈치를 얹고 오른손을 입가에 대면서. 그런 모습조차 엄청 멋이 난다.

발두르 님이 곁에 있긴 하지만, 나는 신에게라도 매달리는 심정으로 한심하게 몇 번이나 고개를 끄덕였다.

나를 계속 바라보던 레온 선생님은 입에서 손을 떼며 말했다.

"오라리오의 편도 학구의 편도 들지 않고, 『이 소동을 어떻게 할 수 있는 방법』을 내가 제시한다면, 협력해주겠니?"

"엑?! 그, 그런 게 있나요?!"

질문에 질문으로 대답해버린 나는 흠칫했다가 ——잠시나마 『학구』의 학생으로서 공부했던 사람으로서—— 답을 도출했다.

"협력할게요! 돕게 해주세요!"

달려드는 것처럼 대답하자 레온 선생님의 눈이 가늘어졌다.

흐뭇한 존재를 보는 것처럼.

혹은, 경솔한 짓을 저지른 학생에게 『감점이다』라고 속삭이듯.

'어, 라……? 혹시…… 섣부른 짓이었나……?'

내 목덜미에 땀이 흘러내릴 때쯤.

발두르 님은 마치 자식을 이해하는 부모처럼 아무 말도 하지 않고, 눈을 감은 채, 그저 가만히 우리를 지켜보고 계신다.

이윽고.

겨울 햇살을 반사하는 사자색 머리카락을 찰랑이며, 레온 선생님은 웃음을 지었다.

"그럼 언젠가 약속한 『모험』을 하자꾸나. 『나』를 도와다오, **벨**."

『학구』를 뒤로 하고, 멜렌의 한구석에서 몰래 옷을 갈아입었다.

그리고 도시로 돌아와 보니, 오라리오는 이미 소란스럽기 짝이 없었다.

"『오라리오피아드』라니, 아주 제멋대로구만……."

"이러니까 신들은~."

"【프레이야 파밀리아】하고 싸운 지 얼마나 됐다고."

헤르메스 님 같은 이들에 대한 푸념도 있는가 하면.

"말 자알 했다, 멍청이 신들아!"

"애초에 예의바른 학생 놈들은 마음에 안 들었어!"

"자웅을 가리자고! 덤으로 학구의 재산도 손에 넣고!"

그렇게 의기양양한 목소리도 있었다.

활기의 중심은 역시 오라리오에 속한 【파밀리아】 단원들이고, 무소속 일반인들은 당혹스러워하는 기색이 역력했다.

한편으로는 소란에는 이미 익숙하졌다는 분위기도 있어서, 오라리오의 강인함, 이라기보다는 『세계의 중심』이라 불리는 이유를 재인식한 기분도 들었다.

'나도 남의 일이었으면 좋았을 텐데……라고 생각하면 안 되겠지이. 앞으로 어떻게 될까? 오라리오도 『학구』도…… 나도…….'

처음에는 그렇게나 기뻤는데, 이제는 『제1급 모험자』라는 명함이 무겁게 느껴졌다. 아무리 객관적으로 봐도, 『오라리오피아드』라는 행사 속에서 제1급 모험자가 벨 크라넬이 무관할 수 있을 가능성은 0에 가깝겠지. 이건 자아도취가 아니라, 분명 사실일 거다.

발두르 님께 농담을 들었던 ──정말 농담이었는지는 차치하고── 그때, 솔직히, 전에 비네와 『제노스』를 잡았던 헌터인 그 사람에게 들었던 『박쥐새끼』라는 말이 떠올라 약간 졸도할 뻔했다.

만약 『오라리오피아드』에서 양쪽 진영 모두 편을 들었다는 게 탄로 난다면 또 실망을 살 것 같고, 두들겨 맞을 것도 같아…… 몰드 씨 같은 분들한테서. 온갖 불평불만 야유와 함께.

레온 선생님에게는 무언가 생각이 있는 것 같지만, 구체적으로 뭘 할지는 끝까지 알려주지 않았는데…… 정말 어떻게 되는 걸까?

'좀 무서운 건…… 레온 선생님이, 『오라리오피아드』**에는 참가하지 않겠다**고는 말씀하지 않으셨다는 건데…….
이렇게 자꾸 머리를 굴리는 건 릴리나 헤르메스님의 영향일까?'

이걸 성장이라고 봐야 할지 비뚤어졌다고 봐야 할지는 모르겠지만.

학구의 교복이 담긴 가방을 들기지는 않을까 내심 쭈뼛거리면서, 평소보다도 대화하는 목소리가 많은 대로 가장자리에서 몸을 한껏 움츠린 채 이동했다.

남서쪽 메인 스트리트를 꺾어 들어가면 『화덕관』이 있는 도시 제6구역이 나온다.

당혹감에 사로잡힌 채 터덜터덜 어정쩡하게 걷고 있으려니.

"터덜터덜……."

길모퉁이를 돌아선 곳에서, 나처럼 터덜터덜 걷고 있는 한 여자분이 있었다.

아~ 나 같은 사람이 또 있구나아~.

예쁜 금발에 반할 정도로 아름답고 나 같은 애보다 훨씬 더 반짝반짝 빛나지만—.

…………잠깐.

"아이즈 씨이?!"

"아."

하늘에서 떨어진 유성에 직격한 것처럼 음정이 엇나간 목소리를 내버렸다.

발음을 멈추고 돌아본 금발금안의 여성, 아이즈 씨는 눈을 크게 떴다.

그런가 싶더니, 조금 전까지 터덜터덜 걷던 모습은 어디로 갔는지 슈다다닷! 하고.

제1급 모험자의 종종걸음으로 내 눈앞까지 다가오셨어!

나는 무심코 얼굴을 붉히며 몸을 벌렁 젖혀버렸다.

"벨."

"아, 안녕하세요! 좋은 아침입니다?!"

"응, 좋은 아침……은 아니고, 오후?"

"그, 그러네요. 좋은 오후!"

너무 갑작스러워 머리가 상황을 따라가지 못해 얼빠진 대화를 주고받고 말았다.

진정해 진정해!

모두에게서 『표정이 달라졌다』느니 『몰라보게 변했다』 같은 평가도 듣게 됐고, 마스터에게서는 그렇게나 개조, 아니, 레슨을 받았으니까, 아이즈 씨 앞에서도 침착하게……!

주로 후자 덕분에 강제적인 정신통일을 실행한 나는 간신히 화제를 이어나갔다.

"무, 무슨 일이세요, 이런 곳에서? 뭔가 볼일이라도 있으셨나요?"

"응. 너희 홈에 갔다가……."

"……네?!"

하지만 돌아온 대답은 나를 다시 한번 동요시키기에 충분했다.

왜 아이즈 씨가 우리 홈에?!

"목도 나았고, 레피야도 괜찮아졌으니까, 지금이라면 만나러 갈 수 있지 않을까 해서……."

빤히 응시해버리는 내 눈을 무언가 오해하셨는지, 아이즈 씨는 살짝 뺨을 붉히며 그렇게 말했다.

귀, 귀여워……! 가 아니고!

실제로『파벌대전』이 끝난 후, 티오나 씨가 아이즈 씨의 목이 다 쉬어버려서 목소리가 이상해졌거든~ 이라고 말씀하시긴 했지.

하, 하지만……『만나러 갈 수 있다』니, 대체 누굴?

"누, 누굴 만나러 가셨어요?"

"너."

"너?"

"벨을."

"벨?"

으응~?

"너는 없다고, 헤스티아 님이 그러셔서, 쫓겨나서…… 터덜터덜하고 있었는데…… 다행이야. 만나서."

바보 같은 표정을 짓는 나를 알아차리지 못한 채, 아이즈 씨는 조그맣게 웃었다.

푸른 하늘에 에워싸인, 높은 산봉우리에 핀 꽃이 흔들리듯.

나는 속절없이 얼굴을 새빨갛게 물들이고 말았다.

"있지, 벨."

"……네, 네에."

넋을 잃은 나는 그 입술이 다음에 무슨 말을 할지 시선을 고정했다.

동경의 존재는, 이렇게 말했다.

"훈련, 할래?"

…………아아앗!!

🔥

『또, 싸우는 법 가르쳐 주실래요?』

『제노스』를 둘러싼 다이달로스 공방전이 끝나고, 그렇게 부탁한 것은 다름 아닌 나였다.

『호적수』인 그 사람에게 지고, 다음 재대결에서는 꼭 이기고 싶어서.

더 강해지고 싶다고, 아이즈 씨 앞에서 맹세했다.

아이즈 씨는 그 약속을 기억하고 있었어던 것이다——.

"많이, 이런저런 일이 생겨서, 늦어져 버렸지만……."

"어, 어쩔 수 없죠. 【로키 파밀리아】는 힘들었다고 들었고, 게다가 저희도 여러 가지 일이 있었으니까요……."

예전과 같은 북서부 거대 시벽 위에서.

완전히 전용 훈련장이 된 도시 가장자리에 아이즈 씨와 함께 도착한 나는, 교복이 담긴 짐을 한쪽에 내려놓으며, 위로도 뭣도 되지 않는 솔직한 감상을 전했다.

아이즈 씨는 도시 최대 파벌 소속이라, 우리와는 비교할 수 없을 정도로 바쁘고…… 우리는 우리대로 정말 많은 일이 있었다. 『원정』이며 『2대 축제』, 『파벌대전』, 최근에는 『학구』 귀항까지…… 뭐랄까, 내가 홈을 비우는 일이 더 많았으니까 내가 미안할 정도였다.

하지만 그 미안함을 웃돌 정도로, 지금은 기쁨과…… 고양감이 있었다.

아이즈 씨가 약속을 기억해 주셨다는 기쁨.

아이즈 씨와 지금부터 싸울 수 있다는 흥분.

다시 달리기 시작했던 그 아침놀의 날로부터, 나는 얼마나 성장했고, 얼마나 이 사람에게 가까워졌을까. 혹은 멀어져 버렸을까.

그것을 확인할 수 있다는 데에…… 더할 나위 없이 안절부절못하고 있었다.

"전처럼, 대련이면 돼?"

"……! 네!"

"난 칼집 쓸 건데, 넌 나이프 써도 돼."

쓸데없는 말은 필요 없었다.

아이즈 씨는 칼집에서 꺼낸 검을 흙벽 밑에 세웠다.

나는 호신용으로 들고 있던 《주신님 나이프》를 역수로 쥐었다.

나이프의 날이 서 있다느니, 그런 얼빠진 소리는 더 이상 하지 않는다.

이 사람에게는 필요 없다. 검희에게, 그런 걱정은 실례만 될 뿐이다.

우리는 통로 한복판에 서서, 미리 정해놓았던 것처럼 자세를 잡았다.

"……."

"……."

시선이 교차한다.

그러면서도 서로의 자세에 빈틈은 없는지, 보이지 않게 힘을 집중시킨 곳은 없는지를 캐내려 한다.

첫 훈련 때처럼, 자세를 잡은 것만으로 겁먹고 압도되는 일은 없다.

분명 그것만으로도 큰 성장.

하지만 내가 바라는 것은 그 너머다.

이 사람에게 다가가고 싶다. 등을 보는 것이 아니라 어깨를 나란히 하고 싶다.

동경을, 따라잡고 싶다.

'……『오른쪽』이 비었어.'

아이즈 씨의 왼편, 다시 말해 내가 봤을 때 오른쪽.

정말로 아주 작은, 『빈틈』이 존재했다.

'하지만 『함정』일 것 같아.'

노련한 상급 모험자라도 알아차리지 못할 만한, 정말정말 작은 빈틈.

하지만 아이즈 씨라면, 그렇게 비집고 들어갈 빈틈 따위한 점도 보이지 않을 것이다.

그러니 이건 분명 『시험』.

지금의 내가 그 빈틈을 눈치챌지, 눈치채고서 미끼에 낚이지 않고 어떻게 공격할지.

내 직감을 긍정하듯, 아이즈 씨가 먼저 덤벼들 기미는 보이지 않는다.

꼼짝도 하지 않고 기다리는 자세.

조용한 눈빛으로 바라보며, 이쪽이 어떻게 나올지를 살피며, 이미 『허허실실』을 시작했다.

지금의 내 역량을 가늠하기 위해, 나를 시험하고 있다.

'어떻게 할까?'

아마도 1차 시험은 돌파. 그럼 2차 시험은?

『오른쪽』의 미끼에 달려드는 척하고 왼쪽? 아니면 차라리 정면으로 돌진할까?

지면에 스칠 정도로 몸을 숙이고 달려가 하단을? 이판사판으로 허를 찌르는 상단을?

아니면 숫제 폭거라고 해도 좋을 【파이어볼트】?

하지만—— 전부 다 읽히고 있는 것 같았다.

······.

············.

···············좋아.

결정했어.

『오른쪽』이다.'

온 힘을 다해 미끼에 달려든다.

1차 시험은 돌파할 거라고 나를 믿어주는 아이즈 씨의,

그 신뢰를 역이용한다.

이것이 지금의 벨 크라넬이 펼칠 수 있는 최선의 『허허실실』.

안이하고 우직하지만, 그래도 『속도』라는 나의 무기를 꽂아버릴 수 있는 최대 필살.

판단을 내리기까지 4초.

이 이상 시간을 끌면 분명 의심받는다.

고속으로 회전하던 생각이 빠르게 투명해지고, 남은 힘을 모두 육체로.

압축된 체내시간이 끝을 알리는 동시에, 그 어떤 예비 동작도 없이———— 뛰었다.

"————흐읍?!"

혼신의 강습.

지금 내가 해방할 수 있는 전심전력.

미끼에 달려드는 정도가 아니라 씹어 부술 듯한 기세로

『오른쪽』을 향해 날린 내 수평 일섬 참격에, 아이즈 씨가 눈을 크게 떴다.

"흡!!"

최속의 육박으로 아이즈 씨의 눈앞까지 육박해, 《주신님 나이프》를 휘둘렀다.

까앙!!! 하는 불협화음. 불꽃은 솟지 않는 둔중한 충격.

신속하게 방어한 아이즈 씨의 칼집이 나의 일격을 완전히 막아냈다.

하지만——『반격』은 펼치지 못한다!

내가 【검희】에게 『방어』만을 강요했어!

나의 『허허실실』이 아주 조금, 하지만 확실하게, 아이즈 씨를 웃돌았다는 증거!

"하아아아아아아아아아앗!"

2차 시험을 돌파해 아이즈 씨의 예상을 뛰어넘은 나는, 그대로 기세를 탔다.

초격으로부터 찰나, 한순간을 갈라버릴 정도의 연속 참격.

눈앞의 검사가 가장 주특기로 삼는 『정면에서의 응수』에 무모하게 임해, 지금의 내 모든 끊임없이 제시한다!

"——음!!"

아이즈 씨도 나의 도전을 정면에서 받아들였다.

짧은 숨소리와 함께 참격의 궤적을 남기고 사라지는 초연속요격.

나의 맹공을 모두 튕겨내는, 그야말로 신들린 검기.

그럼에도 공세로 나설 수는 없다. 나의 맹렬한 연타 앞에, 아무리 해도 자신의 차례를 거머쥘 수가 없다.

다시금 금빛 두 눈이 경악을 담는다.

공격공격공격공격!

수비는 없다! 탐색전도 없다! 계속 밀어붙여!!

자신의 최대 무기를 계속 부딪치지 않는다면 맞설 수조차 없다.

처음에만 잘 넘어간 『허허실실』은 물론이고 『기술』에도 엄연한 차이가 있다.

잔재주가 성공하는 것은 한순간, 그렇기에 이 처음이자 마지막 기회에 나의 모든 것을!

오늘까지 함양한 벨 크라넬의 모든 것을 실어, 나는 동경의 존재에게 도전했다.

"——!!"

"——!!"

약간 난폭해진 참격을 나무라듯, 수평으로 나이프를 튕겨내며 회전.

축발은 왼쪽. 나이프를 쥔 오른손을 회전력의 가속장치로 바꾸어, 소용돌이를 일으킨다.

일격을 튕겨낸 아이즈 씨도 마치 거울처럼, 아름다운 머리카락이 내달리는 금색 회오리바람을 그렸다.

두 사람이 서로, 상단 돌려차기.

"웃?!"

부츠의 두꺼운 발뒤꿈치 부분끼리 충돌해, 밀어낸 것은—— 나!

공세에 쏟아부었던 속도가 실린 데다, 나머지는 순수한【어빌리티】의 차이!

Lv.6인 아이즈 씨보다 Lv.5인 내『힘』이 더 강해!!

가련한 입술에서 충격의 호흡이 새나오는 소리가 뚜렷이 들렸다.

밀려난 한쪽 발이 크게 허공으로 떠오른 아이즈 씨. 그러나 곡예처럼 후방으로 도약해, 나의 추가 공격을 용납하지 않았다.

크게 벌어진 간격.

그제야 떠올랐다는 것처럼 시벽 위에서 바람이 울었다.

흉벽 위에 착지한 아이즈 씨는, 지금도 놀라움을 감추지 못하는 눈으로 나를 빤히 쳐다보았다.

'우연이라도, 아이즈 씨와 경합해서 이겼어……!'

조심스럽게 평가하더라도, 그렇게 말할 수 있을 것이다.

아이즈 씨가 방심, 아니 아이즈 씨의 허를 찔렀다는 것은 대전제다.

본래의 무기가 아닌 칼집이라는 핸디캡을 짊어졌던 것도 이유 중 하나.

그래도 벨 크라넬의 최선은, 아이즈 발렌슈타인에게 전해진 것이다.

첫 번째 훈련에서는 패배했던 검격의 응수도, 이번에는 호각을 보였다.

『힘』은 분명 아이즈 씨의 장점은 아니지만, 막대한 잠재치가 Lv.의 차이를 뒤집었다.

가까워지고 있어! 내가, 아이즈 씨에게!

내가 상상했던 것 이상으로, 너무나도 까마득했던 높은 곳의 꽃에게!

"……대단해."

나도 모르게 《주신님 나이프》를 움켜쥐면서 기쁨과 흥분이 입가에서 새어 나오고 있을 때, 문득.

아이즈 씨가 중얼거린 것 같았다.

그 입술에도 작은 미소가 떠오른다.

"……."

그렇게 생각했을 때.

무릎을 구부린 착지자세를 유지하던 아이즈 씨는 다리를 쭉 펴며 흉벽 위에 섰다.

흉벽 위에 서서, 음— 하고 가볍게 창공을 올려다보며, 생각에 잠기기 시작한다.

장난스러운 산들바람에 긴 금발이 흔들린다. 이에 맞춰 스커트도.

살랑살랑 흔들리는 스커트 밑단에서 눈부신 허벅지가 엿보여, 나는 갑자기 갈팡질팡했다.

바닥보다 높은 흉벽 위에 서 있는 시점에서, 그, 뭐라고 해야 하나, 내 시점이 아이즈 씨의 허리 위치와 거의 같아져서, 다시 말해, 응, 스커트 속이 자꾸만 시야에 들어와 버려서…….

파란색 레깅스를 제대로 착용하고 있다지만, 배덕감이니 죄책감이니 이런저런 것들이.

아무튼 뺨에 열이 올라버리는 것을 참을 수 없게 된 나는 필사적으로 눈을 돌렸다.

부자연스럽게 애먼 방향을 바라보는 나와 하늘을 올려다보던 아이즈 씨의 시간은, 실제로는 겨우 몇 초였을 것이다.

"벨."

생각을 마친 아이즈 씨가, 이내 이쪽으로 시선을 되돌렸으니까.

"조금만, 『진심』으로 해도 돼?"

"네?"

그리고 그런 제안을 했으니까.

"아, 네………… 괘, 괜찮아요!"

분명, 지금의 내 실력을 인정해주신 거다.

그러니까 약간, 힘 조절을 덜 해도 되지 않겠느냐고 확인을 구하신 거다.

무슨 말을 들었는지 의미를 서서히 이해한 순간, 나는 몸을 내밀 듯한 기세로 고개를 끄덕였다.

다른 사람도 아닌 아이즈 씨의, 진심!

약 8개월 전의 훈련도, 【아폴론 파밀리아】와의 워 게임을 앞둔 훈련도, 비네와 『제노스』를 지키기 위한 『다이달로스 거리』의 전투에서조차 전력을 다하지는 않았던 아이즈 씨가, 나에게 진심을!

다시 기분이 고양되었다.

필사적으로 따라오던 뒷모습이 처음으로 뒤돌아서서 이쪽을 쳐다봐준 듯한, 그런 감각.

나는 웃음을 감추기 위해 필사적으로, 《주신님 나이프》를 역수로 들고 과장된 자세를 잡았다.

아이즈 씨는, 흐뭇한 것을 보듯 입가에 웃음을 짓는가 싶더니 눈을 감았다.

의식을 전환하고, 몸에 두른 공기를 소녀에서 모험자로 바꾸며, 그것을 읊조렸다.

"【눈을 뜨라, 폭풍】."

그 『마법』의 이름을.

"【에어리얼】."

"!!"

바람이 태어났다.

형태로 시인할 수 있을 만한 대기의 물결이 아이즈 씨를 감쌌다.

내 하얀 앞머리가 뒤로 젖혀졌다.

몸이 밀리고, 다리가 뒷걸음질치려 했다.

루벨라이트색 눈을 크게 떴다.

'바람의 인챈트——.'

인챈트는 몸이나 무기에 바람이나 불과 같은 속성의 힘을 둘러, 대상을 보호하고, 공격을

보조하며, 속도를 높이는 마법이다.

류 씨도 『파벌대전』에서 불꽃의 인챈트, 알리제 씨의 마법을 사용했다.

하지만 그 화염 갑옷의 부여 범위는 양손과 양발, 그리고 무기뿐이었다.

아이즈 씨의 『바람』이 감싼 것은, 전신.

속성은 다르지만, 마스터가 내게 주었던 번개의 가호, 【라우르스 힐드】와 비슷하다.

부여 범위의 넓이가 무조건 출력의 상한과 직결되는 것은 아니다. 하지만.

'스승님의 마법을 맛본 적이 있으니까, 알 수 있어——.'

——저 『바람』은, 레벨 부스트에도 필적하는 스승님의 초 강화 인챈트에 버금가는 것임을.

고양감도 기쁨도 모조리 날아가 버린 내 뺨에 한줄기 땀방울이 흘러내렸다.

"갈게."

아이즈 씨의 눈이 천천히 뜨였다.

금빛 두 눈이 나를 바라본다.

그리고, **사라졌다.**

"————————————."

토옹.

가장 먼저 들린 것은, 신발 바닥이 흉벽을 가볍게 차는 소리.

터엉!

다음으로 들린 것은, 폭풍처럼 대기가 찢어지는 소리였다.

그 직후, 아이즈 씨가 나타난 곳은 내 뒤!!

"──으윽?!"

무의식적으로, 그리고 무조건적으로, 따질 틈조차 없이 돌아서며 나이프를 일섬.

이미 펼쳐지고 있었던 아이즈 씨의 칼집을 어떻게든 튕겨내, 방어.

순식간에 배후를 빼앗겼다는 사실에 왈칵 식은땀을 쏟을, 그럴 겨를도 없었다.

일격을 막아낸 것만으로도 나의 자세는 완전히 무너졌다.

"으으윽?!"

"아직."

나이프를 든 오른손과 함께 온몸이 크게 휘청거리는 나를, 바람의 난기류가 덮쳤다.

시야 가득 교차하는 가공할 칼집의 궤적.

막고, 막고, 막고── 막을 수 없어어어!

제대로 막을 수 있었던 것은 처음의 3격뿐.

겨우 몇 차례 만에 방어가 무너져 어깨와 다리, 옆구리와 팔의 표면이 『바람』의 타격에 의해 깎여나갔다.

직격을 피하고 있는 것은 오직 기적과 감이 손을 맞잡은 채 우연의 왈츠를 추었던 덕이었다.

앞에 있나 하면 옆에, 옆에 있나 하면 머리 위, 머리 위를 올려다보면 다시 정면!

아까까지와는 비교도 안 돼!

원래 말도 안 될 정도로 빨랐는데, 무시무시한 『바람』이 아이즈 씨를 상식의 저편으로 데려가 버렸어!!

'류 씨보다도 빨라!!'

나에게는 속도의 대명사, 【질풍】이라는 이명을 가진 그녀보다도, 지금의 아이즈 씨는 확실히 위!

——그렇게 전전긍긍하고만 있으려니, 시야의 대각선 위쪽에서 엉성한 내려치기가.

간신히 나이프로 받아낸 순간, 아이즈 씨는 어째서인지 발을 멈추더니, 빠안~히.

아름다운 금색 눈을 약간 가늘게 뜨고…… 아니, 쨰려보는 눈으로 바꾸어, 나를 바라보았다.

"다른 사람, 생각해?"

"네?! 아뇨, 저기, 왜, 왜요?!"

"그냥, 그런 거 같아서. 집중 안 하면…… 못써."

상황은 코등이싸움을 방불케 하는 지근거리.

숨결까지도 닿을 수 있는 거리에서, 칼집 너머로 귀엽게 노려보고 있지만, 나는 부끄러워하기 전에 식은땀을 뻘뻘 흘리고 있었다. 켕기는 짓은 하지도 않았는데 뱃속이 꾸욱

오그라드는 느낌!

나긋나긋한 팔다리에 감긴 『바람』까지도 큰 소리로 꾸짖는 것 같아 끄덕끄덕끄덕! 하고 몇 번이나 고개를 끄덕인 다음, 다시 시작.

무기를 서로 튕겨내 뒤로 물러난 다음, 재충돌.

이번에는 만전의 태세로 응수했지만, 따라가는 과정은 같았다.

아이즈 씨의 『바람』앞에서 두 번 다시 기세는 오르지 않고, 이제는 방어전조차 되지 못하는 저항을 꼴사납게 이어 나갈 수밖에 없었다.

'게다가 속도만 빠른 게 아니야! 일격의 위력이 완전히 달라——!!'

기류를 두른 칼집에는 드워프가 사용하는 워해머, 아니, 그 이상의 위력과 충격이 존재했다.

공격을 깔끔하게 받아 흘려낼 수도 없고, 일섬의 방향을 틀어놓을 수도 없다.

아이즈 씨에게 배운, 측면에서 쳐 무기를 흘려내는 방어법. 그것조차도 제대로 실천할 수 없었으며, 자칫 잘못하면 방어를 시도하는 내 몸까지도 격렬한 바람의 흐름에 휩쓸려버린다.

가볍게 날아오는 한 발 한 발이 그 정도니, 육박이나 회피에 비해 방어능력은 서툰 나로서는 이제 폭풍에 휘둘리는 나뭇잎이나 다름없었다.

이런 식의 맹공을 막을 수 있는 사람은, 도시 최강자인 오탈 씨 말고는 상상할 수도 없어!

이게 칼집이 아니라 원래 무기인 검으로 바뀌면 도대체 어떻게 되는 거야?!

"윽, 크으으으으윽?!"

금세 우려는 현실이 되었다.

마침내 버틸 수 없게 된 내 몸이 『바람』의 폭압에 밀려, 두 다리가 돌 블록 바닥에서 떨어지고.

섬뜩한 부유감에 이어, 흉벽 밖으로 날아가 버리고——.

"위험해."

"엑?!"

——그 직전.

분명 나를 날려버렸던 아이즈 씨가 말도 안 되는 가속으로 따라와, 손을 뻗었다.

내 손목을 잡고는, 성벽 위로 던져버렸다.

대신 자리를 바꾼 것처럼, 그녀의 몸은 흉벽을 넘어, 거대 시벽에서 떨어지고——.

"아, 아이즈 씨이?!"

도시와는 반대편, 오라리오 바깥으로 떨어져가는 아이즈 씨를 보고, 나는 황급히 흉벽으로 달려가 얼굴과 함께 몸을 내밀었다.

몸을 내민…… 다음 순간.

"아."

"아?"

촤악! 하고 시야 아래에서 그림자가 솟구쳐, **충격이 왔다. 정수리에.**

아이즈 씨다.

『바람』의 힘으로, 아마도 벽면을 박차고, 별 어려움도 없이 돌아와…… 고개를 내밀었던 내게 조건반사적으로 움직여 칼집을 내리쳤는지, 눈을 동그랗게 뜬 아이즈 씨.

그야말로 깔끔하게 정수리에 일격을 받아버린 내 의식은, 신속하게 깜깜해져갔다.

'……따라잡지 못했어…… 아직, 하나도…….'

맑게 갠 날, 미코토 씨와 하루히메 씨가 베란다 난간에 이불을 너는, 그것처럼.

힘을 잃고 흉벽에 축 늘어져, 햇볕에 널린 이불 신세가 된 나는, 아직도 메워지지 않는 동경과의 차이를 실감하며 의식을 놓아 버렸다.

그 사람의 미안해하는 듯한, 난처한 목소리를 들으면서.

"괜찮아?"

그립다는 생각이 들어버릴 정도로.

뒤통수에 퍼지는 부드러운 감촉과 따뜻함을 오랫동안 잊고 있었다.

앞머리를 부드럽게 빗겨주는 가녀린 손가락이 간지럽다.

뺨에 드리워지는 방울 소리 같은 목소리가 기분 좋다.

시야에 푸른 하늘과 나를 걱정스럽게 내려다보는 아이즈 씨의 얼굴이 비친 지 약 3초.

내 의식은 단숨에 깨어났다.

"흐아악?!"

무릎베개를 해준 아이즈 씨의 무릎에서 튕겨 나가듯 이탈했다.

아, 하고 아이즈 씨가 중얼거렸다.

나는 데굴데굴 돌 블록 위를 굴러가, 멀리 떨어진 곳에서 한쪽 무릎으로 섰다.

말할 필요도 없이 수치심이 폭발한 나는 얼굴을 새빨갛게 물들이고, 방금 막 일어났는데도 헉헉 어깨로 숨을 쉬었다.

예전하고 완전히 똑같잖아! 싸우고, 기절하고, 무릎베개를 받고!

나, 제1급 모험자 됐는데……!

역시 성장하지 않았어! 하나도 성장하지 않았어!

"……후후."

으아아아아아아, 하고 내가 머리를 쥐어뜯고 안절부절못하며 있으려니.

이쪽을 가만히 쳐다보던 아이즈 씨가 조용한 미소를 지었다.

"벨은 강해졌는데도…… 변함없네."

푸욱 푸욱! 하고 동경의 말이 가슴에 박혔다.

'강해졌는데도'라는 뭔가 의미심장한 말이 더 괴로워!

이제는 가슴을 부여잡고 고통스러워하기 시작하는 나에게, 아이즈 씨는 이상하다는 듯이 고개를 갸웃했다.

"쉬자?"

"…………."

무릎 위를 퐁퐁 두드리는 아이즈 씨에게, 나는 고개를 도리도리 가로젓는다.

다시금 퐁퐁 두드리는 아이즈 씨의 바로 곁으로, 나는 말 없이, 슬금슬금 다가갔다. 마치 예전 모습을 재연하듯.

훈련이 시작되고 나서 천국과 지옥을 엄청난 속도로 왕복했던 나는, 하다못해 한 방이라도 갚아주려는 듯 ——스스로도 무엇과 싸우고 있는지는 모르겠지만—— 조금 버릇없이 아이즈 씨 옆에 책상다리를 하고 앉았다. 한쪽 발목에 두 손을 짚어, 조금이라도 남자답게 보이도록.

아이즈 씨는 예전처럼 두 무릎을 끌어안았다.

그리고 무릎에 얼굴을 가까이 대고, 아래에서 들여다보듯, 나를 바라보았다.

"……"

"……."

"……저, 저기요."

"왜?"

"제, 제 얼굴에, 뭐 묻었나요……?"

"아니."

"그, 그럼, 왜…… 아까부터……."

"그냥 너, 보고 있을 뿐."

겨울 하늘이 내려다보는 가운데, 아이즈 씨는 그렇게 말했다.

처음 막 만났던 봄철 하늘 아래에서는 느낄 수 없었던 부드러운 공기를 머금고.

아름다운 금빛 머리칼에 햇살을 반사하며, 다시 조그맣게, 부드럽게 웃으면서.

나는 뺨에 열이 올라, 그 얼굴을 넋 놓고 바라보았다.

나는 무심결에 중얼거리고 말았다.

"아이즈 씨는……."

달라지셨네요.

그런 말은, 목소리를 이루지는 않았다.

나는 달라지지 않았을지도 모르지만.

아이즈 씨는 무언가가 달라졌다.

무슨 일이 있었는지는 모르겠고, 왜 그런 생각이 들었는지 이유는 모르겠지만.

나를 바라보는 눈과 미소에, 나는 그렇게 생각하고 말았다.

"나는…… 뭐어?"

"아, 아뇨…… 아무것도 아니에요!"

"?"

흠칫 놀라 얼른 얼버무렸다.

뭐가 뭔지 스스로도 잘 모르겠고, 내가 생각하기에도 창피했다.

이상하다는 듯이 물어보려 하는 아이즈 씨가 뭐라고 말하기 전에, 나는 화제전환을 시도했다.

"그, 그러고 보니! 『오라리오피아드』가 시작된다고 하던데요! 아이즈 씨랑 【로키 파밀리아】도 역시 출전하나요?!"

"놀라긴 했지만…… 우린 무리, 일지도."

"네?"

꽤나 궁색한 화제전환이었지만, 돌아온 대답에 나는 눈을 동그랗게 뜨고 말았다.

"『원정』 기간하고, 아마 겹칠 거 같아서."

"……! 【로키 파밀리아】는 『원정』을 가나요?"

"응. 준비는 꽤 오래전부터 했으니까……."

눈을 크게 뜨기는 했지만, 생각해보면 이상한 일은 아니라고, 시간을 들여 납득했다.

우리 【헤스티아 파밀리아】가 『원정』 미션을 수행해야 하는 것처럼, 도시 최대 세력인 【로키 파밀리아】도 미궁 깊은 곳으로 도전해야 한다.

마지막으로 【로키 파밀리아】가 『원정』을 나섰던 것이 거의 8개월쯤 전, 내가 『미노타우로스』를 쓰러뜨리고 Lv.2가 되었던 시기와 같았을 것이다. 꽤 많은 시간이 흐른 데다,

단장인 핀 씨도 슬슬 미션을 마쳐놓고 싶을 것이다.

'어라? 하지만 그렇게 따지면『오라리오피아드』는 꽤 위험하지 않나……?'

의외의 정보에 놀라면서, 오라리오 측에 드리워진 먹구름을 느끼고 있으려니,

"그래서…… 원정 전이지만, 내 준비는 이미, 끝나서……. 그러니까, 시간은 조금뿐이지만, 낼 수 있을 거 같아서……."

이번에는 아이즈 씨가 조금 망설이면서, 열심히 말을 골라가며, 쭈뼛쭈뼛 내 눈치를 살폈다.

"……앞으로 이틀은, 훈련, 할 수 있는……데?"

"!!"

"할래?"

"──해주세요!!"

아이즈 씨가 말하자마자 나는 매달리듯 즉답했다.

지금 오라리오의 상황이나 레온 선생님과의 약속 등, 온갖 중요한 것들을 이때만큼은 전부 잊어버린 채, 얼굴을 붉히며 대답했다.

깜짝 놀란 아이즈 씨는 이내 눈을 가늘게 뜨고 웃었다.

"알았어…… 잘 부탁해?"

그렇게 말하며, 약속해주었다.

순식간에 얼굴로 웃음이 번져나간 나는 하늘로 솟아오를 것 같은 기분이었다.

아이즈 씨와 훈련, 아이즈 씨와 훈련!

이틀뿐이지만, 그분과 또다시!

『학구』에서 오라리오로 돌아왔을 때는 복잡한 표정을 짓고 있었던 주제에, 지금은 기쁨을 억누르며 거리를 달려나간다.

스스로 생각하기에도 타산적이지만, 시벽 위에서 아이즈 씨와 헤어진 나는, 룰루랄라 기분으로 홈을 향해 걸었다.

시간대는 이미 저녁.

겨울을 맞아 일몰은 점점 빨라지고, 서쪽 하늘도 아름다운 꼭두서니 색으로 물들어가고 있다.

내가 좀처럼 돌아오지 않으니 다들 걱정하고 있을지도 모르겠다. 빨리 가야지.

'레온 선생님과의 약속에 대해서는, 가급적 헤스티아 님 외에는 얘기하지 말아달라는 부탁을 받았고, 발두르 님께서 맡기신 이 『편지』도 전달해야 해……. 대신 『학구』에서 느꼈던 것들은 전부 모두에게 전하고…… 아이즈 씨와의 일은…… 말 안 해도 되겠지, 응!'

그야, 뭐, 그치?

굳이 떠들고 다닐 만한 일도 아니고?

다른 파벌의 단장과 간부가 몰래 만나고 있다는 것도 모양새가 안 좋잖아?

절대 둘만의 약속을 소중히 여기면서 들뜨고 싶다거나 그런 건 아니지만!

완벽한 이론무장을 마치고 완전히 들뜬 나는 곧『화덕관』으로 돌아왔다.

"벨 님, 꿇으세요."

"벨, 꿇으십시오."

그리고 어째선지, 거실 한복판에서 무릎을 꿇고 있었다.

어째선지 어째선지, 차가운 눈빛을 한 릴리와 류 씨가 내려다보는 가운데.

어째서 어째서 왜? 하며 나는 자신의 두 무릎을 바라본 채 삐질삐질 식은땀을 흘렸다.

"저희에게 무언가 숨기는 것이 있군요. 토해내십시오."

"바, 방금 얘기한 게 전부인데요……. 수, 수비의무가 있는 건, 주신님에게만 말할 수 있는 그런 거라……."

"그것 말고도 뭔가 더 있을 거예요. 구체적으로는『릴리네한테는 비밀로 또~ 다른 이성 분과 데이트라든가 밀회라든가 단둘만의 비밀!』을 품고 있는 것 같은 냄새가 나요."

"왜 그렇게 구체적이야?!"

귀가한 것은 1시간 하고도 조금 더 되었는데, 식탁에서 저녁을 먹으며『학구』에서 있었던 일을 설명하고 평화롭게 식사 뒷정리를 한 후,『그럼 잠깐 좀 볼까』라고 말하듯 이

거실로 다짜고짜 끌려왔다.

류 씨는 【아스트레아 파밀리아】에서 전수받은 심문을 집행하고, 릴리는 예리한 탐정 뺨치는 명추리를 과시했다. 무섭기도 하고 정곡을 찔리기도 해서 나는 벌벌 떨 수밖에 없었다.

"벨, 당신은 거짓말을 못 합니다. 저는 그것을 미덕이라 생각하지만, 가끔은 나무라야만 할 때가 올 수도 있겠지요. 그리고 지금이 바로 그때입니다."

"요약하자면 뭔가 숨기고 있는 게 뻔하니까 빨랑빨랑 불라는 거예요, 벨 님! 또 『학구』에서 니이나님 말고 다른 여학생을 꼬시고 온 건 아니겠죠?!"

"안했어안했어?! 절대 안 했어!"

"음~ 거짓말은 안 했지만 그보다 더 큰 뭔가를 숨기고 있는 느낌이네요~."

"시르 씨는 왜 아직도 여기 계세요오?!"

류 씨와 릴리에게 정면에서 힐문 당해 변명을 해보았지만, 옆에서 불쑥 나타나 어깨에 손을 얹는 시르 씨 때문에 결국 비명을 질렀다.

그 밖에 거실에는 어이없다는 표정을 짓는 벨프, 갈팡질팡하는 하루히메 씨, 그리고 위험에는 다가가지 못하게 하겠다는 양 고개를 가로저으며 그녀를 말리는 미코토 씨가 있다.

도움의 손길이 없다는 것을 깨달은 나는 호흡을 멈춘

후, 한순간의 틈을 발견하고 —— 단장으로서는 악이지만! ——그 자리에서 도망쳤다.

"나, 난 주신님 방에 가봐야 해서!"

"아~! 벨 님~~~!!"

토끼가 줄행랑을 치듯 복도로 나가자 릴리의 고함이 등 뒤에서 들려왔다.

핀 씨, 역시 나는 단장 체질이 아니에요……! 진짜 새삼스럽지만!

문제를 뒤로 미룬다는 것을 알면서도 도망치는 나 자신에게 완전히 실망하면서 계단을 뛰어 올랐다.

『벨, 이따가 내 방으로 혼자 와다오.』

저녁 식사 중에 그렇게 말씀하신 주신님의 신실을 고마운 피난처처럼 느끼며, 나는 문을 노크했다.

"그럼 벨, 숨기고 있는 것들 모조리 털어놓으렴☆"

그리고 절망했다.

방에 들어서자마자, 생긋 웃으며 벼르고 계시던 주신님께 명령을 받은 나는 울면서 아이즈 씨와 있었던 일을 폭로했다. 바닥에 꿇어앉은 채.

이건 처형장이 거실에서 신실로 바뀌었을 뿐!

"이 상황에 발렌 아무개가 두근두근 둘만의 비밀 특훈을 제안했다고오~~~?! 그런 걸 용납할 수 있겠느냐——!!"

"아——! 예상했던 전개에에에!!"

"한번 홈에서 내쫓아 버렸는데도 존경할 만한 집념으로

구나 나 원! 잊을 만하면 불쑥 나타나선 벨을 납치하려 하다니……! 내 눈에 흙이 들어가기 전에는 절대 둘만의 특훈 따위는 인정하지 않을 거다아!"

헤스티아 님도 릴리와 류 씨처럼 내가 숨기고 있던 것을 일찌감치 꿰뚫어 보셨겠지.

시르 씨랑 마찬가지로, 신들 앞에서 하계의 주민은 거짓말을 할 수 없으니까.

고개를 푹 숙인 채, 아이즈 씨와의 훈련은 중지될지도 모른다고 각오하고 있으려니.

"……라고, 말하고 싶은 게 본심이다만. ……하필 이런 타이밍이라니."

주신님은 어조를 누그러뜨리며, 한숨과 함께 말씀하셨다.

내가 쭈뼛쭈뼛 고개를 들어보니, 주신님은 오른손에 든 『편지』에 한숨을 쉬고 있었다.

"그거, 저녁 먹기 전에 제가 드렸던 발두르 님의 편지죠……? 무슨 내용인가요?"

"……이것저것 있다. 네가 레온 군과 약속했다는 『모험』에 대해서라든가, 신들끼리 주고받는 『보호자 연락』이라든가."

내가 물어보니, 주신님은 노골적으로 얼버무렸다.

의아해하고 있으려니, 두 갈래로 묶은 검은색 머리카락이 고민하듯 굼실굼실 움직였다.

편지와 나를 번갈아 쳐다보던 주신님은 다시 한번 무거

운 한숨을 쉬더니, 말했다.

"알았다……. 발렌 아무개와의 특훈, 허가하마."

"네?!"

"서포터 군이나 다른 아이들에게는 내가 잘 말해두마. 1
대 1로 집중해서, 제대로 단련하고 오거라."

"에에엑?! 저, 정말 괜찮나요?!"

"단! 이상한 짓은 절대 하지 말도로옥~~! 허가한 것은
어디까지나 특훈뿐! 만약 지난번처럼 감자돌이 군것질 데
이트라거나, 음흉한 짓을 했다간 바로 시르 아무개 군에게
말해서 맹자 군이라든가를 파견시킬 거다!"

"네, 넷! 알겠습니다!"

2연속으로 경악한 후, 가장 무서운 지옥과도 같은『만약』
을 제시당해, 나는 고속으로 주신님의 신의에 맹세했다.

기뻐해야 할지 안도해야 할지, 역시 식은땀을 흘려야 할
지, 온갖 감정이 뒤섞여 있던 나는, 마지막에는 역시 주신
님의『편지』가 궁금해졌다.

발두르 님은 헤스티아 님께 무슨 말씀을 하셨을까?

저『편지』속에, 나와 아이즈 씨의 훈련을 간과해선 안
될 만한 내용이라도 적혀있었던 걸까?

주신님은 사이드테이블에『편지』를 넣으시는가 싶더니,
대신『바늘』을 꺼내셨다.

"벨 군, 【스테이터스】를 갱신하자꾸나."

"네……? 【스테이터스】 갱신?"

"『원정』으로 29계층을 다녀왔으니 【엑세리아】를 반영해야 하지 않겠느냐?"

"원래 이곳으로 부른 것도 그 때문이었고"라고 덧붙이신다.

그렇게 말씀하시면 거절할 이유도 없다.

나는 뻣뻣하게 고개를 끄덕이고 겉옷에 손을 댔다. 상반신을 다 벗고 의자에 앉으려는데, "오늘은 침대 기분이다!"라고 하셔서, 황송하게도 나는 주신님의 침대에 엎드리게 되었다.

엎드린 내 위로 주신님이 훌쩍 올라타셨다.

"그러고 보니, 그동안은 빈 방에서 갱신했잖아요? 왜 오늘은 주신님 방에서……?"

"그야 당연히 시르 아무개 군이 몰래 훔쳐보려 하니 그렇지!『매료』사건 때는 벨의 등을 마음대로 주물떡거렸다지만 이젠~ 티끌 한 점 묻히지 않을 거고 주지도 않을 거다! 벨의 정조는 처녀신인 내가 지키겠어!"

"저기, 정조라는 표현은, 좀…….."

신혈을 떨어뜨리며 "캬악~!" 하고 좌로 우로 날뛰는 주신님의 말에 내가 더 부끄러워져버렸다.

이것도 정말 새삼스럽지만, 정말 날 소중히 대해주시는구나, 하고 절절이 생각했다.

왠지 취급이 공주님 같다는 생각도 안 드는 건 아니지만.

"헤르메스한테는 정말 깜짝 놀랐다.『오라리오피아드』라

니. 게다가 마침 네가 『학구』를 방문하고 있을 때에. 미안하구나, 벨. 마음고생을 끼쳐서."

"아, 아뇨, 그건 딱히 신님들 탓은······."

"우리 탓이다. 걱정도 했다. 『학구』와 오라리오 사이에 끼어서 혼란스러워하는 건 아닐까~ 하고."

그 후로는 갱신 작업을 이어나가면서 이런저런 잡담을 나누었다.

주신님과 스스럼없이 대화하는 이 시간이 정말로 소중하구나 생각하면서.

잠시 후, 【스테이터스】 갱신이 끝났다.

등에 기록된 히에로글리프를 코이네 공통어로 번역해 옮겨주신 종이를 주신님께 받았다.

【벨 크라넬】

Lv.5

힘: G222→258 내구: F340→349 기교: G245→287 민첩: F311→368 마력: I98→H107

행운: F 내성: G 도주: G 연공: I

《마법》

【파이어볼트】

· 속공마법.

《스킬》

【아르고노트】

· 액티브 액션에 대한 차지 실행권.

【옥스 슬레이어】

· 맹우계와의 전투에서 전능력 초고보정.

【바나디스 테베레】

· 처녀신의 가호.

· 매료 효과 침범시 발동. 전 어빌리티 초고보정.

· 체력 및 마인드 자동회복.

『파벌대전』 이후 한동안 뜸했지만, 『학구』의 던전 실습, 29계층 『원정』, 그리고 가볍기는 했지만 오늘 아이즈 씨와의 대련. 그런 경험들을 모조리 끌어모아 모든 어빌리티의 숙련도 상승치는 합계 150 정도.

【어빌리티】는 확실히 올라가고 있다. 하지만…….

이제까지와 비교하면 둔화되었다고 해도 좋을 만한 갱신치다(그래도 동료들에게서는 "너무 많이 올라!"라는 소리를 들을지도 모르지만).

구체적으로는, 아이즈 씨를 만나고 『상층』에서 탐색할 때 정도의 상승폭이랄까.

이건 내 성장성이 사라졌다, 기보다는…….

"Lv.5의 벽……『제2급 모험자와 제1급 모험자의 경계』가 아닐까."

"네……."

"여기까지 『그릇』을 승화시킨 아이들은 좀처럼 성장할수 없게 되는 거겠지. 그야말로 이제까지 해왔던 것처럼 말이다. 다음 계단을 오르기 위해서는 더 가혹한 시련과 위업이 필요할 게다."

옷을 벗은 상반신을 일으켜 갱신 용지를 바라보고 있는 내게 다가와, 주신님이 어깨너머로 들여다보았다.

나도 주신님 말씀에 동의한다.

어마어마한 전능감에 더해, 이것도 『제1급 모험자가 되었다』는 요소겠지.

Lv.4까지의 『그릇』보다 Lv.5의 『그릇』은 가로로도 세로로도, 깊이로도 한층 더 커졌다는 이미지.

요구되는 【엑세리아】가 증가해, 앞으로는 【어빌리티】 하나 올리는 것도 고생하게 될 것이다. 듣도 보도 못한 연속 【랭크 업】을 해버렸지만…… 지금의 류 씨와 함께라면, 이 『제1급 모험자 초심자』의 감각에 공감하며 이야기를 나눌수 있을지도 모르겠다.

이건 분명 다른 제1급 모험자들도, 아이즈 씨도 거쳐 간길일 거야.

"발렌 아무개 군과의 훈련으로 얼마나 더 성장할 수 있을지."

내가 상념에 잠겨 있을 때, 주신님이 그런 말을 중얼거렸다.

"……벨프 군에게도 부탁해둘까."

마지막에는 그런 말씀도 했다.

왜 거기서 벨프의 이름이 나오는지 의아해 내가 눈을 돌리자, 주신님은 "아무것도 아니다"라며 쓴웃음을 지으실 뿐이었다.

"벨, 오늘은 같이 자지 않겠느냐~?"

"갑자기 왜요?!"

"나도 발렌 아무개 군에게 지지 않을 만큼 너에게 뭔가를 해주고 싶구나~."

"경쟁하시는 부분이 이상하지 않나요? 아, 안 되거든요?!"

피곤해하시며 추욱~ 하고 슬라임처럼 엉겨 붙는 주신님에게 당황해 갈팡질팡하며.

레온 선생님과의 『모험』이란 무엇일지, 나는 의문을 품고 있었다.

아침놀 속으로 금속과 금속이 부딪치는 높은 소리가 울려 퍼졌다.

직접 준비한 훈련용 나이프로 아이즈 씨의 칼집을 튕겨낸 나는, 굵은 땀방울을 흘려가며, 겨울인데도 뜨거운 숨을 내뱉었다.

"조금 단순, 할지도."

"으극!"

"【맹자】를 낚았던 오른팔의 『미끼』는, 엄청 좋았지만······ 몇 번씩 쓰면, 약해져."

아이즈 씨와의 비밀 특훈 2일차.

오늘의 대련에서는 오른팔이 뜨는 예비 동작을 일부러 섞어서 비장의 『함정』을 준비했지만, 아이즈 씨는 너무 쉽게 읽고는 퇴로를 차단한 채 칼집으로 슬쩍 쓰다듬었다.

간신히 왼팔을 비집어 넣어 막아냈지만 뒤로 튕겨, 땀한 방울 흘리지 않는 아이즈 씨에게서 멀리 밀려났다.

"쓰지 않고 아껴두는 두는 편이······ 『허허실실』에 유리할지도?"

"······! 고맙습니다! 한 번 더 부탁드려요!"

제1급 모험자의 금언에 감사하며, 팔로 얼굴을 닦고 다시 나이프와 칼집을 교차시켰다.

지난 이틀 동안, 나는 두 번 다시 『우세』라 부를 만한 상황을 손에 넣을 수 없게 되었다.

아이즈 씨는 이제 『바람』도 사용하지 않고, 나의 공격을 모조리 막아냈다.

순수한 『기술과 허허실실』만으로.

『미지』를 『기지』로 바꾸는 모험자의 본보기처럼, 성장한 벨 크라넬의 전투방식을 공략한 것이다.

반면 나는, 아직 아이즈 씨의 전투방식조차 파악하지 못하고 있는데!

'반년 전에는 더 엉망이었지만…… 어중간하게 성장한 만큼, 내게 부족한 게 뭔지 너무 잘 알게 돼!'

내가 아이즈 씨나 다른 제1급 모험자들에 비해 압도적으로 부족한 것.

그것은 바로 『모험자로서의 연륜』.

경험이든 전투횟수든 상관없다. 예를 들면 그들이 5년 동안 쌓아온 전술안은, 오라리오에 온 지 1년도 안 된 나에게는 전혀 갖추어지지 않았다.

【스테이터스】가 『그릇』이라면, 알맹이가 될 『심지』가 따라오지 못하는 상황.

다른 모험자들과 비교해도 『그릇』과 『심지』가 비참할 정도로 괴리된 것이다.

스스로 말하는 것도 그렇지만, 레코드 홀더라는 말을 들을 정도의 성장이 가져다준 폐해라고도 할 수 있겠지.

『너는 궁지에 몰리기 전까진 교과서 이상의 것을 할 수 없어.』

『적극적으로 **불량**해질 필요는 없지만, 가끔은 **무너뜨리는** 것도 익혀라.』

『대인전은 상대가 상정하지 못한 걸 들이대 줘야 하는 거야!』

【프레이야 파밀리아】에 있을 때, 반 씨에게 그런 지적을 ──그리고 비슷한 내용을 회그니 씨한테도── 받은 적이 있다. 참고로 "불량해진다는 건 구체적으로 어떤 이

미지인가요?"라고 물었더니 "아렌 님"이라는 즉답이 돌아왔다. 너무 이해하기 쉬웠다.

『모험자로서의 **격**』.

나에게는 앞으로 그런 것이 필요할지도 모른다.

연륜을 메울 만한, 알맹이도 겸비한 품격 같은 것이.

"『시야』, 넓어졌네."

"큭?!"

"넌, 공격할 때가 제일 강해……. 그래서, 수비로 바뀌어 버리면…… 이렇게."

"아으악?!"

"수비, 서툴진 않은데…… 공격할 때와 차이가 확, 나니까…… 적은 받아치기만 해도, 압박감이 줄어. 무섭지 않게 돼."

지금도 극단적인 공수의 부조화―― 한쪽은 뛰어나고 한쪽은 평균 이하라는 『떨어지는 격』을 지적받아, 칼집에 다리를 맞고 있었다. 꼴사납게 넘어지지는 않았지만 도망 치듯 후퇴해 태세를 재정비했다.

이 부조화에 대해서는 마스터도 암시한 적이 있고, 류 씨에게서도 들었다.

참고로 마스터는 전부 다 설명하지는 않고 ――그뿐 아니라 약점 하나 언급하지 않고―― 내가 스스로 『알아차릴』 때까지 철저하게 두들겨 패는 타입이었다.

류 씨는 미리 개선점을 지적하고, 역시 두들겨 패면서

몸에 강제로 주입시키는 타입.

　아이즈 씨는 굳이 따지자면 류 씨 타입일지도 모르겠다.

　"……? 왜 그러세요, 아이즈 씨?"

　그때 문득.

　싸움이 중단된 것을 깨닫고, 생각의 바다에서 의식을 끌어올렸다.

　아이즈 씨는 나를 빤~~히 바라보고 있었다.

　그런가 싶더니, 조금 불만스러운 듯이 입술을 오물오물했다.

　"벨이 싸우는 법에…… 나 말고……『다른 사람』이 보여."

　"네?"

　"다른 사람한테, 싸우는 법, 배웠어?"

　고개를 갸웃거리던 나는 아아 그렇구나, 하고 생각했다.

　지금 막 마스터와 류 씨에 대해 생각하던 것도 있어서, 자연스럽게 대답했다.

　아이즈 씨의 분위기도 알아차리지 못한 채.

　"요즘 마스터…… 헤딘 씨랑 류 씨가, 아침마다 훈련을 시켜주고 계시거든요. 두 분에게 싸우는 법을 배우고 있는 셈이니까, 아마 그래서일 거예요."

　마스터만이 아니라, 【프레이야 파밀리아】는 주로 하루히메 씨와 시르 씨의 호위를 위해『화덕관』의 빈 방에 머물며 밤낮으로 경비를 서준다.

　나는 그런 마스터와 교섭해, 홈의 안뜰에서 이른 아침마다 훈련을 하고 있다.

축소판 폴크방이라고 말하면 좀 부적절하려나.

그리고 그리고, 주점 점원이었던 때부터 류 씨에게는 "시간이 있을 때만이라도 좋으니 아침 연습에 어울려주실 수 있겠습니까?"라는 제안을 받아, 곧잘 『풍요의 여주인』 안뜰에서 대련을 하곤 했다. 같은 【파밀리아】가 된 후로는 당연하다는 듯이 매일 아침마다 연습할 작정이었다고 한다.

그래서 그래서, 어느 날 안뜰에서 셋이 딱 맞닥뜨렸을 때는 우와 큰일!

어째서인지 마스터도 류 씨도 셋이서 협력할 생각은 없이, 나를 두고 경쟁하며 카우루스가 힐드하고 루미노스가 윈드하려는 일촉즉발의 사태가 될 뻔!

"이 우둔한 토끼는 내가 조련하겠다."

"벨의 아침 연습 상대는 나다!"

그때는 그렇게 두 분 모두 한 발짝도 양보하지 않으려 해서 힘들었지하하하하~ 하고 태평하게 생각하던 나는.

'——헉?!'

흠칫했다.

『그 녀석은 내가 키웠다……. 당연히 누구나 그렇게 말하고 싶지.』

갑자기 뇌리를 스치는, 그리운 할아버지의 격언.

사부의 사랑은 뜨겁고, 엄격하고, 무겁다.

나는 마스터와 류 씨가 둘이서 덤벼들려 하던 그 지옥, 아니, 아침 연습의 날에 그것을 뼈저리게 이해하고 있었을 텐데——.

뒤늦게 터무니없는 정보를 폭로해버렸을 가능성이 있음을 깨달은 나는, 엉겁결에 입을 손으로 막고…… 쭈뼛쭈뼛, 아이즈 씨를 바라보았다.

아이즈 씨의 얼굴은 절망을 넘어 숫제 창백해졌다.

"나 아닌 사람하고, 훈련……? 난 이제, 볼짱 다 봤어……?"

"아니고요?! 아니아니아니거든요, 아니라고요오?!"

"벨…… 양다리? 세 다리? 바람, 피웠어……?"

"아니라고요오오오 아이즈 씨이이이이이이이이이……!!"

이쪽을 힘없이 가리키며 부들부들 떠는 아이즈 씨에게 꼴사나운 변명을 외쳐댈 수밖에 없어!

한심스러울 정도로 갈팡질팡하며 다가가려 하자……… 잠시 고개를 숙였던 아이즈 씨는, 얼굴을 들더니, 어린아이처럼 부루퉁한 표정을 보였다.

"벨은 역시…… 불량한 애였어."

"저는 아렌 씨도 베이트 씨도 아니에요오?!

"안 돼. 벌줘야 해."

냉정함을 소멸시킨 내가 영문 모를 반론을 늘어놓았지만, 금빛 눈동자에 담긴 의지는 흔들림이 없었다.

칼집을 들고, 아이즈 씨가 말했다.

"벨의 선생님은, 나야."

그 말에 가슴이 두근거렸지만, 그것도 찰나.

전에 없을 만큼 있~~~는대로 두들겨 맞은 나는, 의식을 잃는 바람에 사과도 못 하고, 네 번의 무릎베개를 받을 때까지 결코 용서받지 못했다.

"그, 그러고 보니……."

동쪽 산맥에서 아침 해가 완전히 모습을 드러낼 무렵.

겨우 휴식을 취하게 되어, 나는 여기저기 아픈 몸을 문지르며 옆에 앉은 아이즈 씨에게 『축하』의 말을 건넸다.

"핀 씨와 리베리아 씨, 가레스 씨의 【랭크 업】…… 축하드려요."

"응…… 고마워. 셋한테, 전해줄게."

『파벌대전』이 끝나고『학구』가 귀항한 지 며칠이 지나.

오라리오 전체가 펄쩍 뛰어오를 만한 공식 정보가 길드를 통해 발표되었다.

그것이 바로 핀 씨와 리베리아 씨, 가레스 씨…… 【로키 파밀리아】 3대 두령의 Lv.7 도달이었다.

이제까지 Lv.7은 오탈 씨 한 명뿐이었다.

그런데 이제는 그들도 대열에 들어갔다. 그것도 셋이 한꺼번에!

비록 패배했다지만 『파벌대전』에서의 무시무시한 활약을 보고, 역시 최강은 【프레이야 파밀리아】였던 거 아니냐는 분위기가 시내를 물들이던 찰나에 들려온 소식이었다.

【로키 파밀리아】도 꿀리지 않는다, 어쩌면 【프레이야 파밀리아】보다도 위일지도!

최근 밤거리를 걷다 보면 주점 쪽에서 그런 논의가 꼭 들려올 정도였다.

류 씨의 파벌 이적에 들떠 있던 나나 릴리도 아연실색했더랬지. 역시 최상위 파벌은 어디나 다 대단하다는 것을 재인식하고 말았다.

나의 축하에, 평소 표정이 별로 변하지 않는 아이즈 씨는 마치 자기 일처럼 기뻤는지 뺨을 미소의 형태로 바꾸었다.

'……아이즈 씨는 레온 선생님을 알까?'

『도시의 강자들』에 대해 생각하고 있어서인지, 문득 『학구의 강자』가 떠올랐다.

레온 선생님과 처음 만났을 때, **강하다**고 생각했다.

한눈에 실력을 간파했던 것은 아니지만, 오탈 씨에게도 뒤지지 않는 존재감을 느꼈다.

함께 『모험』을 가자는 약속도 했으니, 이것저것 알고 싶기도 하고…….

한번 궁금해져버리니 견딜 수 없어, 머리 한구석으로 미뤄두지도 못한 채 나는 질문을 건네고 말았다.

"저기, 아이즈 씨는 『학구』의 레온 선생님…… 레온 바덴 베르크 씨에 대해, 혹시 아세요?"

"레온……. 【나이트 오브 나이트】?"

"【나이트 오브 나이트】?"

이명처럼 들리는 그 단어를, 나는 눈을 동그랗게 뜬 채 반복했다.

응, 하고 고개를 끄덕인 아이즈 씨가 가르쳐주었다.

"【나이트 오브 나이트】는, 핀이랑 리베리아, 가레스랑 같은…… Lv.7이야."

"네?!"

"전에, 싸우는 거 봤는데…… 엄청, 강해. 아마, 지금의 나보다도."

레온 선생님도 Lv.7?!

게다가 아이즈 씨보다도 강해?!

오탈 씨에게도 뒤지지 않는 존재감이라고 생각하기는 했지만 정말로 그랬다니!!

아니 하지만, 던전이 있는 미궁도시에서 모험을 하는 것도 아니고, 도시 밖에서 오탈 씨 같은 분이랑 같은 『최강』의 Lv.7이 되다니…… 대체 어떻게 된 거지?

충격과 혼란으로 머리가 뒤죽박죽이 된 나를, 아이즈 씨가 빤히 바라보더니, 말했다.

"지금, 하계가 평화로울 수 있는 건…… 【나이트 오브 나이트】 같은 사람 덕이라고, 핀이 그랬어."

"!"

"그러니까, 【나이트 오브 나이트】는…… 모두에게서, 『현대의 영웅』이라고 불려."

"_____ ."

마지막으로 들은 그 명성에, 숨을 멈추었다.

현대의…… 영웅.

그것은, 무얼까. 대체 무얼까, 그것은.

그것은 마치…… 그렇다면, 마치…… 내가 너무나도 좋아하는, 『영웅담』의 등장인물 같지 않은가.

'레온 선생님이, 내가 동경하는…… 영웅?'

그 순간 심장이 벌컥벌컥 뛰기 시작했다.

오늘까지 계속 멋있다, 그런 어른이 되고 싶다고 생각했다. 그 사람의 『품격』이 뇌리에 떠올랐다.

선망과도 동경과도 다른, 압도적인 『관심』.

나는 그것을 억누르지 못한 채, 몸을 내밀며 묻고 말았다.

"저,, 저기, 그밖에 레온 선생님에 대해 아시는 게 있을까요?!"

"……나는 【나이트 오브 나이트】에 대해선 잘 몰라서……. 하지만, 제우스랑 헤라가 사라지기 전부터, 오라리오에 있었다고…… 리베리아가 그랬어."

제우스와 헤라가 사라지기 전…… 15년 전보다도 더 이전부터, 레온 선생님은 이곳에 있었다?

혹시 레온 선생님은 오라리오 출신?

정보를 반추하려는 나를 내버려 둔 채, 아이즈 씨는 조금 난처한 표정을 지었다.

그리고 조금 난처한 표정 그대로, 아마도 말해야 할지

말지 고민하던 정보를, 내게 들려주었다.

"리베리아 말로는…… 옛날 【나이트 오브 나이트】는, 베이트 씨 같았대."

"네?"

"베이트 씨."

"……불량한 베이트 씨?"

"응. 불량한 베이트 씨."

옛날 레온 선생님이………… 베이트 씨처럼 『불량』했어?

아렌 씨처럼, 말도 행동도 『불량』했어……?

단숨에 혼란이 가속했다.

아이즈 씨가 말한 정보와 내가 아는 레온 선생님이 전혀 이어지질 않았다.

아니 그야, 어른스럽고 상냥하고 멋있는 레온 선생님은 레온 선생님이고, 그저 거친 데다 엄청나게 무서운 베이트 씨나 아렌 씨가 아니니까……!

『학구』에서도 이런 이해하기 어려운 수식은 나온 적이 없었어! 등호로 이어지질 않아!

그리고 오늘은 『불량』이란 단어가 너무 많이 나와서 이젠 개념을 잘 모르겠어!

"그래서 난, 【나이트 오브 나이트】는…… 난폭한 사람 아닐까 하고……."

베이트 씨 같이 불량했다는 말을 들으면, 그야 그런 감상이 들겠지.

표정을 이리저리 바꾸는 나에게, 아이즈 씨는 역시 난감해하며 그렇게 말했다.

'아, 안되겠어……. 이 이상 생각해도 답은 나오지 않을 거고, 머리만 어지러울 거야…….'

레온 선생님과 친한 발두르 님이라든가, 아니면 정말 레온 선생님 본인에게 물어보지 않는 한 이 영원한 수수께끼가 풀릴 날은 오지 않겠지…….

당황했다고 할까, 흥미와 곤혹스러움의 낙차라고 할까, 아무튼 냉수를 뒤집어쓴 것처럼, 고양되었던 감정이 가라앉아버린 나는…… 이상하게 된 분위기를 바꾸려는 의미에서도, 아까부터 궁금했던 것을 물어보았다.

레온 선생님이 엄청나게 강하다는 말을 듣고 떠올랐던 의문을.

"저기…… 그런 레온 선생님이, 『오라리오피아드』에 참가한다면…… 혹시, 오라리오는 큰일날까요?"

"【프레이야 파밀리아】랑, 우리가 안 나가니까…… 큰일일지도?"

갸웃, 하고 고개를 기울이는 아이즈 씨.

아아 귀여워, 라고 생각은 했지만, 그럴 겨를이 없는 나는 목에서 이상한 소리를 내버렸다.

전에도 물었지만 아이즈 씨에게 또 한 번 확인하고 말았다.

"역시 【로키 파밀리아】는 『오라리오피아드』에는……."

"응, 안 나가. 핀은 누가 이겨도 딱히 상관없다고 했어."

이미 공공연해졌는지, 이 타이밍에 원정 예정을 잡은 【로키 파밀리아】의 이야기에 도시가 술렁이고 있었다.

Lv.7이 4명으로 늘어났으니 『오라리오피아드』도 쉬울 거다. 그런 식으로 생각했던 오라리오 측에게 【로키 파밀리아】의 불참은 아닌 밤중에 홍두깨이며, 그야말로 가장 강한 무기를 잃어버린 기분일 것이다. 낙관의 반동도 있어 동요도 강할지 모른다.

이건 정말…… 어떻게 될까.

"우리가 없으니까…… 다들, 벨을 의지할지도."

"네에?! 그, 그렇지는……!"

그때, 갑자기.

아이즈 씨에게 그런 말을 들은 나는 깜짝 놀라버렸다.

"『파벌대전』때, 다들 벨 응원했어…… 나도."

"……!"

"벨은, 모두를 기운 나게 해주는…… 그런 모험자라고, 생각해."

아이즈 씨는, 다시 웃었다.

어린아이처럼 솔직하게, 숨김없이, 순수한 마음을 입에 담는 것처럼.

굳어버렸던 나는 갑자기 몸이 근질거려서, 결국, 멋쩍어져 버렸다.

정말로 그런 모험자가 되었다면, 엄청 기쁘겠지만…….

시선을 들었다.

아이즈 씨와 함께 파란 하늘을 올려다보며, 『오라리오피아드』에 대해, 그리고 자신이 모두에게 어떻게 여겨질지에 대해, 멍하니 생각하고 말았다.

　⊡

"이 대표전은 반드시 이긴다!"

내리치듯 두 손을 책상에 얹으며 아리사 라가스트가 내뱉었다.

장소는 『학구』의 아카데믹 레이어, 중앙학생회실.

브레이다블리크의 중간 정도에 있는 스카이 라운지와 교장실의 딱 중간에 존재하는 방에서, 학생들의 회의는 뜨거워지기만 했다.

"길드 주체가 아니라 신회 주도라는 게 중요해! 길드의 돼지라면 얼마든지 약속을 어길 수 있지만, 오라리오의 신들은 『오락』에서 결정된 일은 반드시 지키니까!"

아리사 라가스트는 【발두르 클래스】에 속한 『감독생』이다.

교사와 학생 사이를 중재하는 【클래스】의 대표 학생으로서, 자신의 판단으로 학생에게 징벌을 가할 수 있는 재량과 권한이 있다. 『준 교직원』이라고 해도 결코 틀린 말이 아니며, 【파밀리아】로 바꿔 말하자면 『간부 후보』와 같은 위치다.

『감독생』이라는 증거인 완장을 찬 휴먼 소녀는 안경의 위치를 고치며 【이둔 클래스】나 【브라기 클래스】등등 다른 클래스의 감독생, 학생회 임원들의 얼굴을 둘러보았다.

"오라리오의 신들이 원하는 건 강한 자극과 흥분! 거기에 맞는 활약을 보인 권속에게는 그들은 반드시 상을 주게 돼 있어!"

"그러면 아리사……."

"그래! 대항시합에서 이기기만 하면, 우리의 요구는 거의 확실하게 통과돼! 그 교섭을 관장하는 신 헤르메스도 맹세했으니까! 틀림없어!"

"오오오……!"

"오리할콘도 되찾을 수 있겠네!"

"해보자! 오라리오의 콧대를 꺾어주는 거야!"

아리사의 단언에 학생들이 들끓었다.

높은 사기에 만족하는 아리사 자신도, 굴러 들어온 기회를 자신의 것으로 삼고자 기세등등했다.

――그런 광경을, 니이나는 혼자서만 동떨어진 기분을 맛보며 바라보고 있었다.

'아리사 선배도 다른 사람들도 의욕이 엄청나……. 나도 이렇게 된 이상, 학구가 이기길 바라지만…… 라피 군이나 【헤스티아 파밀리아】분들과는, 어떻게 되는 걸까…….'

인원도 부족한 데다, 천성적으로 착한 성격 때문에 거절하지 못했던 니이나는 임시 서기가 되어 이『오라리오피아드』긴급회의에 참가하고 있었다.

구석의 책상에 앉아, 깃털 펜을 움직이며 열심히 회의록을 작성하면서도 라피── 벨이나 언니 에이나, 【헤스티아 파밀리아】멤버들이 자꾸만 떠올랐다.

"나노! 신회와의 교섭은 어떻게 됐어?"

"어어, 애들러 선생님 쪽에서 해주고 있어요오~! 시합 내용의 요청서랑 같이, 날짜라든가 장소라든가, 지금도 오라리오에서 조정하고 있대요오~! 이둔 님네도 같이 가셨어요오~!"

"좋아! 불리한 경기만 나오지 않으면 이길 수 있어!"

니이나가 불안해하거나 말거나, 학생들의 회의는 가속하고 있었다.

억지로 풍기위원회에 소속된 【발두르 클래스】의 선배 휴먼 소녀가 적금색 머리카락을 찰랑이며 보고하자, 아리사는 칠판에 적힌 우려 사항에 줄을 그어 지워나갔다.

감독생 소녀는 『학구』측의 승산을 소리 높여 외쳤다.

"【로키 파밀리아】가 『원정』에 나간 건 이미 확인했어!『오라리오피아드』일정을 최대한 뒤로 미루면 불참은 확실해져! 그렇게 되면 【프레이야 파밀리아】도 해산된 지금, 우리한테도 충분히 승산이 있어! 왜냐면 우리에게는 레온 선생님 같은 분들이 있으니까!"

니이나도 같은 생각을 하고 있었다.

학생들만으로는 절대 오라리오 측을 이기지 못할 것이다.

하지만 『학구』가 자랑하는 『교사진』까지 대표전에 참가한다면 이야기가 달라진다.

오라리오로 치면 각 【파밀리아】의 간부 클래스, 제2급 모험자 이상의 단장 부단장이 출장한다는 것과 같은 뜻이니까.

게다가 그 중에서도 레온은 『도시 최강』으로 유명한 오탈과 동등한 실력의 소유자란 것을, 『학구』 학생들은 믿어 의심치 않았다.

"요주의 인물은 【안쿠샤】를 비롯한 【가네샤 파밀리아】의 제1급 모험자, 그리고 『Lv.6의 신인』인지 뭔지 하는 류 아스트레아──."

거기까지 생각하던 니이나는, 눈썹을 곤두세운 아리사의 다음 말에 어깨를 흠칫 떨었다.

계속 마음에 걸렸던, 머릿속에 떠올리고 있었던 인물의 이름이 튀어나왔기 때문이다.

"──그리고 우리 학교에 불법 침입한 범죄자, 슈퍼 루키 벨 크라넬!"

"당했다……! 최근에는 얌전해서 방심했어……! 우오오오오오오오, 정말 우리에게 시련과 위통밖에 주지 않는 거냐 신회에에에에에……!!"

오락에 굶주린 하이에나 같은 신회가 선언해버린 『오라

리오피아드』는 이제 막을 수 없다.

로이먼과 길드가 아무리 목소리를 높여 제지해도,

"그럼 뭐 다른 방법 있어?"

"우린 학구의 새 전력을 엄~청 기대하고 있었는데 말야~."

"계속 제멋대로 떠들겠다면 학구 쪽에 붙어버릴까나~."

"""흐히히,"""

등등 이쪽의 과실을 집요하게 책망해대고, 지금보다도 더 심한 악조건을 내비치기나 할 뿐이었다.

아니, 이미 당했다.

"아무리 뇌물을 바쳐도『시합은 공평을 기한다』소리밖에 안 하고……! 일부 탐욕스러운 신들을 포섭해봤자 임시방편이고! 시합 내용에 따라서는 오라리오가 질 수도 있는데!"

신들의 독재에 뒤룩뒤룩 살찐 복부의 통증이 가실 줄 모르는 로이먼은 주사위가 던져지고 말았다는 것을 인정할 수밖에 없었다. 그리고는, 더욱 끙끙거렸다.

"레온이 제일 문제다……!"

레온 바덴베르크. 학구의『교사 필두』.

【발두르 클래스】의 사실적인 단장이며, 그의 실력은 로이먼도 잘 안다.

그는 제우스와 헤라가 오라리오에 군림하던 15년 전, 핀이나 오탈 같은 이들과 함께 활약하던 차세대의 권속 중

하나였다.

그야말로 지금 막 도시 안팎을 뒤흔들고 있는 벨 크라넬처럼.

"신회와 교섭해보고는 있지만, 역시【맹자】측은 출장권이 없다고 합니다……!"

"공식적으로【프레이야 파밀리아】는 해산했기 때문에, 에인헤랴르들은 컨버전 대기 중인 무소속 모험자……! 이쪽이 아무리【헤스티아 파밀리아】소속이나 마찬가지라고 호소해도, 이번의 대표전에【프레이야 파밀리아】는 참가할 수 없다는 소리만 반복해요!"

"【로키 파밀리아】도 역시『원정』을 간다고 합니다!【키클롭스】나【데아 세인트】이하 기타 파벌의 유력 전력도 동행 예정! 출발 일정을 변경하는 건 말도 안 된다고, 조금 전에【브레이버】에서 통달이……!"

"【맹자】와【브레이버】가 없으면【나이트 오브 나이트】는 막을 수 없어!"

"로, 로이먼 님, 대체 어떻게 해야……!"

"으으으윽……!"

회의는 난항을 거듭했다. 하계에서도 손꼽히는【파밀리아】와 모험자를 관리하는 길드가, 여유를 잃어버렸다.

하지만 그것도 어쩔 수 없다.

거듭 이름이 올라오는『학구』측의 최강 전력, 레온 바덴베르크의 실력은……

"······【맹자】오탈과 **동격.【로키 파밀리아】**의 3대 두령도 마침내 Lv.7에 도달했다고 공식적으로 발표했지만······ 오라리오에서 봐도 『학구』에서 봐도, 레온 선생님의 실력은 타의 추종을 불허하는 수준."

공교롭게도 같은 시각, 학생회실에서 서기를 맡고 있었던 니이나와 마찬가지로, 에이나는 일손이 부족한 회의실에서 의사록을 쓰고 있었다.

오리할콘 징수에 반대했던 것이 바로 어제 일 같다고, 먼 곳을 보는 표정을 지으며.

"변함없으시겠지, 레온 선생님은······."

한때는 『학구』의 학생이었으며 【발두르 클래스】의 일원이었던 에이나는 로이먼이나 길드 간부들이 위험시하는 목소리를 들으며 중얼거렸다.

그의 강함은, 전투직을 지망하지는 않았던 에이나도 잘 알 수 있을 정도로 강렬하면서도 충격적이었다.

『성을 베었다』.

『단칼에 1만 병사를 제압했다』.

『최고의 기사, 나이트 오브 나이트』.

——그리고 『현대의 영웅』.

이러한 것들은 모두 레온을 칭송하는 명성이자, **사실이었다.**

그런 모험자 못지않은 존재가, 지금은 오라리오의 적.

그를 은사로서 존경하는 에이나도 복잡한 심정을 주체

하지 못했다.

"에잇, 【가네샤 파밀리아】, 그리고 【헤스티아 파밀리아】를 불러와아! 특히 벨 크라넬! 지명도가 있는 놈들은 무조건 참가시켜! 어떻게든 민중의 지지를 끌어모아!!"

그때.

에이나에게는 레온과 비슷할 정도로 무시할 수 없는 인물의 이름이 로이먼에게서 터져나왔다.

역시 공교롭게도 같은 시각, 학생회실에서 어깨를 흠칫 떨고 있었던 동생 니이나와 마찬가지로 에이나도 갈팡질팡——하지는 않았다.

"그렇겠지……."

라고 중얼거렸다.

"이젠 벨 군도 제1급 모험자니까……."

그렇게 인정하기도 했다.

니이나와는 달리, 이제는 어떻게 해도 소동의 중심에 끌려 들어올 수밖에 없는 소년의 처지를 이해하며, 에이나는 그저 소년을 걱정할 뿐이었다.

훈련 3일 차, 마지막 아침.

마지막이니까 『바람』을 써주세요.

아이즈 씨는 내 막무가내 애원을 흔쾌히 들어주었다.

아이즈 씨의 진심을 조금이라도 느껴보고, 조금이라도 지금 자신과의 거리를 실감하고 싶다.

그렇게 생각한 제안이었다.

그리고—— 아니나 다를까 상대도 되지 않아, 박살이 나버렸다.

"괜찮아……?"

"느어, 에……!"

정말로 조금도 상대가 되지 않아, 누더기처럼 너덜너덜해져 엎어진 나에게, 아이즈 씨가 걱정스러운 목소리로 물었다. 너무 숨을 헐떡여 발음도 이상해졌다. 너무 꼴사나워……!

멀다.

역시, 아직 멀다.

하지만 절망할 정도로 멀진 않아.

그것은 알았다. 그것을 알았으니, 더욱 앞을 향해 달릴 수 있다.

이번에야말로, 저 등에 손이 닿을 수 있도록.

"정말, 강해졌구나……."

어떻게든 일어나려 하는 내게 손을 내밀어주며, 아이즈 씨는 그렇게 말했다.

고개를 들어도, 아침놀의 빛을 등진 얼굴은 어떤 표정을 짓고 있는지 알 수 없었다.

하지만 그 목소리에 희미한 웃음의 기척이 스며 나오는

것 같았다.

"잘 쓰는 기술, 잘 쓰는 자세가 늘어난 것 같으니까……
그걸 계속 부딪치는 게 아니라…… 으응…….."

2일차 쯤부터 생각했다.

내가 강해지고 싶다고 생각하듯, 아이즈 씨도 『좋은 선
생님』이 되려고 여러모로 노력하려는 것 아닐까 하고.

왜냐하면, 아이즈 씨는 계속해서 생각을 언어로 바꾸려
하고 있었으니까.

말수가 적고 말하는 것이 서툴다고 예전에도 그랬는데,
나를 위해 몇 번이나 생각하면서 계속 말을 고르고 있다.

나는 그것이 미안하고도 동시에 고마웠으며, 무엇보다
도 기뻤다.

"어떻게 하면, 자기가 잘하는 싸움에, 상대를 끌어들일
지…… 그걸 생각해봐."

"──네!"

나는 아이즈 씨의 가르침에 힘차게 대답했다.

손을 잡고 일어나, 감사의 말도 전했다.

"그동안 고마웠어요, 아이즈 씨. ……『원정』, 오늘부터죠?"

"응."

"저기, 조심하세요. 꼭 무사히…… 돌아오세요."

도시 최대 파벌 상대로 실례되는 소리일지도 모르지만,
그래도 말했다.

언젠가 제18계층, 언더 리조트에서 말했던 것처럼.

아이즈 씨는 눈을 가늘게 뜨며 "응"이라는 대답과 함께 다시 고개를 끄덕였다.

"또, 싸울까."

"……!"

"나도 벨이랑 훈련하면…… 이런저런 것들을 발견하니까."

"네, 네엣!"

아이즈 씨의 제안에 펄쩍 뛰고 싶어질 정도의 충동을 간신히 참으며 약속했다.

활짝 웃어버렸던 것은 말할 필요도 없을 것이다.

"그럼…… 또 봐."

아이즈 씨가 등을 돌리고, 시벽 출입구를 향해 걸어갔다.

나도 그 모습을 바라본 후, 아쉽다는 마음을 떨치고 등을 돌렸다.

다음에는 더 강해져서, 저 사람 앞에.

그렇게 속으로 맹세하며 한 걸음 두 걸음, 기세를 타고, 달려나갔다.

나도 가자.

아이즈 씨와 마찬가지로, 『모험』을 향해.

🔥

"베엘~! 기다려다오~!"

저택에 돌아와 샤워를 하자, 졸린 눈으로 기다려주셨던 주신님께서 【스테이터스】 갱신을 채근하셨다.

레온 선생님이 지정해준 『학구』의 배틀유니폼과 가발을 착용하고 『라피』가 되어 로브를 뒤집어써, 오라리오에 학생이 있다는 것을 수상하게 여기는 사람이 없도록 변장을 한 내가 동료들에게 들키지 않도록 뒷문을 통해 나가려 하자, 주신님이 황급히 달려오셨다.

"주신님? 왜 그러세요?"

"하마터면 다시 잠들 뻔했다……! 이걸 가져가거라!"

자다가 삐친 머리도 아직 정리가 안 된 흑발을 찰랑거리며 헥헥 숨을 몰아쉰 주신님은 무겁게 질질 끌고 오신 하얀 천을 내밀었다.

그 안에 싸여 있던 것은…… 튼튼한 대검과 붉은 단검이었다.

"이건, 혹시 벨프의……?"

"그래. 내가 벨프 군에게 준비해달라고 부탁했다."

눈을 연신 깜빡이던 나는 조금 긴장했다.

대검은 이제까지 본 적이 없을 정도의 명검.

단검 쪽은 『마검』이었으며, 심지어 『벨프의 마검』이 아니라 『크로조의 마검』.

이런 강력한 마검을 들려줄 정도의 무언가가 기다리고 있다는 뜻이 된다.

레온 선생님이 말했던 『모험』이란 무엇인가.

그 『편지』에는 무슨 말이 적혀있었고, 주신님은 무엇을 알고 계시는 걸까.

오늘까지 주신님은 아무것도 가르쳐주지 않으셨다. 그렇다면 나도 신의에 따르기로 했다.

하지만 도저히 참을 수 없어, 나는 결국 이 마지막 순간에 물어보려고 했지만,

"벨. 네가 지금부터 경험하게 될 것은, 너에게는 필요한 일이라고 나는 생각한다."

모든 것을 꿰뚫어 보고 있는 헤스티아 님이 그렇게 말했다.

"발두르 같은 녀석들의 의도대로 돌아가는 것 같아 조금 아니꼬운데~ 싫기는 하지만⋯⋯ 나도 결국 속으로는 그 녀석들과 같은 심정이다."

놀라는 내게 말을 이어나간다.

"무슨 일이 일어날지, 레온 군이라는 아이가 무슨 생각을 하고 있는지, 나는 말하지 않는 편이 좋을 거라고. 그렇게도 생각한다."

"⋯⋯."

"아무 것도 모르는 너의 눈으로 보고 느껴다오."

주신님은 숨김없이, 자신의 마음을 들려주셨다.

그렇다면 내 대답은 하나뿐이다.

"알겠습니다. 다녀오겠습니다!"

조금도 의심하지 않고 출발하는 것.

주신님이 그렇게 말씀해주신다면 불안 따위 하나도 없다.

만약 엄청난 일이 기다리고 있다 해도, 주신님의 말을 믿으며 받아들일 것이다.

웃음을 띠고, 나는 주신님께 받은 무기와 함께 저택을 떠났다.

배웅해주시는 주신님이 보이지 않게 될 때까지 손을 흔들며.

"어이~! 여기야 여기~!"

인적이 뜸한 이른 아침의 메인 스트리트를 나와, 그대로 도시 북동쪽으로.

『오라리오피아드』의 스파이 행위를 금지하기 위해, 도시 문은 지금 봉쇄돼버렸다.

그래서 헤스티아 님이 미리 의뢰하신 대로 【헤르메스 파밀리아】의 손을 빌렸다.

【헤르메스 파밀리아】는 도시를 자유롭게 출입할 수 있는 얼마 안 되는 파벌(이라고 한다). 시앙스로프 루루네 씨 일행의 도움을 받아, 나는 쭈뼛쭈뼛 문의 검문을 통과할 수 있었다.

루루네 씨 일행에게 고맙다는 인사를 하고, 그대로 도시 북쪽에 펼쳐진 『베올 산지』 기슭으로.

발두르 님의 『편지』에 함께 들어 있던 지도에 따라, 그곳에 표시된 ×자로 향했다.

"아, 라피 군!"

"니이나?! 여긴 어떻게?"

지정된 곳은 아무도 없는 통나무집. 그곳에서는 나와 같은 붉은색과 흰색 배틀유니폼을 입은 니이나가 있었다.

들고 있던 것은 주무장인 로드와, 커다란 백팩.

마치 『여행용 장비』 같은 차림에 눈을 동그랗게 뜨고 있으려니,

"내가 부탁했다. 이번 일에 협력해달라고."

"레온 선생님……."

사자색 머리카락의 인물이 설명해주었다.

나도 모르게 말문이 막혀버렸던 것은, 평소와는 다른 차림을 하고 있었기 때문이다.

예복과도 비슷한 검은색 교사복이 아니라, 백은색 갑옷, 칼집에 담긴 대형 장검.

갑옷에 부착된 망토가 펄럭이는 모습은 그야말로 『기사』의 자태였다.

무장한 그 모습에 내가 흠칫 숨을 멈추자, 레온 선생님은 웃음을 머금고 말했다.

"그러면 출발할까. 염원하던 『야외조사』다."

3장

세계와 제전과 진실

『영웅』은 『패자(霸者)』다.

"언덕을 베어? 무슨 소릴 하는 거냐?"

멍하니 서 있는 자신의 시선 끝에서, 칠흑의 갑옷을 입은 무인이 말했다.

"**성**이 됐든 거인이 **됐든** 베어버린다. 그것도 못 하면서 검사를 자청하지 마라, 애송이."

미궁 깊은 곳. 제36계층을 넘어선 심층영역.

그곳에서 『일격』으로 베어버린 **계층 터주**── 양단 당한 『검은 주검의 왕』을 바라보며, 사내는 콧방귀를 뀌었다.

"알피아의 꾐에 넘어가 여기까지 따라온 거냐? 바보다 바보다 생각은 했다만, 목숨값 계산도 못 하는 바보 천치였군."

아무리 해도 언덕을 베지 못하는 데에 화가 나, 혼자 미궁으로 내려가는 칠흑의 뒷모습을 쫓아왔다.

자신이 아는 한, 그 무인 사내는 제우스와 헤라의 권속 중에서도 1, 2위를 다투는 검기의 소유자였다. 그렇기에 아니꼽기는 했지만 녀석의 기술을 훔치려고 했다. 『장렬한 참격』을 오감 전체로 느껴보려고 했다. 그렇기에 억지로 뒤를 쫓아, 실제로 목숨을 잃을 뻔하면서도, 둘만의 여행이라고는 입이 찢어져도 말할 수 없는 결사행에 나섰다.

그리고 놈은 상처 하나 없이, 자신은 다 죽어가며 백색 궁전에 발을 들였고── 왕의 거구는 갈라졌다. 바로 무인의 검에 의해. 한순간과 일격으로.

절기(絶技)였다.

이제까지 그는 우리를 **쓰다듬어주기만** 했다는 것을 인정하지 않을 수 없을 정도의『참광』이었다.

어느샌가 떨리는 입술이 묻고 있었다.

그렇게나 강해져서 뭘 하려는 거냐고.

"너는 대체 얼마나 바보인 거냐."

돌아온 것은 낙담의 한숨.

그제야 돌아보는 투구의 틈새로 던져지는, 진심으로 어이없다는 눈빛.

"우리는 모험자다. 그리고 이 땅은『영웅의 도시』다."

그렇다면 할 일은 하나.

뻔하디뻔한 일처럼, 무인은 그렇게 말했다.

"언덕을 가르고, 성을 베고, 마지막에는 위대한 짐승 놈들을 토벌하는 데 이르는 것뿐—— 당연한 일 아니냐."

모든 연마의 연장선상. 이 미궁의 나날조차 사명의 파편일 뿐.

이 절기는 위대한 세 마리의 짐승을 물리치기 위한 과정이라고 단언했다.

지상의 비원을 짊어진 그 등이 너무나도 웅혼하여, 그때 비로소 깨달았다.

한 개인의 감정으로 싸우는 자신이 숫제 왜소하고 하찮게 느껴질 정도로.

"일부러 보여준 거다. 남김없이 먹어치워라."

남자는 아이를 돌봐준 대가로 용돈을 요구하듯, 별일도 아니라는 듯이 말했다.

"소질이 있는 건 너와 그 멧돼지, 파룸과 엘프, 그리고 드워프는 꿰뚫거나, 소멸시키거나, 때려 부수거나, 『가르는』 것은 너희밖에 할 수 없다."

그렇다면, 이라고 말을 이으며 사내는 아낌없이 고했던 것이다.

"한번 훔쳐봐라. 기술을 빼앗은 너희를, 다음에는 내가 먹어치울 것이다. 먹어치운 후에, 괴물 놈들을 갈라버릴 양식으로 삼아주마."

무인은 그저 철저히 탐욕스러웠다.

철저히 굶주려 있었다.

언젠가 절기를 획득할 자신들을, 한 단계 높은 극기(極技)를 낳기 위한 『식량』으로밖에 보지 않았으며, 진위는 확실치 않지만 미래를 위한 씨앗을 뿌렸다.

『영웅』은 『패자(霸者)』다.

가혹함만이 기다리는 패도를 나아가기로 결심한 자.

온갖 존재를 철저히 이용해서, 종언의 짐승들을 죽이겠다고 맹세한 구도자.

적어도 제우스와 헤라의 권속을 자처하는 영웅들은, 놈

들은 그랬다.

그리고 결과적으로── 무인 사내는『위대한 짐승』한 마리를 갈랐다.

『육지의 왕』을 베었던 그 일격을, 자신은 결국 볼 수 없었다.

그러므로 그것을 목격한 멧돼지의 짧은 말로만 들었다.

패자의 일격이었다고.

자신의 몸조차 돌보지 않는 폭식의 극기였다고.

두 번 다시 검을 들 수 없을, 흔해빠진 영웅의 말로였다고.

『바다의 패왕』을 없앴던 영웅들의 모습을 눈에 새긴 것은 그 후의 일.

『영웅』은『패자』이며, 그『패도』의 끝에는 파멸이 기다린다.

그렇다 하더라도.

전해야 한다.

이르러야만 한다.

언덕도 성도 가른 그 너머로.

마지막으로 남은 용을 물리치기 위해.

그 절기인『참광』을 이어나가야만 한다──.

그리고.

그 똥 같은 영웅들은, 패자 놈들은, 이렇게 말할 것이다.

『파멸조차 넘어서 봐라, 병아리들아.』

그것이 남겨진 영웅의 예의라고, 밉살스러우리만치 말할 것이다.

『야외조사』란 『학구』의 커리큘럼을 구성하는 요소 중하나.

대상이 존재하는 현장으로 가서 조사를 하는 야외학습.

간단히 말하자면 2차 자료——도서관의 자료나 문헌——가 존재하지 않는 『미지』의 사항을, 자신들의 손으로 직접조사해보는 행위다. 획득한 근원의 정보, 즉 1차 자료를 『학구』로 가지고 돌아가, 선생님이나 학생들끼리 철저히토론하는 데까지가 원래는 한 세트라고 한다.

미코토 씨의 표현을 빌자면 『백문이 불여일견』이라는 거겠지.

우리는 지금 그런 『야외조사』를 위해, 오라리오와 『학구』에서 벗어나 평원을 걷고 있다……고 한다.

"왜, 이런 시기에 야외조사를……?"

"나도, 레온 선생님께 『수업의 일환』이라고만 들어서……."

나란히 걷는 니이나와 함께 무심코 고개를 갸웃거렸다.

여행자를 방불케 하는 니이나의 등에서, 짐이 가득 담긴백팩이 찰랑찰랑 흔들렸다.

내가 들겠다고 했는데, "기쁘지만 안 돼!"라며 거절당했다. 던전 실습 때 나에게 계속 짐을 들게 했으니 다음은 자기 차례라나. 심지어 벨프의 무기까지 빼앗기고 말았다.

겨울 하늘은 높게 느껴졌으며 지독히도 맑았다. 때때로 부는 바람은 차갑지만 푸른 하늘과 녹색 평원은 너무나도 평화로워 금방이라도 마음이 느슨해질 것 같다.

『오라리오피아드』가 있는데 야외조사라니, 사정을 모르는 니이나가 보면 이상하고 당혹스럽겠지······.'

뭐, 그 사정이라는 것을 나도 잘 모르겠지만······.

이 야외조사가 레온 선생님이 말했던 『모험』일까?

"꼭 조사해보고 싶은 『연구 테마』가 있거든. 지금의 나에게 그것은 무엇보다도 우선시하고 싶은 거야. 뭐, 『오라리오피아드』 전까지는 끝낼 거다."

한발 앞서가는 레온 선생님은 우리가 몰래 보내는 시선을 금세 알아차린 모양이었다. 니이나는 그 대답에 안도했다.

『학구』의 일원으로서 니이나도 『오라리오피아드』에 무관심할 수 없을 테니까.

"그럼 레온 선생님······ 이제 어디로 가실 건가요?"

기왕 말을 걸어주셨으니, 나는 그대로 질문을 해보기로 했다.

뒤에서 봐도 자세가 반듯하고 키가 큰 선생님은 시선으로 가르쳐주듯 앞을 보면서 말했다.

"북쪽이다."

북쪽…….

이미 오라리오를 등진 우리의 진로 방향은 그야말로 북쪽이다.

왼쪽 앞, 다시 말해 북서쪽을 바라보면 준엄한『베올 산지』의 일부가 묵직하게 자리 잡고 있으며, 오른쪽 앞인 북동쪽에는 큰 산맥이 희미하게 보인다.

저쪽은 엘프의 영봉이라고도 불리는『알브 산맥』일 것이다.

멀리서 봐도, 웅대한 산지는 북쪽을 향해 끝없이 뻗어 있었다.

산맥도 가리키는 북쪽 방향에, 대체 무엇이 있을까?

"자, 이렇게 도시의 소란에서 벗어나 자연을 만끽하는 것도 나쁘지 않다만, 기왕 여기까지 왔으니 가는 길에 너희에게『질문』을 해볼까."

직업상 마땅히 그래야 한다는 듯, 레온 선생님은 걸음을 멈추지 않고 말했다.

옆에 있는 니이나의 등줄기가 부담감이나 긴장감 없이 스윽! 펴지는 것을 알 수 있었다.

"『너희가 생각하는, 둘도 없는 보물은 무엇일까?』. 물건이든 현상이든 상관없어."

"보, 보물요? 어……."

"이 문제에 명확한 답은 존재하지 않아. 마음대로, 그리고 지금까지의 경험을 참고로 자유롭게 대답해보렴."

내가 무심코 당황스러운 목소리를 내자, 레온 선생님은 예상했던 것처럼 추가로 설명해주었다.

뒤에서 보이는 옆얼굴에는 웃음이 떠올라, 어딘지 모르게 즐거워 보였다.

짧은 『학구』 생활에서도 느꼈지만, 레온 선생님은 이렇게 『질문과 답변』을 통해 학생들과 교류하는 것을 좋아하는 것 같았다.

그래서 나도 진지하게 생각하고, 이것저것 헤매고 고민하다가, 똑같이 진지하게 임하고 있던 니이나와 함께 입을 열었다.

"누군가와의, 만남……?"

"헌신을 바칠 수 있는 사람과의 인연입니다!"

나는 자신 없이 조심스럽게, 니이나는 손을 번쩍 들고 또박또박 대답했다.

레온 선생님은 미소를 지으며 깊이 고개를 끄덕였다.

"훌륭해. 두 사람 모두 타인의 존재를 중요시하고 있구나. 군체인 인류에게 그것은 빼놓을 수 없는 것이지. 여기에 답안지가 있었다면 난 만점을 줬을 거야."

만족스러운 목소리에 나는 안도했지만, 니이나는 달랐다.

이것도 토론의 연장선상이거나 혹은 일상다반사인지, 되묻는 것이다.

"레온 선생님의 답은 뭔가요?"

"진부한 답변이라 미안하지만…… 나는 『시간』이라고 생각해."

그때 레온 선생님이 발을 멈추었다.

우리도 옆에 나란히 서서 발길을 멈추자, 시야에 녹색 폭포가 펼쳐졌다.

현재의 위치는 높은 언덕 위였으며, 완만하다고는 할 수 없는 가파른 경사면이 눈 아래로 펼쳐져 있다.

낭떠러지에 가까운 급경사가 두렵지 않다고 하면 거짓말이 되겠지만, 그 이상으로 아름다웠다.

아무런 인공물도 없는 녹색의 영역이 바람 소리를 울리며, 겨울에 맞춰 피어난 꽃밭을 살랑살랑 흔들고 있다.

멀리 띄엄띄엄 보이는 그림자는 지상의 몬스터일까?

"무엇을 심는다 해도, 무엇을 가꾼다 해도 시간이라는 토양이 필요하지. 너희가 대답한 타인과의 관계도 예외가 아니야."

초원도, 꽃들도 오랜 시간이 있어야 비로소 이 웅대한 경치를 구성하기에 이르는 것이다.

레온 선생님이 말씀하신 대로, 내가 대답한 만남이라는 씨앗도, 니이나가 말한 인연이라는 싹도 시간을 들여야 꽃을 피울 수 있다.

『시간』은 모든 존재가 평등하게 가지고 있으며, 무슨 일에나 밀접하게 연결되어 있는 만물 공통의 보물일지도 모른다.

"그리고 우리가 생각하는 것보다 시간은 귀하지. 지금 이 순간이라는 한순간은 다시는 손에 넣을 수 없다…… 그렇게 알고 있음에도, 만연히 놓쳐버려 돌이킬 수 없는 사태로 이어지고 말아."

레온 선생님의 목소리가 조금 진지해졌다.

『시간이라는 보물을 낭비하지 않는다』.

그것은 레온 선생님의 철학이고, 그가 짊어진 신념 중 하나일까?

내가 엉겁결에 가슴을 두근거리고 있자, 앞을 바라보던 레온 선생님은 이쪽을 돌아보며 약간 장난스러운 미소를 지었다.

"요컨대 내가 하고 싶은 말은 뭐냐면…… 지금 우리에게는 여유가 별로 없다는 거야."

"네?"

"시간을 아끼지 않으면 『오라리오피아드』가 순식간에 끝나버릴걸. 그러니까 지금부터는 조금 서두르자."

우리가 입을 딱 벌리고 있자, 레온 선생님은 자연스러운 동작으로 니이나의 백팩을 들어 한쪽 어깨에 걸머졌다.

"니이나. 나랑 라피랑 어느 쪽을 잡고 싶니?"

"……!"

내가 질문의 의미를 이해하지 못하고 있으려니, 한순간 굳어버린 니이나는 의도를 알아차렸는지.

펑! 하고 꽃이 피듯 얼굴을 붉혔다.

왼쪽 옆의 레온 선생님을 올려다보고, 오른쪽 옆의 나를 바라보고.

몇 번이나 시선을 왕복시키더니, 고개를 숙이고, 쭈뼛쭈뼛 내 교복 소매를 손가락으로 잡는다.

어, 뭔데……? 어, 어떻게 된 건데?

"청춘이구나. 그럼 라피, 니이나를 부탁한다."

레온 선생님이 이둔님 언어로 말했어!!

라고 충격을 받을 틈도 없이.

레온 선생님은 백팩을 걸머진 채—— 언덕에서 뛰어내리듯 달려나가셨어!

"으악?!"

절벽에 가까운 급경사면을 날개 달린 사자처럼 박차며 뛰어 내려간다.

이미 전력으로 달려야 따라잡을 수 있는 거리와 속도에 나는 두 눈을 크게 떴다.

서두르란 게…… 그런 뜻이었어?!

"니이나!"

"네, 네엣! ……자, 잘 부탁드립니다……."

나는 옆으로 손을 내밀었다.

하프엘프 동급생은 여전히 새빨간 얼굴로 대답한 후, 수줍게 몸을 움츠리며 내 손에 자신의 손을 겹쳤다.

끌어당겨, 안아 들었다.

그리고 옆으로 안아 드는 자세로, 언덕을 내려간다!

경사면을 박차고, 반쯤 공중으로 몸을 날리다시피 해, 쭉쭉 멀어져 가는 『기사』의 뒷모습을 쫓기 위해, 나는 바람이 되었다.

✦

『아— 아—! 네~ 여러분, 안녕하십니까! 이번에도 또 화려하게 중계를 맡게 된 것은 저 이브리 아처! 이미 설명이 필요 없는 미스터 중계 이브리 아처어어어!! 하지만 그래도 설명해두자면【가네샤 파밀리아】소속, 이명【파이어 인페르노 플레임】에 어울리는 말하는 화염마버어어어어업!! 파벌대전에 이어 중계를 계속하게 되어 기쁩니다아아아아아아아아아아아!』

『내가 해설을 맡은 가네샤다아아아아아아아아아아아아아아아아아!』

맑은 하늘에 쩌렁쩌렁 울려 퍼지는 두 줄기의 소음 대표에게, 오라리오도 일단은 열광해주었다.

장소는 도시 동쪽 『제2구역』, 원형 투기장 『암피테아트룸』.

"의지를 검으로! 지식을 지팡이로!"

"실패를 왕관으로!"

"뽈잔과 지식의 샘과 함께!! 힘을 다해라, 학구우우——————!!"

5만 명이나 되는 관객을 수용할 수 있는 투기장 내부는 현재 미궁도시의 주민들로만 물든 것은 아니었다.

전체로 보면 10분의 1도 안 되지만, 적포도주색 넥타이에 흰 제복을 입은 무리가 관중석 한쪽을 차지하고 있었다.

"용케 어슬렁어슬렁 기어 나왔구나, 『학구』 애송이들아!"

"여기서 뻥 걷어차 학교까지 날려줄까아!!"

"품성이라고는 눈곱만큼도 없군, 야만적인 모험자!"

"우리야말로 걷어차 주지!"

"다만 규칙 내에서, 무대 위에서 말이야! 두고 보라고!"

완전히 어웨이인 환경에서, 야유와 폭언을 멈추지 않는 모험자들을 향해, 『학구』의 학생들이 목소리를 높여 되받아쳤다.

그들 그녀들은 그야말로 『응원단』이었으며, 지금부터 펼쳐질 『시합』을 위한 무대 밖의 선수, 서포터였다.

『적당한 수준을 넘어서 위험할 정도로 달아올랐군요 투기자앙! 그러다 또 일반 시민 평판이 뚝뚝 떨어질 테니까 얌전히 있어줘 모험자아!!』

『땀 흘리며 고생하는 것은 언제나 우리, 가네샤다아아아아아아!』

『뭐~ 우리의 코딱지 같은 고생은 제쳐놓고! 적당히 분위기 달아올랐으면 시작해볼까요오?! 오라리오피아드으으ㅇㅇㅇㅇㅇㅇㅇㅇㅇㅇㅇㅇㅇ————————!!』

우오오오오오오오오오오오오오오오오오오오오오오오오오오오오오오오!!

이브리의 선동에, 암피테아트룸만이 아니라 오라리오 전체가 함성을 질렀다.

투기장에 다 들어가지 못한 사람들도 주점이며 광장, 대로에 모여, 이미 전개된『신의 거울』을 통해 처음부터 지켜보고 있다.

멜렌 항구에 정박한『학구』에도 같은 조치가 취해져,『응원단』이외의 학생들은 아카데믹 레이어의 아레나 안에서 허공에 뜬『거울』을 향해 벌써부터 응원을 보낸다.

신들도, 모험자도, 학생도, 교사도『오라리오피아드』의 개최를 지켜보고 있었다.

"정말로 시작되는군요. 오라리오 대 학구의 진검승부가……."

"예. 대체 일이 어떻게 되는 것이온지요……."

"그보다 벨 님은 어디로 가버리신 거예요?! 헤스티아님께 물어봐도 얼버무리기나 하고!"

"얌전히 있어, 릴리돌이. 분명 또 무슨 일에 휘말렸겠지."

"얌전히 있을 수가 없는 일이잖아요 그건―! 벨프님도『마검』을 만드셨으니 뭔가 알고 계신 거 아니에요?!"

"나는 헤스티아님께 부탁받은 것뿐이야. 그리고 그 헤스티아님이『괜찮다』고 하셨어. 그럼 괜찮겠지."

서쪽 관람석에 앉은【헤스티아 파밀리아】멤버 중 미코토, 하루히메, 릴리, 벨프가 주위를 둘러보며 말하고 있었다.

말다툼을 하는 릴리와 벨프 옆에, 헤스티아와 류의 모습은 없었다.

　전자는 돈벌이 기회를 놓치지 않으려는 노점에서 지령이 떨어져 헥헥거리며 한참 감자돌이를 팔아치우고 있었다. 후자는『풍요의 여주인』에서 임시 헬퍼를 맡았으며, 그 외에는 **조정**도 있었다. Lv.6의 대형 신인도 이『오라리오피아드』에 제대로 휘말려버린 것이다.

　이윽고 환호의 물결이 가라앉을 때를 기다려, 이브리가 중계석 옆으로 고개를 돌렸다.

　『그럼 오늘의 스페셜 게스트, 모든 일의 발단이자 축제쟁이 신들의 대표 헤르메스님! 부탁드립니다!』

　『고마워, 이브리 군! 그럼 나 헤르메스가 이번 오라리오피아드에 대해 설명해주지!』

　마석제품 확성기를 한 손에 들고, 헤르메스가 등황색 머리카락을 찰랑거렸다.

　『이미 공지한 대로, 오라리오피아드는 총 5회의 대표전으로 치러진다! 3판을 먼저 이긴 쪽이 이기고, 패배한 쪽은 승자의 요구를 들어야만 한다! 예정된 기간은 6일간! 이것저것 준비가 있기 때문에 시간이 걸려버리는 건 부디 양해해줬으면 해! 이 오라리오피아드는 보시는 스폰서……가 아니라 우리 신회의 제공과 기획으로 보내드리겠습니다!』

　의기양양하게 마석제품 확성기에 목소리를 쏟아내던 헤

르메스는 씨익 입가를 치켜 올렸다.

『설명만 늘어놓으면 다들 지겨울 테니 시작해볼까! 오라리오 대표와 학구 대표의 선수 선서! 그리고 그다음에는 기다리고 기다리던 첫 번째 경기를!!』

다시 환성이 터져 나왔다.

한발 빠른 폭죽이 발사되는 가운데, 특설된 중앙 스테이지에는 학구 대표인 여학생 알리사와 하기 싫어하는 모험가들에게 『네 책임이니 네가 해』라는 말을 듣고 선수도 아닌데 떠밀려 나온 로이먼이 등단하고 있었다.

한쪽은 의연한 태도로 가슴을 펴고, 한쪽은 한 손으론 위장약을 한 손으론 배를 움켜쥔 채 선서를 낭독했다.

느물느물 웃음꽃을 피우는 오락광 신들에 의해, 『오라리오피아드』가 개최되었다.

"야아앗!"

니이나의 기합성과 함께 로드가 『빛의 띠』를 끌며 번뜩였다.

그것은 학구에서 만든 『장치무장』.

개별 명칭은 《언미스틸의 지팡이》.

비취색 수정이 달린 지팡이의 끝부분, 할버드의 도끼날과도 비슷한 측면의 부위에는 두께가 약 3C 정도 되는 마력광의 칼날이 발생하고 있다. 마도사의 지팡이는 이제 『폴 암』으로 변모했다.

마력으로 위력과 예리함을 높인 『장치무장』이, 달려드는 네발짐승 『그레이 울프』를 베어버렸다.

『쿠오오?!』

"백병전도 할 수 있네!"

"나도 수업 시간에 제대로 배웠으니까!"

덮쳐드는 지상 몬스터들을 단숨에 제압해버리는 니이나. 도움은 필요 없겠다고 금세 알아차린 나는 그녀와 미소를 나누었다.

『제3소대』의 탐색에서는 다른 대원들이 앞장서고 싶어해 니이나가 후방지원 이외의 역할을 맡는 것을 본 적이 없었지만, 역시 그녀도 어엿한 『학구』의 학생인가보다. 전공 수업인 『장술』, 그리고 『창술』을 응용해 잘 싸우고 있다. 던전 내의 개체보다 잠재능력이 떨어지는 지상 괴물이라는 점을 감안해도 충분한 실력이다.

힐러여도 제대로 싸울 수 있는 니이나에게 미소를 지으면서, 스쳐 지나가듯 다른 《그레이 울프》를 해치운 나는 나머지 한 사람을 바라보았다.

"《그레이 울프》의 대량발생…… 아니, 집단 이동인가."

하지만 그 사람이 싸우는 모습은, **이번에도** 목격하지 못했다.

백팩을 발밑에 내려놓고 대형장검을 빙글 돌려 칼집에

넣는 레온 선생님의 주변에는, 양단된 『몬스터의 고리』가 펼쳐져 있었다.

레온 선생은, 비유가 아니라 정말로, **순식간에** 전투를 끝낸다.

몬스터의 대처에만 의식을 돌리는 찰나, 혹은 니이나에게 신경을 쓴 찰나, 시원시원한 『참격음』만 울리고, 내가 돌아봤을 즈음에는 모든 것을 끝내버리는 것이다.

나에게는 그것이 그저 악기를 조율할 뿐인 『마법의 연주자』인 것처럼 느껴질 정도였다.

'아이즈 씨 말대로…… 역시 Lv.7이구나.'

처음 들었을 때는 귀를 의심해버렸지만, 이제는 틀림없다.

오라리오 소속이 아님에도, 아이즈 씨 같은 분들보다 위인 상식 밖의 기사에게, 나는 강한 경외감과 흥미를 억누를 수 없었다.

"저기, 니이나……. 레온 선생님에 대해, 얼마나 잘 알아?"

전투가 순조롭게 끝나고 시체를 처리하는 동안.

나란히 앉아 몸을 숙인 니이나에게 넌지시 물어보았다.

"어느 나라 출신이라든가…… 엄청난 기사의 피를 물려받은 휴먼, 이라든가……."

"휴먼? 레온 선생님은 『드워프』인걸?"

"──에에에엑?!"

하지만 갑자기 돌아온 터무니없는 대답에, 나는 최근 지른 것 중 가장 큰 목소리를 내고 말았다.

"드, 드워프?! 이글린 씨랑 같은 그 드워프?!"

"왜 '씨' 자를 붙여? 그 드워프 맞는데……."

"하, 하지만 레온 선생님은, 키도 크고 팔다리도 길고 수염도 덥수룩하지 않고 으하하 웃으면서 술도 안 마시는걸!"

혼란스러운 나머지 드워프에 대한 편견에 가까운 발언을 해버렸어!

전 세계의 드워프 여러분 죄송합니다!

의아한 표정을 짓던 니이나는 내 기세에 깜짝 놀라면서도 납득한 듯, 아아 하며 미소를 지었다.

"레온 선생님의 부모님은 …… 아버님도 어머님도 『하프드워프』야."

"……? 하프드워프……?"

"라피 군, 나랑 같이 전공했던 『민족사』 수업, 기억해?"

문맥을 잘 이해하지 못해 눈만 깜빡거리고 있으려니, 니이나는 어딘가 즐거워하는 것처럼 손가락을 척 세우고 설명해주었다.

"『현성(顯性) 유전』이라고 배웠지? 휴먼을 한쪽 부모로 둔 하프는, 두 종족의 인자를 잠재적으로 가져. 여기서는 휴먼의 인자를 1, 드워프의 인자를 2라고 생각해볼까."

아…… 맞아, 들은 적이 있어.

니이나와 함께 받은 『학구』의 수업에서.

"이 경우 『하프드워프』끼리 아이를 가졌다면, 조합될 수 있는 인자의 패턴은 11이 하나, 12가 둘, 22가 하나야."

"……11인 휴먼이 태어날 확률이 4분의 1, 12인 하프드워프가 2분의 1, 22인 드워프도 4분의 1, 이었던가?"

"맞아! 잘 기억했네."

이해하기 쉬운 설명 덕분에, 배웠던 『종족사』 수업이 점점 떠올랐다.

내가 대답하자 니이나는 잘난 동생을 칭찬하듯 기뻐했다.

"레온 선생님은 그런 하프드워프 부모님 사이에서 태어났어. 그래서 말인데, 여기서부터가 중요하지만."

흘끔, 하고.

니이나는 주변을 경계하는 레온 선생님을 니이나는 잠깐 쳐다보았다.

"하프 사이에서 생겨난 자식에게는, 데미휴먼이 원래 가지고 있지 않은 휴먼의 특징이 유전되는 경우가 있어. 그야말로 표준 이상의 신장이라든가, 팔다리의 길이라든가."

"!"

"이건 엄청 드문 경우지만 말야. 그래서 레온 선생님은 종족적으로는 어엿한 드워프지만, 유전의 신비로 휴먼과 같이 큰 키와 긴 팔다리를 가진 거야."

잘 알지 못했던 종족의 특성, 특히 하프와 하프 사이의 유전 원리를 알게 되어, 나는 경탄한 것과 동시에 마침내 납득할 수 있었다.

레온 선생님의 종족은 정말로 『흙의 민족』, 드워프.

【스테이터스】면을 보아도 『힘』과 『내구』가 상승하기 쉽고, 외모만은 휴먼의 특성을 짙게 물려받은 것이겠지.

……이건 절대 레온 선생님을 질투한다거나 그런 건 아니지만.

『긴 팔다리를 가진 힘센 드워프』라니, 이미 문장만 봐도 치사하다는 생각이…….

"차, 참고로 휴먼하고 하프 사이에서도 아이는 만들 수 있어! 예, 예를 들면 하프엘프랑 결혼하면, 휴먼 아이가 태어날 확률은 2분의 1! 하프엘프도 2분의 1!!"

"어? 아, 응, 그렇겠네."

어째서인지 얼굴을 새빨갛게 물들이며 『종족사』를 추가로 설명해주는 니이나에게 가볍게 고개를 끄덕이면서, 나도 레온 선생님 쪽을 보았다.

이미 몬스터의 처리를 마치고 지금도 북쪽 방향을 바라보는 『기사』의 뒷모습은, 내가 아는 드워프의 모습과는 너무나도 달랐다.

레온 선생님이 드워프라고 해서 보는 눈이 달라진 것은 아니지만…… 대체 어떤 인생을 살아야 저렇게 거만하지 않고 올바르고 훌륭한 『어른』이 될 수 있을까?

"얘들아. 작업이 끝나지 않은 상태에서 미안하지만 무기를 들어야겠다. 또 몬스터 무리가 오는구나."

""!""

레온 선생님의 말에, 땅에 무릎을 꿇고 있던 우리는 자리에서 일어났다.

Lv.7의 시력만이 감지할 수 있었던 이형의 그림자는 이내 우리의 시야에도 비쳤다.

니이나와 서로 고개를 끄덕이며, 다시 몬스터와의 전투에 임했다.

아직 오라리오가 아직 보이는 범위에서 한 번.

니이나를 옆구리에 끼고 이동하기 시작한 후로 네 번.

그리고 하늘이 푸른색을 잊고 회색 구름에 뒤덮이기 시작한 후로 **열일곱 번**.

그렇게 많은 횟수 동안, 우리는 지상의 괴물과 싸웠다.

"……."

"라피 군? 왜 그래?"

주위에 널브러진 수많은 시체를 조용히 바라본다.

『학구』를 통해 전 세계를 돌아다니며, 분명 나보다도 더 많이 지상의 괴물들과 싸웠을 니이나는 나를 보며 이상하다는 듯 고개를 갸웃거린다.

아무런 위화감도 느끼지 못하는 모양이다.

그렇다면 이 『위화감』은 나만의 것일까?

'……몬스터와의 조우가 늘고 있어.'

처음 여행을 시작했을 때는, 아주 적었다.

하지만 한나절이 지난 지금은 두 배가 넘는 횟수의 적, 두 배가 훨씬 넘는 수의 몬스터가 우리 앞에 나타나기 시작했다.

'여기는 지상이니, 던전과 비교하는 것도 이상하지만……'

나는 지상 몬스터의 위협을 잊은 지 오래되었다.

오라리오에 온 후로는 던전 내에서 하염없이 싸우고, 수많은 몬스터 퍼레이드를 겪고, 수많은 이상사태를 체험하면서 완전히 감각이 마비되어 버렸다. 고향 마을에서 몬스터를 만나는 빈도가 어느 정도였는지, 이제는 잘 기억나지 않는다.

이게 지상의 표준?

그래서 니이나도 의문을 가지지 않는 걸까?

아니면 그저 우연?

그래도…… 이건 『이상하다』는 생각이 들었다.

던전 깊은 곳으로 나아갈 때처럼 점점 적들이 늘어나다니.

이 『이변』은, 나아가면 나아갈수록 표면화되었다.

다시 말해 『북쪽』으로 갈수록 몬스터는 계속해서 나타나고 있었다.

"……『북쪽』에 뭐가 있는 거지?"

니이나에게도 들리지 않을 만한 목소리로 혼자 중얼거렸다.

그런 내 모습을, 레온 선생님은 아무 말 없이 조용히 바라보고 있었다.

『『오라리오피아드』 제1회전! 마도사 대결! 승자느으으으으은~~~~~~~~…… 학구!! 【발두르 클래스】교사, Lv.5 마릭 알포르~~~~~!!』

맑게 갠 창공 아래, 오라리오의 암피테아트룸에서는 환호와 비명이 동시에 울려 퍼졌다.

"이겼다아!"

"""『말릭 선생님~~~~~~~~~~!!』"""

"봤냐 오라리오!"

중앙의 배틀 스테이지에서는 마도사 로브를 입은 엘프 미남이 학생들로 붐비는 관객석을 향해 손을 흔들었다. 그를 흠모하는 여학생들을 중심으로 『학구』의 학생들은 한층 열광했다.

"뭐야, 초장부터 져버렸잖아……."

"【로키 파밀리아】와 【프레이야 파밀리아】가 없다고는 하지만……."

"【하토호르 파밀리아】의 초 미소녀 마도사 네르나티라고는 하지만……."

"『최강 여성 마도사』 랭킹 2위, 『제일 귀여운 엘프』 랭킹 3위라고는 하지만……."

"우리의 넬티땅이……."

"뭐, 제우스랑 헤라 시절부터 꾸준히 노력하고는 있지만 그래봤자 시대의 패배자에 100살도 넘은 걸 필사적으로 숨기는 가짜 여고생 피라미드 갈색녀고……."

"넬티땅은 영원한 16세라고 했잖아짜샤아그만좀해!!"

"피라미드 처형에 처한다 이 자식아!!"

『아앗――! 오라리오의 신들을 중심으로 폭동과 내부 분열, 아니, 이것은 종교 전쟁인가―――!!』

한편으로 나직하게 신음하는 듯 끙끙거리는 소리를 내는 것은 오라리오 측의 관객석이다.

배틀 스테이지에 쓰러져 "우규웅~~" 하며 기절해버린 다크엘프 마도사를 보며, 곤혹과 낙담의 목소리를 던진다. 중간부터 프로미넌스를 방불케 하는 분노의 포효가 쩌렁쩌렁 울려 난투가 시작되기는 했지만.

"그러니까 【프레이야 파밀리아】를 내보냈으면 됐잖아!"

"그 자식들은 아직 도시에 있잖아?! 【힐드슬레이프】 같은 녀석들 내보냈으면 껌이었을 텐데!"

"그 계집애처럼 반반하게 생겨먹은 귀축 엘프라든가!"

"기생오라비 자식!"

"일해!" "매도해!!" "밟아주세요!!"

"【카우르스 힐드】."

"""*끼이야아아아아아아아아아아아아아아아아아아아아아아아아아아아아아아악?!*"""

패배로 인한 짜증, 규칙상 출장할 수 없었던 에인헤랴르들에 대한 폭언이 쏟아졌지만, 정체 모를 번개의 연타가

초정밀사격으로 매도의 발신지를 정확히 꿰뚫었다.

너무나도 엄청난 청력과 정확하기 그지없는 사격에 모험자들과 신들은 일제히 낯이 창백해져 입을 두 손으로 막고 부들부들 떨어댔다. 그 후, 누구도 에인헤랴르에게 불만을 토로하는 자는 없었다.

그 광경을 관객석 한쪽에서 낯을 찡그리며 바라보던 미코토가 어흠 헛기침을 했다.

"하지만 던전에서 싸움으로 날을 지낸 것도 아닌데 Lv.5라니…… 도대체 어떤 수련을 해야 저와 같은 경지에 도달할 수 있는 것일는지요?"

"엄격한 훈련도 훈련이지만요, 던전을 대신할 『무언가』를 헤쳐나왔다고밖에는 생각할 수 없어요. 그렇지 않고선 설명이……."

"던전을 대신할 『무언가』…… 『시련』이라는 말씀이시옵니까, 릴리 님?"

"도대체 어디에 굴러다니는 건데, 그런 아수라장이……."

미코토의 물음에 릴리가 이마에 주름을 모으고, 하루히메와 벨프가 입을 모아 말했다.

그리고.

"뻔하지."

그런 대화까지도 들은 헤딘은, 암피테아트룸 최상단에서 내려다보며 중얼거렸다.

이쪽의 시선을 알아차린 동포 말릭의 실력을 시찰하던

화이트엘프는, 고개를 들어 바라보았다.

어느 소년이 남몰래 떠난 방향을.

"오라리오를 대신해 『북쪽』의 틈새를 계속해서 진압했던 것은 다름 아닌 녀석들이니."

그의 뒤에서 감자돌이를 한 손에 들고 관전하던 걸리버 4형제도 말없이 북쪽을 바라본다.

곧, 흥분과 비관의 목소리가 식지 않은 투기장에 이브리의 확성이 울려 퍼졌다.

『오라리오피아드 1회전, 수고하셨습니다아아아아아아아아아! 다음 대표전은 이틀 후, 경기는 【대집단전】입니다! 준비가 필요하므로 부디 여러분, 앞으로의 대표전이 어떻게 펼쳐질지 열심히 토론하며 기다려 주십쇼오오오오오!!』

🐾

서쪽으로는 『베올 산지』, 동쪽으로는 『알브 산맥』을 바라보며 여행은 계속되었다.

니이나를 안고, 레온 선생님과 함께 화살처럼 나아갔다.

선두에서 엄청난 속도로 달리고 있음에도, 뒤돌아보지도 않고 우리를 배려하며 달리는 사자색 머리카락은, 뭐랄까, 매우 안심된다. 그 뒷모습을 좇기만 하면 된다고 생각하게 만든다. 아득한 『고대』 시절, 기사의 뒤를 따르는 사람들의 심정이 이런 것이었는지도 모른다. 몬스터가 나오면 그때마다 발을 멈추고, 인근 마을에 피해가 가지 않도록, 한 마리도 놓치지 않고 신속하게 처치했다.

그 속에서, 마침내 레온 선생님의 검기를 볼 수 있었다.

심장이 떨렸다.

검신이 칼집에서 튀어나오는 순간, 역시 그것만으로 모든 것이 끝난다.

류씨의 『발도』와도 다른 참격은 그저 **빠르고 강해**, 그것으로도 눈에 보이지 않는 일섬이 된다.

소름이 돋는 듯한 오한이 아니라, 고양감이 느껴지는 열렬한 참격.

잔잔한 잔심(殘心)은 늠름하고, 칼집에 검을 넣는 동작마저 눈길을 빼앗는다.

그 일격은 전율보다도 먼저 든든함을 주는 『기사의 기술』이었다.

적과 맞서서도 결코 경의를 잊지 않는 성실한 검.

베여도 여전히 긍지를 품고 쓰러질 수 있는 진지한 칼날.

『너를 가른다.』

사람이란 그 일념을 이 정도로 승화시켜 반영할 수 있다는 것을, 나는 처음으로 알았다.

그와 동시에, 『절대방어』를 가진 오탈 씨보다도 레온 선생님이 공격은 더 뛰어나지 않을까 하는 직감이 들고 말았다.

그 『절대적인 일격』은, 내 눈에 그렇게 보였다.

"나의 검? 『어느 날』부터 한순간도 다른 마음을 품지 않고, 생각하는 것을 잊지 않고 검을 휘두르고 또 휘둘렀지……. 그렇게 해서 이르렀다고밖에는 말할 수 없겠는걸."

짧은 휴식 시간에 참지 못하고 물어본 나에게, 레온 선생님은 숨김없이 대답해 주었다.

정말로 레온 선생님은 그것만 해 오신 거구나.

그렇게 간단하고 우직한 일을 수억 번, 혹은 수조 번을 넘어, 하염없이.

나는 이 사람에게 더 확실한 존경심을 품게 되었다.

그야말로 『영웅』을 꿈꾸는 아이처럼.

"라피 군, 거기 서쪽에 뭔가 있어?"

"응…… 내가 자란 마을이 있던 게 이 근처였어. 조금 그리워져서……."

"뭐? 그렇다면 라피 군의 고향?! 가, 가보고 싶어! 지, 지금은 무리지만……."

"아하하, 그러게. 언젠가…… 마음이 정리되면."

내가 레온 선생의 일거수일투족에 매료된 동안에도 여행은 계속된다.

오라리오를 출발한 지 이틀도 지나지 않아 『베올 산지』는 모습을 감췄다. 대신 나타난 것은 띄엄띄엄 끊어진 산들. 이 평야에서는 보이지 않는 산간부에 눈을 가늘게 뜨면서 향수의 감정을 마음속 깊이 집어넣었다. 아직 그 마을을 떠난 지 1년도 되지 않았다. 할아버지 묘에 가기에는 너무 이르다.

서쪽에서 시선을 이리저리 돌려보니, 동쪽의 영봉 『알브 산맥』은 여전히 북쪽으로 뻗어 있었다.

어쩌면 저 산맥의 끝이 레온 선생님이 말했던 『야외조사』의 목적지일지도 모른다. 계속 앞으로 나아가는 선생님의 모습을 보고 나는 그렇게 생각했다.

여행을 떠난 지 이미 사흘째.

하늘은 회색.

구름은 아직 걷히지 않았다.

어쩌면 두 번 다시 걷히지 않을지도 모른다.

"……여기, 는……."

그리고.

북쪽으로 이어지던 여행길에서, 첫 번째의 『충격』이 내 시야에 펼쳐졌다.

폐허였다.

죽은 도시였다.

한때 있었던 사람들의 생활과 웃음소리가 하나도 남지 않은, 잔해의 바다.

"내가…… 아니, 우리 학구가 지켜내지 못한 도시다."

무너진 돌담 사이를 빠져나가, 황폐해진 과거의 중심가로 나갔다.

레온 선생님은 감정을 무너뜨리지 않고 말했다.

"구원 요청을 받았을 때, 『학구』는 동쪽 나라에서 몬스터들의 대처에 쫓기고 있었다. 내가 혼자 서둘러 달려와 상황을 타개해보려 했지만…… 때가 너무 늦었지."

"……여기에 뭐가 나타났나요?"

"용이다. 핀과 【로키 파밀리아】가 이미 달려왔지만, 주민의 절반이 하늘로 돌아간 후였어."

"……!"

"【로키 파밀리아】와 함께 용은 섬멸했다. 하지만 그날 이후, 이곳에서부터 북쪽의 공동체는 모두 사라졌다. 한 부족을 제외하고…… 사람들은 남쪽으로 도망쳤지."

눈물을 삼키며, 태어나고 자란 고향을 떠나——.

그런 담담한 사실의 보고에 헛숨을 삼켰다.

죽은 도시가, 그것은 모두 모두 사실이라고, 매장의 목소리가 속삭였다.

"『백빙(白氷)』의 동포…… 파나셰 마을의 엘프들만 인근 숲에 남아서, 이변이 없는지 지금도 감시하고 있어. 유사시에는 자신들이 제일 먼저 쓰러진다는 것을 알면서, 오라리오에 소식을 전하겠다고……."

내 곁에서 니이나는 눈을 감고 말했다.

무지하다 해서 용서받을 수는 없는 『북쪽』의 실태를.

이 광경은…… 본 적이 있다.

실물이 아니라, 자료로.

『학구』의 수업 중 『종말대론』에서, 마법영사기가 투영했던 화상.

불타버린 마을들, 멸망한 엘프 마을, 붕괴된 거리, 그리고 셀 수 없는 난민.

그때 투영된 수많은 화상과 지금 눈앞에 펼쳐진 광경은 너무나도 흡사했다.

담당 교사인 애들러 선생님이 말했다.

이런 광경이 끊이지 않는 것은, 지금도 강대한 몬스터가 『어떤 장소』에서 잇달아 내려오고 있기 때문이라고.

그렇다, 『어느 계곡』에서.

"곧 밤이 올 거다. 오늘은 여기서 야영하자."

"……! 레온 선생님, 그건……!"

"나를 생각해줘서 고맙다, 벨. 하지만 이 도시에서 눈을 돌리는 것은 용납되지 않아. 나는 같은 실수를 반복하고 싶지 않다. 그때의 후회가 조금이라도 풍화되기 전에…… 다시 깊이 새겨야 해."

"레온 선생님……."

"……조금 고집을 부렸구나. 아니, 자학적이 되었다고 해야 하나. 미안해."

거리를 바라보던 레온 선생님은 내 눈을 바라보며 가볍게 고개를 가로저었다.

마치 내 눈에 비친 자신의 옆모습을 나무라듯.

"내 생각을 강요할 마음은 없어. 너희의 의견을 들어볼까."

"저는…… 여기서 야영하는 데 찬성해요. 비바람을 견딜수 있다는 시점에서 좋은 조건이니까요. 몬스터가 언제 나타날지 모르는 숲보다는 훨씬 낫다고 생각해요."

"……저도요."

"반대의견은 없구나. 그럼 여기서 하룻밤 쉬도록 하자. 니이나는 적당한 곳에서 불을 피우고, 라피는 장작을 모아주렴. 나는 숲의 융단보다도 멋진 잠자리를 준비하마."

재빠르게 지시를 내리고, 레온 선생님과 니이나는 행동을 개시했다.

나는 잠시 망설이다, 선생님의 뒤를 따라갔다.

"레온 선생님, 아까 얘기 말인데요……."

"보충수업이 필요하니, 라피?"

"……네."

"그렇구나. 역시 너는 우수한 학생이 될 수 있겠어."

언젠가 들었던 말을, 레온 선생님은 아무 사심 말해주었다.

그리고 선생님은 보기 드물게 눈썹을 쓴웃음의 형태로 일그러뜨렸다.

"하지만 학생들 앞에서 우울해하는 건 감점 대상이군. 발두르 님 같은 분들이 보면 나도 아직 애송이겠지."

"아, 그런 건 아니고요……!"

나는 어떻게든 해드리고 싶어서, 서툰 위로의 말을 늘어놓고 말았다.

"어, 릴리가요, 아니, 제 동료들이요! 뭐든지 다 잘하는 완벽한 사람보다는, 확실하게 약점을 보여주고, 조금은 덜 떨어진 면이 있는 사람이 더 친근하고 좋아질 수 있다고 그래서요……! 그게, 그러니까……!"

레온 선생님은 어리둥절한 표정을 지었다.

이런 표정 처음 봤어.

내가 그렇게 생각하고 있을 때,

"……하하하하하! 그렇구나. 그럼 참고하도록 할까! 『빈틈 있는 남자』가 교사로 적합한지는 모르겠지만, 아무도 검증해보지 않았다면 한 번 생각해 볼 가치는 있지."

목소리를 높여 웃음을 터뜨린다.

어딘가 우아하게, 그러면서도 긍정적으로 검토해 주시면서.

그 대신 내 얼굴은 새빨갛고 뜨거워졌다.

왜 이런, 뜬금없달까 부끄러운 말밖에 못 하는 걸까…….

"그럼 라피, 둘이서 나란히 오줌 누러 갈까."

"갑자기 너무 나가지 않나요?!"

"네가 그랬잖아? 조금 덜떨어진 면이 있는 편이 좋다고. 게다가 내 『원래 성격』은 꽤 엉망이거든."

"못 믿겠어요……."

"그래? 그럼 역시 교사란 어려운 거구나, 라피."

갑작스럽게 붕괴된 거리감에 당황했지만, 레온 선생님은 어딘가 즐거워 보였다.

그러면서 고민도 아주 약간 보여주셨다.

교사는 공평해야 한다.

하지만, 아마도, 학생에 따라서는 필요한 모습을 바꿔야할 때도 있고, 어떤 여학생에게는 자신도 근면한 태도로, 어떤 남학생에게는 허물없고 친근한 태도로 대하는 것이 좋을 때도 있는…… 건지도 모른다.

그리고 그 시점에서 더 이상은 공평하지 않게 된다.

다양한 고민을 품고 있는 학생들을 이끌어 주려고 하기에 생기는, 뜻과 직책의 모순.

선생님이 말한 『어렵다』는 말의 의미를, 나는 그렇게 깊게 해석해버렸다.

"……어려울지도 모르겠지만요, 그래도, 지금처럼 본심을 가르쳐주셔서…… 저는 기뻤어요."

그래서 그런 것은 아니지만.

나는 지금, 느낀 것을 그대로 말하고 있었다.

어깨를 나란히 하고 걷던 레온 선생님이 멈춰서서, 다시 한번 나를 보았다.

고운 얼굴에 떠오른 것은 미소.

손이 뻗어 나와, 내 머리를 부드럽게 쓰다듬었다.

나이 차이가 많이 나는 형이 머리를 쓰다듬어주는 것 같아서…… 어딘가 간질간질하고 따뜻했다.

친구가 되어서는 안 될지도 모르지만, 친구처럼 대해 주셔서 학생인 나는 마음이 들떴다.

그 마음도 전하자, 레온 선생님은 역시 눈을 가늘게 뜨고 웃으며 "이 일은 부디 여학생들 앞에서는 얘기하지 말아줘"라며 입술 앞에 손가락을 세우셨다.

왜요? 라고 묻자, "예전에 어떤 학생의 머리를 쓰다듬은 게 들통 나서 믿을 수 없을 정도의 포위망이 깔려버렸거든. 내 머리도 쓰다듬어 달라고"라는 답이 돌아왔다.

나는 소리를 내 웃고 말았다.

"자, 아까 하던 이야기를 계속할까. 이건 내가 교사로서 하는 말은 아닐 수도 있지만……."

"네……."

"『잘못을 외면하는 자는 다시 같은 잘못을 저지른다』『나』의 지론이다. 스스로가 걸어온 길은 사라지지 않는다. 무엇이 있었는지, 무엇을 남겼는지…… 되돌아보고, 의미 있는 것으로 바꿀 수 있는 사람은 나 자신뿐이다."

맞춤한 자재를 찾아 시내를 방황하다 보니, 한때는 광장이었던 곳이 나타났다.

얼마나 무서운 존재가 나타났었는지를 말해주듯, 주변은 도시 내에서도 특히 철저히 파괴되어 있었다.

시야 저편의 돌담은 물론이고, 건물은 사라졌으며, 눈앞을 가리는 것은 하나도 없었다.

도시의 중앙에 서 있는데도 지평선이 보였다.

"미래를 지향하는 데에도 중요한 일이라고 생각한다."

레온 선생님은 발을 멈춘 채 그 지평선을 바라보았다.

우리가 줄곧 지향했던 진로와 같은 방향을.

"……이 도시에서, 대체 무슨 일이 있었나요? 지금 세계에서…… 무슨 일이 일어나고 있는 건가요?"

나는 물었다.

이미 묻지 않아도, 다 알고 있다고 생각하는 대답을.

다 안다고 생각하는 학생에서,『눈을 돌려서는 안 되는 당사자』로 탈바꿈하고 싶어서, 레

온 선생님의 말을 기다렸다.

"일단은 가자. 말로 할 게 아니라 광경을 보여주고 싶구나.『종말의 일말』을."

『야외조사』의 목적지는 얼마 남지 않았다.

『모험』의 정체도, 분명, 이제 곧.

　　　　　　　　　🔥

"깃발 빼앗았다!"

"좋아!"

"잘했어, 루크!"

한때 소년이『전쟁』을 벌였던 전장에 학생들의 환호성이 울려 퍼진다.

장소는『슈림 고성터』.

6개월여 전,【헤스티아 파밀리아】와【아폴론 파밀리아】가 공성전을 벌였던 워 게임의 무대이자, 특급으로 준비된

『오라리오피아드』제2차전의 즉석 전장이었다.

"앗싸아아아아아! 제7소대에게 선수를 빼앗기긴 했지만 이기면 뭐든 그만이지!"

"우리, 했어. 제대로, 활약."

"니이나와 라피가 있었으면 우리가 엠! 브이! 피~! 였을 걸!! 둘 다 어딜 가버린 거람~! 【브레이버】 못지않은 내 활약을 보여주고 싶었는데~!"

각 【클래스】의 엘리트 소대 못지않은 활약을 보인 워스트 파티 『제3소대』의 이글린, 레기, 크리스도 학생들이 올리는 승리의 함성 속에 자신들의 흥분을 실었다.

배틀 유니폼 곳곳이 손상되었지만, 기분 좋은 피로감과 성취감이 배나왔다.

"근데, 약했어…… 솔직히."

"그치! 우리에 비해 하나도 연계가 안 됐어! 역시 내 지휘는 우수!! 그치이!!!!"

"네가 언제, 어디서 지휘를 했다는 거야, 나 원……. 하지만 오라리오의 【파밀리아】가 서로 사이가 나쁘다는 건 사실인가 보군."

해머에서 손을 놓고 『귀공자 모드』가 된 이글린은 한숨을 쉬며 적의 진지를 바라보았다.

오라리오 측 모험자들은 팔다리를 늘어뜨린 채 나자빠져 있거나, 잔해에 얼굴을 처박고 있는 등 처참한 몰골을 보이고 있었다.

『오라리오피아드 제2회전! 대집단전!! 이번 승자 또한 놀랍게도 학구, 학생 연합하아아아아압!! 이봐 이봐 이봐 괜찮은 거냐 오라리오오~~~~~~~~~~?! 【세계의 중심】이 3연패라도 한다면 끝장이라고오오오오오오오오오오오오오오오오오!』

『거울』을 통해 그 중계를 관전하던 오라리오 측도 발칵 뒤집어졌다.

중계를 맡은 이브리가 책상에 올라가 난리를 피우고, 주신 가네샤가 이상한 포즈를 취하고, 주최자 대표인 헤르메스만이 승자들에 대해 아낌없는 박수를 보낸다.

암피테아트룸의 관람석에 앉은 일반인, 그리고 모험자들은 한층 심했다.

꼴불견을 보인 대표 선수들을 향해 성대한 야유를 퍼붓는다.

"장난하냐 이것들아아아아!"

"꼬맹이들에게 지다니 창피한 줄 알아아!"

"불법도박 두 번이나 날려버렸잖아 등신들아아아아아!!"

"『파벌대전』은 대체 뭐였어!"

"오라리오로 돌아오지 마!"

"무, 무슨 추태를 보이고 있는 거냐 이것들아아?! 이대로는 나의 오라리오가아아아아아아아아아아아아아아아아아아아아아아아아아아아아?!"

""""로이먼 시끄러워!!""""

제2차전인 『대집단전』의 참가 조건은 Lv.3 이하의 권속뿐.

승리조건은 적의 격파가 아니라, 상대 진영의 깃발을 탈취하는 것.

제1급 모험자나 교사들만이 아니라, 오라리오의 중견 이하 파벌, 그리고 『학구』의 학생들을 평등하면서도 공평하게 『당사자』로 만들기 위한 규칙이었으며, 신회가 설정한 『오라리오피아드』의 얼굴 노릇을 하는 경기였다. 하지만, 결과는 보시다시피.

치밀하면서도 대담한 책략과 함정을 궁리해온 학구 측의 대승리로 끝나, 오라리오 측에게는 처참한 결과가 나오고 말았다.

어쨌거나 관전하러 왔던 【헤스티아 파밀리아】가 귀에 손가락을 찔러넣지 않을 수 없을 정도의 대욕설이 상공에 뜬 『신의 거울』을 향해 솟아났다.

""몰드으~.""

"제, 제길, 학구 꼬맹이들……. 하나하나는 별거 아닌 주제에, 연대하자마자 움직임을 알아먹을 수가 없잖아……!"

그런 욕설이 자신들에게 쏟아지고 있다는 것을 알면서, 『대집단전』에 참가하고 있던 가일, 스콧, 몰드는 아픈 몸을 질질 끌거나 문지르고 있었다.

【엑세리아】를 싹쓸이해 염원하던 Lv.3이 되려던 무뢰배들은 힘이 다한 듯 잔해 위에 털썩털썩 주저앉았다.

"근데 솔직히…… 별로 내키진 않았다고."

"『파벌대전』 때야 대의명분이 있었지만……."

"그러게. 이번엔 말이지."

가일, 스콧, 몰드가 순서대로 맥빠진 목소리를 흘렸다.

"학구의 애송이들은 마음에 안 들지만…… 솔직히 길드가 혼나도 쌤통이다 싶어."

"애초에 『파벌대전』 때랑 같은 걸 기대해봤자~."

"【래빗 풋】도 없고."

거짓 없는 본심과 함께, 참가 동기가 부족하다는 푸념을 늘어놓는다.

몰드 일당에게는 『파벌대전』 쪽이 기적이나 마찬가지였다.

원래 행실이 나쁜 모험자가 소속의 울타리를 넘어 손을 잡는다는 것은 불가능에 가깝다. 몰드 일당은 『학구』와 같은 우등생의 모임이 아닌 것이다.

『파벌대전』은 적이 【프레이야 파밀리아】여서 가능했고, 여신의 상자정원 때문에 다들 빡쳤기에 가능했고, 무엇보다 『그 소년』이 중심에 있었기에 단결할 수 있었던 거라고, 몰드는 그렇게 생각했다.

절대 입 밖에 내지는 않겠지만.

"근데 벌써 2패잖아. 암만 그래도 오라리오가 지면 꼴사납겠지……."

밉살스럽게 맑은 하늘을 올려다보고 있으려니, 머리를

긁적이던 가일이 그런 소리를 했다.

　몰드는 시선을 돌려 씨익 하고.

　그 엄악한 얼굴에 웃음을 지었다.

　"괜찮겠지. 이제 슬슬 오지 않겠냐? 그 녀석이."

　지금 막 생각했던『루키』의 얼굴을 떠올리며, 설레는 마음으로.

　"우옷……!!"

　『그것』을 보았을 때.

　여행길에서 느꼈던 두 번째 충격이 나를 덮쳤다.

　그 죽은 거리를 봤을 때보다도 더 큰 충격이.

　"오라리오보다도, 커다란 벽……."

　요정의 영봉『알브 산맥』의 끝이 보이기 시작했을 무렵.

　거무스름한 구름 아래, 그『너무나도 거대한 벽』이 서 있었다.

　오라리오의 시벽보다도 까마득히 높고 두꺼운, 한참을 올려다봐야 할 정도의 석벽.

　무시무시한 것은, 그것이 한 군데가 아니라, 결코 끊어지지 않은 채 서쪽에서 동쪽으로 뻗어 있다는 점.

　"……부서져 있어……?"

　그리고 그 거대벽이, 마치 거인에게 걷어차인 것처럼 **파**

괴되어 있었다는 점이다.

우리의 눈앞에, 폭 약 50M 범위에 걸쳐.

널브러진 채 방치된 거대한 돌덩어리를 둘러보며, 나는 이 구조물에도, 그리고 파괴의 참상에도 말문을 잃어버렸다.

"『용의 장벽』이라 불리지. 지금까지 우리가 걸어왔던 **인류 생존권**과, 이곳으로부터 북쪽의 **비생존권**을 차단하기 위한『대방벽』이다."

멍하니 서 있는 나를 내버려둔 채, 레온 선생님은 거벽에 손을 대며 설명했다.

"과거 오라리오나, 【토르 파밀리아】를 비롯한 많은 파벌이 건축에 관여한 건조물이기도 하다."

북쪽에서부터 찢긴 듯한 파괴의 흔적 아래까지 나아간 레온 선생님은 이쪽을 보았다.

실을 잡힌 인형처럼 나는 말 없이 따라가, 가슴을 꼭 움켜쥐고 있는 니이나와 함께 그곳으로 향했다. 골짜기 모양으로 파괴된 벽을 오르듯 지나가, 반대쪽—— 다시 말해 『대방벽』의 끝으로.

북쪽 대지에 펼쳐진 것은, 검은색인지 보라색인지도 알 수 없는 색이 펼쳐진, 막막한 황야였다.

"대륙 최서단에서 최동단까지, 이『대방벽』은 쭉 뻗어 있지."

"대륙 끝에서 끝까지……?!"

"그래. 거듭되는 『방룡문제(訪龍問題)』 앞에, 약 900년 전부터 착공했다. 말하자면 세계 규모의 사업이지. 지금도 공사와 수리를 반복하고 있고, 완공은 보이지도 않아."

놀라움과 동시에, 정동향을 바라보는 레온 선생님의 시선을 따라갔다.

아까도 보았듯, 비유가 아니라 정말로 『대방벽』은 지평선 끝까지 뻗어 나가 북쪽과 남쪽의 『대경계』를 이루고 있었다. 대륙 끝까지 뻗어 있다는 말을 들어도 의심할 수 없을 정도의 광경.

『만리장벽』.

그런 단어가 떠오르고 말았다.

'대륙의 북부…… 거기서 더 안쪽의 『최북단』을 이 방벽으로 격리하고 있어……?'

머리 위에 세계지도를 펼쳐 위치 정보를 확인했다.

오라리오가 존재하는 곳은 우리가 『대륙』이라고 부르는 땅덩어리의 최서단.

더 자세히 말하자면 북서쪽에 치우쳐 있어서, 위도도 높다.

그곳에서 우리와 레온 선생님은 북동쪽으로 진로를 잡아 계속 나아갔다.

그러니까 이 너머에 있는 것은…… 『북쪽 땅끝』뿐.

그 『북쪽 땅끝』이야말로, 인류가 수백 년에 걸쳐 격리하려고 하는 『무언가』의 정체.

"레온 선생님, 앞으로 앞에 있는 것은……."

"『용의 계곡』이지."

"!!"

확신하고 있었던 핵심의 이름을, 마침내 듣게 되었다.

"제우스와 헤라가 토벌하지 못했던 세계 3대 퀘스트 중 마지막 하나……『흑룡』. 이『대방벽』은 검은 종말로부터 세계를 지키기 위해 쌓은 거야."

"『흑룡』이…… 여기까지 쳐들어온다는 거예요?"

"아니. 『종말의 용』은 아직 **봉인**되어 있어. 쳐들어오는 건『부스러기』쪽이고."

이 파괴의 흔적도『종말의 용』에 의한 것인가 생각했던 나의 착각은, 좋은 의미에서도 나쁜 의미에서도 부정되었다.

"『용의 계곡』은 이름 그대로 용종의 소굴. 정점에 군림하는『흑룡』말고도, 태고로부터 살아남은 강한 용들이 아직까지 서식하고 있어."

"……!"

"인류를 위협하는 건 그『부스러기』용들. 위에서 아래까지 다양하지만, 계곡에서 내려올 때마다 대륙 북방을 중심으로 막대한 피해를 입히는 건 공통적이야. 『대방벽』이 900년 전부터 좀처럼 완성되지 않는 이유이기도 해."

어디까지나, 『용』이 쳐들어와『대방벽』에 깊은 상처를 남겼기 때문.

지금도 공사와 수리를 반복하고 있다는 게, 그런 뜻……?

나는 흠칫 튀어오르듯이 뒤로 돌아, 그것을 올려다보았다.

거인이 부순 듯한 파괴의 흔적――『용의 돌파』를 용납해버린 방벽의 처참한 모습을.

"이 지점의 방벽을 뚫은 용이 바로, 우리가 지나온 도시를 파괴한 존재야."

"옷……!!"

"그 용도 강대했지. 권속의 힘으로 환산하면 Lv.5나, 혹은 Lv.6……. 그만한 개체가 빈번히 출현하는 경우는 없지만, 이 지역의 수비가 허망하게 뚫려버린 건 사실이지."

Lv.5나 6의 잠재능력……?

그런 적은, 던전을 뒤져봐도『심층』몬스터나『몬스터렉스』정도밖에는 없어!

『용의 계곡』의 위험성에 대해서는 몇 번 들은 적이 있다.

헤르메스 님이나 다른 신들로부터.『흑룡』의 무서움을 보여주는 말단도『베올 산지』――용의 비늘을 모시는『에다스 마을』――에서 보았다.

『학구』수업에서도 배워, 나름대로 알고 있다고 생각했다.

하지만, 그래도, 이 정도일 줄은 몰랐다.

하계는 지금도 이런 무서운 것에 위협받고 있다는 거야?

'이제까지 평화롭게 지냈던 게 거짓말 같아…….'

이것이 하계의 진실.

북쪽에서 나타나는 재앙『방룡문제』, 지금도 북부를 중

심으로 고향을 되찾지 못하고 있는 휴먼과 데미휴먼, 오라리오에 부여된 『3대 퀘스트』의 책임——.

이제까지 보고 들었던 것들이 뇌리에 떠올랐다가는 사라진다.

어딘가 남의 일처럼 여겼던 것들이 모두 한 가닥의 선으로 이어져, 차가운 현실을 들이대고 있었다.

내 무지를 나무라듯, 주변에 널브러진 방벽의 잔해가 말없이 노려보고 있었다.

"……여기까지 오면서, 라피 군도 이상하게 생각한 적이 몇 번 있지? 괴물이 계속 늘어난다는 걸."

"니이나……."

"그거, 우리 학생들 사이에서는 상식이야. 이 대륙에서는 『북쪽』에 가까워지면 가까워질수록 몬스터와의 조우가 늘어나. 그건 계곡 쪽에서 『용』이 울 때마다, 몬스터들이 겁을 먹고 남쪽으로 도망치기 때문이야……."

그때까지 침묵했던 니이나가, 여행 동안 내가 느꼈던 의문을 풀어주었다.

북쪽으로 올수록 이형의 수가 늘어났던 것은, 그 몬스터들도 서식지에서 쫓겨났기 때문이었어.

북쪽 끝에서 울려 퍼지는, 무엇보다도 강한 존재인 용들의 먼 포효를 뒤집어쓰고, 인류와 마찬가지로 두려워했던 거야.

"『방룡문제』가 한층 심각해졌던 건 최근 몇 년 동안이라고 해. 우리도 전투임무로 피해 지역으로 나가서…… 선생님들의 힘을 빌려, 용을 퇴치했어."

"……소대원들이랑 같이?"

"응. 하지만 계곡의 용과 싸웠던 것은 두세 번 정도고, 맡을 수 있는 건 언제나 『작은 쪽』이었지만……. 『큰 쪽』을 상대하는 건 선생님들뿐이고, 우린 멀리 떨어진 안전한 곳에서 지켜볼 뿐이었어……."

동시에 또 하나 알게 되었다.

어째서 니이나가, 『학구』의 학생들이 이렇게까지 강한지.

설령 던전에 익숙하지 않고 서툰 부분이 있더라도, 【스테이터스】가 【랭크 업】하는 사람이 속출하는지.

최근 몇 년 들어 단숨에 활성화되고 있다는 『방룡문제』의 영향.

레온 선생님을 비롯한 『학구』의 교사진이, 오라리오의 여러 파벌 못지않은 전력을 가진 것도, 전부 이 『용의 계곡』에서 나타나는 시련과 대치하고 있어서──.

"그래도…… 난, 무서웠어. 도망치고 싶어질 정도로, 『계곡』용은…… 무서웠어."

가슴을 움켜쥔 니이나의 손이 떨렸다

그것은 마치 지금도 고통 받고 있는 사람들을 대변하는 것처럼 보였다.

지금의 나는, 그녀에게 할 수 있는 말이 없었다.

"오라리오가 비교적 가까워서, 이 방벽의 손상은 방치되고 있지. 지금은『알브 산맥』보다 동쪽의 방벽을 수리하고 완성시키는 걸 우선시하는 것이 현실이다."

여차하면 오라리오의 모험자들이 파견되어, 이 땅의『방룡문제』에 대처할 태세가 되어 있다고, 그 말을 들은 나는, 아직도 인력과 시간이 부족하다는 것을 이해하고, 더더욱 송구스러운 마음으로 가득 찼다.

하계는 위기에 처해 점점 이상해지고 있는데, 나는 동경을 쫓기 위해 던전이나 뱅뱅 도는 하루하루를 보내고 있었다. 그 거대 시벽 안에서, 하계 어디선가 솟아나는 비명을 알지도 못한 채, 숫제 천진난만할 정도로.

그것은 도대체 얼마나 큰 죄일까?

"……『오라리오피아드』같은 걸 할 틈이 있는 걸까요?"

자기혐오와 눈앞의 현실에 마음이 휩쓸려, 나도 모르게 그런 말을 중얼거리고 말았다.

그 말에 레온 선생님은 돌아서며…… 웃었다.

"그 말을 들으니 기쁘구나."

"네?"

"세계의 실상을 알고, 의식을 조금이라도 바꿔주는 것. 그것만으로도 이번『야외조사』는 의미가 있었어."

고개를 든 내게, 레온 선생님은 여전히 웃고 계셨다.

"라피, 네게 세계의 참상을 호소하고 싶었던 것은 아니야. 양심을 책망할 생각도 없어. 다만 알아주었으면 했던 거다. 알고 나서, 앞으로의 진로에 일조했으면 했던 거다."

"일조……?"

"그래.『당혹감을 이해로 바꿔라. 사회란 그 연속이다』……
내가 학생들에게 자주 하는 말이지."

기사 같은 선생님은 대방벽을 흘끔 보더니 몸의 방향을
바꾸었다.

북쪽 방향으로.

"여기서 말하는 사회란, 지금의 너에게는 세계가 아닐
까? 당혹감을 견식으로 바꾸고, 목표를 정한 다음, 지금
너 자신이 서 있는 자리를 파악해 주었으면 해. 어떻게 하
면 좋을지가 아니고, 무엇을 해야 할지도 아닌, 너 자신은
어떻게 하고 싶은지── 그 답을 찾아 주었으면 한다."

그렇게 말하고, 레온 선생님은 발걸음을 내딛기 시작
했다.

대방벽의 남쪽에 펼쳐진 평온한 대지에서 변모해버린,
황폐한 세계를.

북쪽 한끝,『용의 계곡』을 향해.

어째서 지금 레온 선생님이 나를『용의 계곡』으로 데려
가려고 하는지는 모른다.

그래도 가야만 한다. 그것만은 알 수 있었다.

"라피 군."

그때, 뒤에서 살며시 내 손을 잡는 손이 있었다.

"아무것도 몰랐던 자신을, 책망하면 못써."

"니이나…… 하지만……."

내가 하려던 말을, 니이나는 고개를 가로저으며 살며시 가로챘다.

"라피 군은…… **벨 선배**는, 모르고 있었을 뿐이고, 하계의 힘이 되고 있었어요."

"응?"

학생 『라피』가 아닌 모험자 『벨』인 지금아 내게 전하기 위해, 말투를 바꾸었다.

"누구보다 빠르게 강해져 가는 레코드 홀더……. 벨 선배를 소문으로밖에 모르는 사람들은, 그래도 계속 꿈을 꾸고 있었어요. 당신이 강해질 때마다, 『영웅』이 나타난 건지도 모른다고, 희망을 품고 있었어요."

그런 이야기를, 세계 곳곳의 마을에서, 도시에서, 나라에서 들었다고.

그렇게 말하는 후배 소녀에게 눈을 크게 떴다.

"벨 선배뿐만이 아니에요. 지금도 계속 던전에 내려가 강해지고 있는 오라리오의 모험자들에게, 우리는 계속 기대하고 있어요. 여러분이 보여주는 빛을 올려다보며, 힘을 내고 있어요. 이번에야말로 여러분이 검은 종말을 넘어서 줄 거라고……."

『세상은 영웅을 원하고 있다』——.

시르 씨가 『영웅교』에서 말했던 그 말.

나는 이 『야외조사』를 통해, 그 진정한 의미를 비로소 이해할 수 있었는지도 모른다.

"……가자."

미소 짓는 니이나를 보며, 나는 더 이상 망설이지 않았다.

그녀와 함께, 앞장서서 가는 기사의 뒤를 따랐다.

단죄도 속죄도 아니다. 비극에 취하려던 자신을 책망하는 것은 그만두기로 했다.

어떻게 해야 좋을지도 아니고, 무엇을 해야 할지도 아니고.

지금 내가 하고 싶은 것은, 북쪽 한끝으로 향해『그것』을 확인하는 것이다.

하계의 종언을 고하려 하는,『종말의 시계』그 자체를.

『──해, 해냈, 해냈습니다아아아아아아아아아아아아아아아아아아아아아!!『오라리오피아드』제3회전, 타이밍 좋게 풀려난 학구의 자객에게 반격을 가해!【태그매치】를 제압한 것은 오라리오 측! 우리의 일타 파나와 샥티 발마아아아아아아아아아아아아아아아아아아아아아아아!!』

『내가 가네샤다아아아아아아아아아아아아아아아아아아아아아아! 쟤, 쟤들이 내 자랑스러운 권속이랍니다~!』

『3연패 저지다 앗싸아아아아아아아아아아아아아아아아아아!! 평생 따라갈게요 일타 씨, 단장니이이이이이이이이이이이이이이이이이이이이이임!!』

제2회전『대집단전』으로부터 이틀 후.

공평을 기해, 이번에는『학구』측의 아레나에서 시합이 이루어진 대표전 제3회.

그 승패의 행방은 오라리오 측으로 기울어졌다.

"이럴 수가……."

"미란다 선배가 지다니……!"

"저것이【팔루자】와【안쿠샤】……! 오라리오 최강의 헌병!"

1회전처럼 어웨이가 아니라 홈 경기였던 것도 있어서, 그 패배는 학생들에게 큰 충격을 가져다주었다.

오리할콘은 물론『학구』의 기밀정보 유출을 막기 위해 아레나에 온 것은 중계와 해설을 맡은 이브리와 가네샤뿐 (헤르메스는 학생 측으로부터 절대 입장 금지 처분을 당했다). 관중석은 서포터로 가득했음에도 이기지 못했던 일전에, 어딘가 낙관적인 분위기였던 학생들의 얼굴에도 불안과 동요가 퍼지기 시작했다.

아레나 중앙, 두 명의 학구 교사를 격멸한 일타는 어딘가 기분 좋다는 듯 가슴을 폈고, 심지어 샥티는 눈을 감은 채 관심도 두지 않는 듯했다.

그 모습을 본 어린 학생들은 겨우 떠올렸다.

자신들이 대결하고 있는 상대는『세계 최강의 세력』이며,『항상 최악의 지하미궁에 도전하는 모험자들』임을.

"앗싸아아아아아아아! 이제 1승 2패!"

"잘했다【안쿠샤】아아아아아아!"

"맨날 방해꾼 취급해서 미안해, 헌병 언니들!"

암피테아트룸에서 마른침을 삼키며 지켜보던 모험자들도 이제는 축제처럼 야단법석이었다.

이대로 『학구』에게 당해버리는 건 아닐까 하던 장례식장 같은 분위기가 깡그리 날아가 버려, 와자지껄 야단법석 갈채를 올리기 시작했다.

"근데 말이야, 여기서 【안쿠샤】가 나왔다면…… 다음은 누가 나가는 거야?"

"로키네는 『원정』 때문에 없고, 옛날 프레이야네 놈들은 못 내보낸다고 했고……."

"그렇다면…… 【헤스티아 파밀리아】밖에 없잖아?"

"드디어 그 『애송이』 차례인가~~?!"

그리고 벌써부터 다음 경기의 예상에 대한 이야기가 화제를 지배하는 가운데.

몰드 이외의 사람들조차, 『한 모험자』의 등장에 기대감을 품기 시작하는 듯했다.

『대방벽』 북쪽은, 있는 그대로 말하자면 『죽음의 대지』였다.

온통 황폐해진 바위와 흙, 그리고 해가 비치지 않는 회색과 검은색의 하늘. 모든 것이 말라붙어, 윤기가 없고, 그저 거칠어질 대로 거칠어진 대지만이 있을 뿐이었다. 겨울이란 점을 감안하더라도 바람은 차갑고 매서워, 인간이 제대로 생활할 수 있는 환경이 아니었다. 독기라 할만한 것을 피부로 확연히 느낄 수 있었다.

생명의 기척은 전혀 느껴지지 않는다.

지형은 완전히 도려져 나가고 갈라지고 짓밟혀 있었다.

레온 선생님은 말했다. 『고대』에는, 특히 지금 오라리오라고 불리는 지역의 주변에는 이 『죽음의 대지』와 같은 광경이 펼쳐져 있었다고. 땅, 바다, 하늘, 모두 마물에게 석권당한 세계는 거의 『지옥』이었음이 문헌으로 전해진다고 한다.

그렇다면 지금, 우리가 보고 있는 광경은 수천 년 전과 같은 것이라는 뜻이 된다.

이 한끝의 대지는 신들이 강림하기 전, 인류가 절망하던 풍경 그 자체.

시간을 넘어 현존하는 『고대』의 풍경에, 나는 섬뜩한 것을 느꼈다.

『오오오오오오오오오오오오오오오오오오오오오오오오!!』

오는 길에는 하늘을 나는 비룡의 무리와 교전했다.

잠재능력은 제각각.

하지만 무리 중에는 Lv.3의 힘을 가진 개체가 존재했다.

그 사실을 깨달았을 때, 나는 조용히 전율했다.

이 대지는 최소한 던전의 『중층』 내지는 『하층』에 도전하는 상급 모험자와 동등한 능력과 장비를 요구하는 것이다. 지상임에도 불구하고.

니이나를 지키면서 싸웠다.

비룡이 동료를 불러와도 모두 물리쳤다.

절대 『대방벽』 남쪽으로 가지 못하도록, 한 마리도 남김없이, 필사적으로.

레온 선생님은 운이 좋지 않았다고 했다.

이 정도 능력을 가진 용과 맞닥뜨리는 것은 평소에는 거의 없는 일이라고.

그러나 그 『좋지 않은 운』이 겹치면, 용들은 『대방벽』의 경계를 쉽게 넘어 버린다고, 그렇게도 말씀하셨다.

『검은 황야』.

그것이 대방벽에서 『용의 계곡』에 이르는 이 영역의 이름.

신의 시대가 된 후로도, 인류가 종말과 종언의 이름을 망각하지 못하게 한 절대위험지대.

내 심장을 써서 기분 나쁜 선율을 연주하던, 절망의 주거.

"오늘은 여기서 야영하자."

재를 뒤집어쓴 것처럼 거무스름한 바위의 밀림 속에서, 레온 선생님은 그렇게 말했다.

부자연스러울 정도로 기둥처럼 뾰족한 바위의 무리는 바람막이가 되어주기는 했다. 선생님의 판단은 옳다. 그러나 『검은 황야』에 발을 들여놓은 후부터 따라붙는 안 좋은 공기 —— 독기의 질은 어떻게도 할 수 없었다. 마치 미세한 독을 끊임없이 먹이는 듯한 기분이다. 【랭크 업】한 권속이라면 몰라도, 일반인은 이 영역에 있는 것만으로도 정말 몸이 상하고, 살아갈 수 없을 것이다.

"【나의 이름은 알브】—— 【라그리엘 크리스헤임】!"

니이나가 정화마법으로 주변 일대를 정화해, 그나마 나쁘지 않은 휴식지점이 되었다.

레온 선생님과 나는 경계를 늦추지 않고 식사를 했다.

니이나는 피로의 기색이 짙었다.

우리는 둘째 치고, 그녀는 아직 Lv.2다. 『검은 황야』에 들어선 후로는 계속해서 긴장하느라 정신은 예민해지고 여유도 잃었다. 처음에는 참고 있었지만, 우리가 누우라고 설득하자 금세 잠들어버렸다.

밤이 되었어도 하늘은 여전히 검은색이었다.

독기의 구름은 이 대지에 햇빛도 달빛도 내려주질 않았다.

"레온 선생님……."

"왜 그러지?"

이 바위의 밀림은, 어쩌면 고대에 쌓았던 유적일지도 모른다.

몸속까지 차가워지는 바람과 독기에 계속 노출되어 문명의 색도 형태도 잃어버린 바위들을 둘러보며 생각에 잠겼던 나는 모닥불 너머의 레온 선생님을 보았다.

"오라리오는…… 모험자들은, 지금 이대로도 괜찮은 걸까요?"

"세상의 참상을 눈앞에서 보고, 그렇게 생각했어?"

"……네."

"이제는 이제까지와 같은 일상으로 돌아갈 수 없을 것 같아?"

"……잘 모르겠어요. 하지만 지금 이대로는 안 될 것 같아서……."

자신의 눈과 귀로 ——그야말로 2차 자료가 아니라 『야외조사』의 1차 자료로서—— 하계의 실상을 알면 알수록, 위기감과 조바심이 커졌다.

내가 일어서면 세상을 구할 수 있을 거라고는 생각하지 않는다. 하지만 오라리오에서 살아가는 이상, 하계를 종말로 몰아넣고 있는 원인인 용들을 지금 당장 어떻게든 해야 하는 것 아닐까?

그런 생각이 가슴속에서 싹트고 있다.

모닥불의 빛을 받는 레온 선생님은, 나를 가만히 관찰하듯 쳐다보았다.

"이제까지 깨닫지 못했던 일에 의식을 돌리는 행위 자체는 좋은 일이지. 자신의 지식이 넓어지고 있다는 증거이기도 하고. 세계의 참상을 목격한 『학구』의 학생들도, 지금의 너처럼 위기감을 가지고, 시간을 아껴가며 노력한단다."

"그렇다면……."

"하지만 조급해해서는 안 된다는 것도 사실이지."

"조급해해요……?"

"그래. 15년 전에 제우스와 헤라가 패배한 이상, 우리에게는 더 이상 기회가 없거든."

"!"

레온 선생님이 무슨 말을 하려는지, 나는 금방 이해해버렸다.

"다음에 『흑룡』 토벌에 실패하면, 인류는 절대 재기를 도모할 수 없어. 15년을 들여 되찾아가고 있는 희망의 빛을 잃어버리고, 그때는 틀림없이 절망에 휩싸여 세상은 멸망할 거다. 종언을 거부하기 위해 모험가들도, 그리고 우리도 빈틈없는 준비를 해야만 해."

지상의 염원, 『3대 퀘스트』의 실패.

당시 그 반동은 너무나도 컸다고, 레온 선생님은 막힘없이 말했다.

"15년 전의 『영웅』들은 너무나도 강했고, 너무나도 위대했지. 그렇기에 그 『영웅』들을 잃었던 것은…… 너무나도 큰 타격이었어."

세상이 흔들리고 정체되어버릴 정도로——.

우리는 두 번 다시 그 실수를 반복해서는 안 된다——.

레온 선생님은 그렇게 말을 이었다. 실감을, 그리고 만감을 담아.

마치 당시의 시대를 지켜본 『산 증인』처럼.

묻고 싶은 것은 산더미처럼 많았다. 하지만 나는 망설이다가, 그렇게 물었다.

"레온 선생님은 『영웅』들을…… 제우스와 헤라의 권속을 아세요?"

모닥불이 터졌다.

불똥이 튀었다.

나를 바라보던 사자색 눈동자는, 시선을 떨구면서 가늘어졌다.

타오르는 불꽃 속에서, 그 옛날의 광경을 찾듯.

"3대 퀘스트의 내용, 말할 수 있을까?"

"네? 그야…… 육지의 왕 베히모스, 바다의 패왕 리바이어선, 그리고 흑룡의 토벌, 이잖아요?"

"나는 그 리바이어선과의 일전에 끼어들었던 적이 있어."

"네에?!"

생각지도 못했던 정보에 나는 소리를 질러버렸다.

흠칫 놀라 입을 막고, 바로 옆에서 잠든 니이나를 보았다.

가녀린 몸이 살짝 뒤척였을 뿐, 깨어날 기미는 없었다.

안도하며, 입을 막은 채로 앞을 보니, 선생님이 우습다는 듯 어깨를 움찔거리고 있었다.

"나만 그랬다기보다, 학구 그 자체가 리바이어선 토벌에 참전했다고 해야겠지."

"그, 그게 무슨 말인가요……?"

"학구…… 흐링호르니는 원래 『해상요새』였어. 리바이아선을 토벌하기 위해 준비된 『발판』이었지."

놀라움이 얼굴 가득 퍼져갔다.

레온 선생님의 말씀에 따르면, 바다를 지배하는 거대룡을 제압하려면 거대한 『발판』이 필수적이라고, 당시의 모험자와 오라리오는 그렇게 판단했다고 한다.

대형선 몇 척이 모여봤자, 적이 몸을 흔들기만 해도 큰 파도가 일어나 뒤집힌다.

리바이어선은 그만한 스케일의 몬스터였는지, 오라리오의 모험자가 활약하려면 바다 위에 광대한 『대지』를 준비해야만 했다.

그래서 수많은 드워프가 중심이 되어, 바다를 주요 전장으로 하는 【포세이돈 파밀리아】의 힘도 빌려, 『초거대 원형 발판』을 개발했다고 한다.

"리바이어선과의 전투에서 사용한 『전장』 그 자체가, 그대로 『학구』가 되었다고요……?! 호, 혹시…… 『학구』의 각 레이어가 원형인 건……?"

"『발판』이었을 때의 흔적이지. 더 자세히 말하자면, 아마 너도 봤을 배의 『푸른 날개』…… 그건 드롭 아이템 『리바이어선의 푸른 지느러미』를 달아놓은 거야."

"……!"

『학구』를 보았을 때 느꼈던 인상과 의문이 순식간에 하나의 선으로 연결되었다.

아카데믹 레이어, 라이브 레이어, 컨트롤 레이어가 배에 어울리지 않는 원형을 그렸던 것은 『발판』이라는 설계의 원형이 존재했기 때문에.

환상적으로 빛나던, 내가 『조광기』라고 생각했던 『푸른 날개』는 신비의 결정이나 마찬가지인 초대형 마물의 드롭 아이템이었으며, 거대한 선체를 유지하고 운용하는 데에 막대한 공헌을 했던 것이다── 아니, 인류가 종언 중 하나를 제압했다는 것을 보여주는 『돛』이자 『깃발』 그 자체였던 것이다.

『3단 팬케이크』.

『웅대한 용의 등』.

내가 들었던 『학구』의 별명이 어디서 왔는지도 전부 이해했다.

누군가는 그렇게 말했다. 『학구』란 『세계에서 가장 위대한 배』라고.

그렇게 불리는 이유는, 다름 아닌 리바이어선을 무찌른 상징이기 때문이었던 거야!

"당시에는 아직 『학구』라는 【파밀리아 유니온】은 발족되지 않았지만, 그 리바이어선과의 일전이 배움터의 초석이 된 것은 틀림없지. 전투에 참가해 준 『발판』의 조타수나 기술자들 대부분이 지금도 컨트롤 레이어에 재적하면서 『학구』를 지탱해주고 있어."

학구 그 자체가 리바이어선 토벌에 참전했다는 게 그런 뜻이었구나!

나는 흥분을 주체하지 못하고 몸을 불쑥 내밀었다.

"거기서 레온 선생님은 『영웅』들을 보신 거군요! 그럼 레온 선생님 자신도, 리바이어선을 쓰러뜨리기 위해 영웅들과 함께 참전을……!"

"아닌데? 난 밀항하듯 숨어 들어갔던 것뿐이야."

"엥?"

"그 녀석들이 어떤 추태를 보일지 보려고."

"……………………………………………엑?"

엄청난 무용담을 들을 수 있을 거라 생각했던 나의 기대는, 너무나도 쉽게 배신당했다.

"나자빠져 죽어가는 모습을 보고 비웃어주려고 했거든. 뭐, 이 손으로 리바이어선의 목을 쳐서 이놈이고 저놈이고 날 인정하게 만들어주겠다고 생각한 것도 사실이지만."

"네에에에에에에에에에…………?! 무, 무슨 말씀을 하시는 거예요……?!"

이상한 목소리가 튀어나오는 바람에 니이나가 우웅 하고 잠꼬대를 했다.

다시 황급히 입을 막은 나는, 도무지 영문을 모르겠다는 눈으로 쳐다보았다.

레온 선생님은 문득 쓴웃음을 지었다.

"그때 나는…… 그야말로 악동이었지. 지금 돌이켜보면 머리를 감싸 쥐고 싶어질 정도로 창피한 짓들을 수도 없이 저질렀어."

아무리 그렇게 말해도…… 상상할 수가 없어!!

지금 눈앞에 있는 『어른』인 레온 선생님하고, 옛날에 『악동』이었던 레온 선생님이 전혀 이어지질 않아! 그야 레온 선생님은 착실하고 상냥하고 멋있어서 『이런 어른이 되고 싶다』고 생각하게 해준 사람인걸……!

'어라, 근데…… 이 얘기, 바로 얼마 전에도 들었던 것 같은데…….'

그리고 나는 흠칫했다.

바로 며칠 전, 시벽 위에서 들었던 아이즈 씨의 이야기를 떠올려, 그것을 그대로 입에 올렸다.

"아이즈 씨…… 【로키 파밀리아】 분에게 들었어요. 옛날 레온 선생님은, 그 뭐냐……『불량』했다고."

"하하!『불량』이라, 맞는 말이야. 【로키 파밀리아】라면 핀이나 리베리아, 아니면 가레스였을까…… 그 녀석들 눈에는 그렇게 비쳤겠지."

보기 드물게 큰 웃음을 터뜨리며, 마치 그분들을 잘 아는 것처럼 레온 선생은 고개를 주억거렸다.

레온 선생님이『불량』했다…… 그건 정말로 사실인가 보다.

하지만 역시 혼란이 앞서서,『영웅들』의 이야기에서 탈선해버리기는 했지만, 나는 레온 선생님에 대해 물어볼 수밖에 없었다.

"저기, 왜 레온 선생님은…… 어, 불량했나요? 지금하고 전혀 이어지질 않아서, 상상이 안 간달까⋯⋯."

"그렇게 말해주는 건 기쁘다만, 역시 부끄럽기도 한걸. 하지만, 그러게. 왜 나는 악동이었을까⋯⋯."

나의 질문에도, 레온 선생님은 입가에 한 손을 얹고 진지하게 생각을 정리하고 있었다.

이건 상관없는 이야기지만, 레온 선생님의 입에서 『악동』이란 단어가 나온 것 자체가 의외랄까 안 어울린달까, 신들이 말하는 『캐해 차이』같다고나 할까⋯⋯.

"여러 가지 이유가 있지만⋯⋯ 가장 큰 원인은 역시, 내가 『드워프답지 않은 드워프』여서 그랬을 거야."

"드워프답지 않은, 드워프⋯⋯?"

"그래. 오는 길에 니이나와 이야기했잖니? 우리 부모님은 하프드워프라고."

"아⋯⋯ 드, 들으셨어요⋯⋯?"

"교사한테 뭘 숨길 수 있으리란 생각은 안 하는 게 좋아."

겸연쩍은 표정을 짓는 나에게, 레온 선생님은 약간 장난스러운 어조로 말했다.

"드워프인데도 키가 크고, 팔다리가 길고, 수염이나 체모가 많은 것도 아니고⋯⋯. 휴먼의 특성을 짙게 물려받은 나는 고향 마을에서 동포 드워프들에게 소외당하고 있었어. 다들 시기하고, 돌을 던지고 박해하고⋯⋯ 있는 그대로 말하자면 『왕따』였지."

"!!"

"울기만 하던 당시의 나는, 부모님에게까지 박해가 미쳤을 때, 결국 **이성을 잃어버렸어.** 동포들을 붙잡아다…………… 그, 뭐냐, 숨김없이 말하자면, 반쯤 죽여버렸지. 그래서 마을에서 쫓겨나 버렸어."

레온 선생님이 박해를 당했다는 말에, 나는 영문 모를 충격을 받았다.

정보를 처리할 수 없어, 당장은 아무 말도 꺼내지 못했다.

말을 흐리는 레온 선생님의 모습은 보기 드문 것이었는데도 전혀 반응할 수 없었다.

"그래서 비뚤어져 버렸지. 드워프들을 원망하는 것뿐이었다면 그나마 괜찮았겠지만, 다른 곳에 가서도 다른 종족에게 희귀동물 취급을 받고 웃음거리가 되는 바람에…… 거기서도 문제를 일으켰어. 왜 난 이런 몸이 되었느냐고, 같이 따라와 준 부모님에게 욕을 하고, 난폭한 짓을 했지."

"……………."

"두 분을 울게 만들어버렸어."

레온 선생님이 지은 웃음은, 내가 처음으로 보는 자조적인 웃음이었다.

작은 웃음이었지만, 외로움으로 가득했다.

"그런 나 자신에게도 신물이 나, 부모님 곁을 뛰쳐나와서…… 혼자 오라리오에 갔던 거야. 어처구니없는 소리지만, 그때 나는 영웅의 도시를 『강하면 뭐든지 허락되는 곳』이라고 생각했거든. 세상 자체가 싫었으니까, 싫은 것은 뭐든지 때려 부술 수 있게……."

내가 모르는 레온 선생님이 걸어온 길이 상상의 바다 위로 떠올랐다.

나는 오라리오에 처음 왔을 때, 눈을 반짝이며 거대한 시벽과 문을 올려다보고 있었다.

옛날 레온 선생님은 그때 어떤 표정을 지었을까.

"……아니, 그게 아니구나. 분명, 모두에게 인정받고 싶었던 거야. 모두에게 받아들여질 수 있는, 보금자리가 필요했던 거야."

괴로운 경험이었을 텐데도, 유유히 말씀하시는 레온 선생님을 보며, 나는 왠지 가슴이 먹먹해졌다.

동시에, 새삼스레 깨달았다.

레온 선생님은 분명, 행실이 나빴던 옛날의 자신을 부끄러워하고 있다. 약했던 자신을 한심하게 여기고, 수치스럽다는 생각도 품고 있다.

하지만 그런 자신의 약함에서 결코 눈을 돌리지 않는다.

자신의 약함을 숨기지 않고, 꾸미지 않고, 제대로 마주한 채 고백할 수 있다.

그것은 정말로 강한 사람의 모습이라고, 나는 그렇게 생각해버렸다.

"그래서…… 어떻게 됐나요?"

내가 쥐어짜내듯 묻자, 레온 선생님은 눈을 감았다.

입가에는 이미 자조 따위 잊은 듯한 미소를 지은 채.

"발두르 님을 만나서, 싫은 표정 하나 없이 『은혜』를 새겨준 그분의 발밑에 침을 뱉었지. 그 후로는 던전에 틀어박혔고."

"바, 발두르 님께 침을……."

"비뚤어진 후로는 싸움에 진 적이 없다 보니, 그 시절의 나는 내가 꽤 하는 편이라고 자만해서, 힘 하나만 믿고 마음에 안 드는 녀석들을 때려눕히려고 했어. 그리고…… 무리였지."

"네?"

"악동 앞을 가로막았던 건, 진정한 『영웅』들이었거든."

눈을 크게 뜬 나를 내버려 둔 채, 레온 선생님은 어딘가 유쾌한 듯이 옛날이야기를 시작했다.

본 적 없는 풍경을 떠올리게 하는 음유시인처럼.

"끔찍했어. 엉망진창이었지. 제우스 파벌의 바보 자식들은 어디서나 문제를 일으켰고, 헤라 파벌의 여자들은 말하는 것 자체가 이해 불가였어. 나랑 오탈, 그리고 핀과 리베리아와 가레스도 늘 그놈들의 소동에 휘말렸다니까."

머릿속에 떠오른 광경은, 투쾅투쾅 곳곳에서 폭발하고 있는 오라리오.

거기에 휘말려 땅바닥에 쓰러진 오탈 씨라든가 핀 씨라든가 등등.

아니, 저기, 그건 좀…….

"무, 무슨 말씀을 하시는 건지, 도통……?"

"그럴 거야. 하지만 사실이거든. 아무리 속이 뒤집혀도, 대들어도, 도로 두들겨 맞았어. 내가 화를 내든 고민하든, 놈들은 그야말로 코를 후비면서 짓밟아버렸지."

당연하다는 듯이 내가 얼굴을 실룩거리자, 레온 선생님은 눈을 슬쩍 크게 떴다.

당시의 일에 화를 내는 것처럼 보이지는 않았다.

오히려 소중한 기억처럼, 모닥불의 불꽃을 지그시 바라보았다.

"그래서, 그동안 맛봤던 박해나 조소의 목소리 따위 아무렴 어떠냐 싶어질 정도로, 그 영웅들에게 승부를 청하게 됐어."

"!"

"빌어먹을 놈들이라고 욕하면서, 말도 안 되는 그놈들에게 짜증을 내면서, 한 방 먹여주겠다고 혈안이 됐지. 그 수많은 뒷모습을 쫓고 또 쫓고…… 결국 리바이어선과의 싸움에까지 숨어들었던 거야."

탈선했던 이야기가, 마치 반드시 필요한 궤적이었던 것처럼 큰 곡선을 그리며 돌아왔다.

"그곳에서 『영웅』을 봤어."

위대한 『영웅』들의 이야기로 귀결되었다.

"『영웅』이란 이름의 의미를 알게 됐어. 그렇게나 아니꼬웠던 놈들이 얼마나 강한지, 얼마나 고결한지, 그리고 얼마나 끈질긴지. 모든 것이 내 눈과 마음에 새겨졌지."

무서웠다고 한다. 따라온 것을 금방 후회했다고 한다.

이 세상의 끝처럼 소용돌이치는 어둠의 바다와 상상을 초월할 정도로 거대한 리바이어선을 보고, 하계를 집어삼키려 하는 종언을 깨달아, 절망했다고 한다.

하지만, 그 절망을 능가할 정도의 희망이 그곳에 있었다고 한다.

"내가 싫어했던 세상을 구하는 『영웅들의 광채』를 봤어."

바다의 포효에도 굴하지 않는 전사들.

파괴를 튕겨내는 노래를 자아내는 이들.

인간의 지혜를 초월한 해룡을 막아내는 『영웅』의 뒷모습.

타오르는 불꽃을 통해 과거의 위대한 광경을 바라보던 레온 선생님의 의식이 천천히 현실로 돌아왔다.

지금 이곳에 있는 나를 바라봤다.

"『흑룡』에게 패해, 제우스와 헤라의 파벌은 무너져버렸다. 하지만 내게 새겨졌던 그 광채는…… 영웅들의 『잔광』은 사라지지 않아."

"레온 선생님……."

"나는 그 광경을 되살려내야만 한다고 생각해. 아니, 그 광경을 뛰어넘는 영웅들의 빛을 밝혀야만 해."

지금, 기사의 갑옷을 입고 있는 『시대의 산증인』은 그렇게 단언했다.

머리 위의 하늘은 검고 어두우며, 달도 별도 보이지 않는다.

그 대신 소녀가 만든 요정의 성역은 환상의 빛을 띠었으며, 흰빛의 조각은 꽃잎이 춤추듯 불똥과 함께 약동했다.

성역이 지켜주는 야영지는 조용하고 투명했다.

레온 선생님이 품은 상념이 전해질 정도로.

"나는 예나 지금이나, 더 많은 『영웅』이 일어나기를 바라고 있다."

올곧은 눈빛이 나를 꿰뚫었다.

마치 『영웅』 중 한 명으로 헤아리고 있는 것처럼, 사자색 눈동자가, 나를.

"이번 『야외조사』가 뭘 대상으로 한 조사인지 알았을까?"

"……『용의 계곡』, 인가요?"

"틀렸어. **너야.**"

"!"

질문에 돌아온, 생각지도 못한 대답에 눈을 크게 뜨고 말았다.

"세계의 현실을 직접 보고 진실을 마주했을 때, 너라는 『영웅 후보』가 어떤 반응을 보일지. 어떤 감정을 품을지. 그걸 가까이서 바라보고, 조사하고 싶었어."

"저를요……?"

"오만한 눈높이로 말하게 되어 미안하구나. 하지만 나의 숨김없는 마음이다."

『벨 크라넬』에 대해 알고 싶었다고.

신이 아닌 몸으로서, 지금도 시험하려 하고 있다고.

레온 선생님은 정말로 아무것도 숨기지 않고, 자신의 목적을 드러냈다.

늘 그렇듯 공평한 교사처럼. 성실한 기사처럼.

새로운 동료를 원하는 『영웅』처럼.

시선을 읽으며, 레온 선생님은 마지막으로 선언했다.

"『야외조사』는 내일로 끝이다. 그곳에서 『모험』을 하자꾸나. 너의 그릇을 가름하게 해다오."

『오, 오라리오피아드 제4회전, 【3인 1조 수상전】! 승자는 오라리오오오오오오오오오오!! 아니 그보다 평범하게 금방 이겨버렸어어어어어어어! 강해에에에에에에에에에에에에에에!!』

중계를 맡은 이브리가 겁에 질린 가운데, 암피테아트룸에서 승리의 선언이 이루어졌다.

『오라리오피아드』 최종일 정오, 오라리오의 열광은 대표전 첫날을 능가했다.

"Lv.6이 되고 나니 진짜 감당이 안 되는걸~."

"움직임을 맞추는 것이 고작이네요, 나 원……."

"지금의 저와 연계할 수 있었던 시점에서, 당신들도 훌륭한 실력입니다. 【안티아네이라】, 안드로메다."

"그럴 생각은 없겠지만 비꼬는 걸로밖에 안 들린다고,

벽창호 엘프."

전장이 된 항구도시 멜렌의 앞바다. 몇 대의 보트만이 발판을 이루는 물 위에서, 망토 달린 후드와 흰색의 배틀 클로스를 입은 엘프 류, 아마조네스 아이샤, 휴먼 아스피가 농담을 나누었다.

마법전을 벌인 시도했던 학구의 교사진이 불쌍해 보일 정도의 압승이어서, 몇몇 사람들은 환호성조차 지르지 못한 채 당혹스러워했다.

"뭔가, 이겼네……."

"어, 어우……."

"저게 바로 Lv.6의 신출내기 모험자……."

"말 자체가 이상해."

"대체 무슨 리온이지……."

"너 같은 대형 신인이 어딨냐."

"저건 반칙이지."

모험자와 신들이 입을 모아 코멘트하는 가운데, 항상 『선을 넘겨버리는』 엘프를 동료로 둔 【헤스티아 파밀리아】 멤버들은 전혀 켕길 일이 없음에도 불구하고 자기도 모르게 몸을 숨기듯 움츠러들고 말았다.

모험자들은 약간 곤혹스러워했지만, 이내 정신을 추스른 듯, 『마지막 관심사』에 대해 수군거리기 시작했다.

"Lv.6인 【질풍】이 나왔잖아……."

"그럼 최종전은──."

"벨 크라넬이다!"

"그 꼬맹이밖에 없어!!"

수많은 목소리가, 약속이라도 한 것처럼 한 소년의 이름을 찾았다.

"벨 형~~~!"

"나올 차례 됐어~~~!!"

"힘내에―……."

"얀마, 빨랑 나와아!"

"냉큼 나오지 못하냐 토끼!"

암피테아트룸으로 가던 고아원 아이들, 라이, 피나, 루우의 응원이 터져 나오고, 난폭한 무뢰배들의 거친 콜이 시작되었다.

여기에는 욕설도 담겨 있었다.

야유도 담겨 있었다.

그러나 모두가, 웃음과 함께 인정하고 있었다.

마지막 전투를 장식할 사람은 시건방지고, 마음에 안 들고, 늘 너덜너덜해지고, 그럼에도 계속 달려왔던, 그 새하얀 소년밖에 없다고.

오라리오가 자랑하는 『영웅의 알』뿐이라고.

"쯧, 시시하기는……."

"자랑스럽냐, 스승님?"

"지독히도 시끄럽다. 그뿐이다."

끊이지 않는 환호성에, 마지막 싸움만을 보러 왔던 아렌

이 혀를 차고, 알프릭이 놀리듯 묻고, 헤딘이 안경의 위치를 고치면서 표정 하나 바꾸지 않은 채 대답했다.

"발두르의『꿍꿍이』에는 편승했다만…… 이 환호성만은 네게 꼭 들려주고 싶었는데 말이지."

헤르메스는 중계석에 턱을 괴고 앉은 채, 한 손으로 여행용 모자를 빙글빙글 돌리며 눈을 가늘게 떴다.

"굉장하구나……."

마지막으로.

노점 주인이 융통성 있게 아르바이트를 빼준 덕에, 숨을 헐떡이며 암피테아트룸의 입구를 지나온 여신이 중얼거리고 있었다.

"너는 이런 굉장한 모험자가 되었던 거구나…… 벨."

온몸을 감싸는『권속에게 보내는 응원』을 들으며, 헤스티아는 자랑스러운 듯이 활짝 웃었다.

목소리는 높아져만 간다.

워 게임의 대결, 검은 미노타우로스와의 1대 1 결투, 파벌 대전에서의 격전. 그것들이 다시 한번 찾아오기를 꿈꾼다.

학구의 학생들이 숨을 삼킬 정도로, 오라리오 전체가 한 소년을 불렀다.

『영웅』의 길을 뛰어오르는, 레코드 홀더의 이름을.

처음에는 착각이라고 생각했다.

하지만 북쪽으로 갈수록, 그것에 가까워지면 가까워질수록, 환영의 갑옷은 차츰 벗겨지고 있었다.

차가운 바람이 불고 있었다.

날카로운 기류의 소리가 들려왔다.

날아오는 자갈이 뺨을 때리고, 다가오는 모든 것에 경고했다. 당장 떠나라고.

그것은 너무나 거대하여 하늘마저 관통하는 존재.

"『용오름』……?"

이곳까지 닿는 바람에 머리카락이 나부끼는 것을 느끼며, 나는 멍하니 중얼거리고 있었다.

모든 것을 거부하려는 듯한 무시무시한 소용돌이.

전모가 어느 정도인지 헤아릴 수도 없었다. 날카롭고 조용한 포효를 끊임없이 터뜨리는 맹렬한 바람의 나선은 까마득히 높이 치솟아, 검게 물든 하늘과 구름을 관통하고, 그야말로 천공을 향해 치솟고 있었다.

그것 외에는 아무것도 필요하지 않은, 지나칠 정도로 강렬한 상징물.

마치 오라리오에 놓인 『바벨』 같았다.

무서운 것은, 미궁도시의 신탑조차 『용오름』의 규모에는 비할 바가 되지 못한다는 것.

멀리서 봐도 반경은 최소 1K는 됐다. 대도시는 고사하

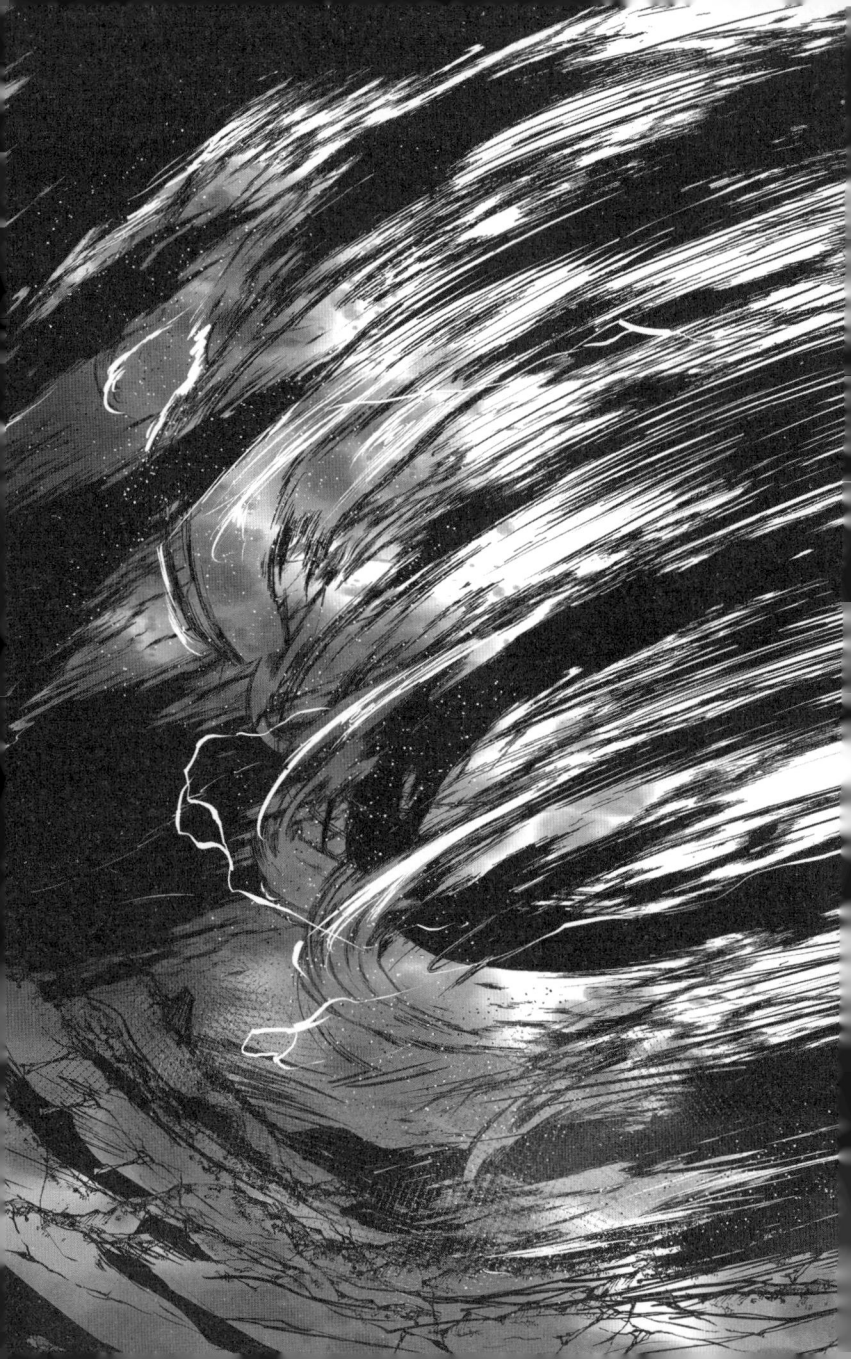

© Suzuhito Yasuda

고 광대한 영지를 통째로 삼켜버릴 것 같은 막대한 범위.
높이는 『바벨』과 동급이라고 가정하더라도, 위용은 인지를
초월할 정도였다.

명백히 자연의 산물이 아닌, 인공물로도 만들어낼 수 없
는 초상적인 광경에, 나는 이 여행을 통틀어 가장 강한 충
격을 받았다.

"저건………… 뭔가요?"

"『흑룡』을 봉인하고 있는 『정령의 폭풍』이지."

혀가 완전히 말라버린 목소리로 내가 중얼거리자, 레온
선생님은 단적으로 대답했다.

니이나도 처음으로 목격하는지, 목소리를 잃어버린 그
녀와 함께 바람의 울부짖는 소리를 들으며, 기사의 말을
필사적으로 이해하려고 했다.

"저 『바람』이 바로 종말의 시계를 늦추고 있는 『기둥』이
다. 저것 덕분에 『흑룡』이 이 땅에 묶여, 지상이 아직 존속
할 수 있는 거다."

"……!!"

"이 정보를 아는 자는 세계 세력 중에서도 한정된 자들
뿐이지. 『고대』와 『신의 시대』의 경계에 세워진 『위대한 바
람의 봉인』이다."

선생님이 들려준 내용에 완전히 말문이 막혀버렸다.

동시에, 겨우 이해했다.

3대 퀘스트라고 하는 세계의 비원이 걸려있는데도, 종말

의 시계가 울리지 않은 채 아직도『유예』를 가질 수 있었던 것은, 전부 시선 너머의『용오름』이 존재하는 덕분임을.

저『위대한 바람의 봉인』이야말로『하계의 연명장치』──.

"도대체 누가, 저런 것을……?!"

"『고대의 대정령』이지. 까마득한 먼 옛날,『흑룡』을 오라리오 땅에서 퇴치했던 자의 이름은 알고 있겠지?

"……용병왕 발트슈타인…… 아니,『대영웅 알버트』……인가요?"

처음에는 일화로 전해지는 이름을 입에 올렸던 나는, 얼른 모두가 아는 뇌명(雷名)으로 고쳐 말했다.

"그래. 최강의 영웅에게 한쪽 눈을 빼앗기고 서쪽 땅끝에서 날아오른『애꾸눈 용』을, 한 대정령이 자신의 몸을 바쳐 이 땅에 봉인했지."

무언가가 이어지는 소리가 났다.

그것은 이해와는 거리가 먼, 전후 맥락도 없는 직감의 다발이라고밖에는 형언할 수 없는 것이었지만, 분명히 무언가가 이어지려 했다.

하지만 생각이 제대로 돌아가질 않아, 넋을 놓고 있었던 나는 그 연결되려 하는 무언가를 붙잡지 못했다.

"대영웅에게 눈을 빼앗긴『흑룡』은 이 땅의 계곡에 날개를 내리자마자『호령』을 내렸다고 전해지지. 당시 온 하계에 존재하던 동포…… 용종들을 향해,『내 곁으로 모여라』라고."

"……!"

"잃어버린 한쪽 눈을 치유하기 위한『먹이』가 필요했을 거라고, 신들은 그렇게 단언하고 있어. 그리고 이 땅끝에, 거의 모든 용이 모인 순간…… 대정령은 저 위대한 폭풍을 낳았다. 하계를 철저히 파괴해왔던 가장 흉악한 종족, 용 종을『용의 왕』과 함께 가두면서."

"그렇다면, 설마…… 저게……."

"그래. 저것이 바로 우리가『용의 계곡』이라 부르는 영역 이다."

거대하면서도 광대한 용오름이 미치는 범위, 그 전체가 『용의 계곡』.

바깥세상과 완전히 차단된 용오름의 안쪽을 관측할 방 법은 없다.

그러므로 상상한다.

저『바람의 봉인』안에 펼쳐진, 태고의 상태 그대로 수많 은 흉악이 숨을 쉬는『용의 정원』을.

혹은『지옥』그 자체를.

'만약…… 정말로, 만약……『흑룡』과 마찬가지로,『고대 의 용들』이 지금도 살아있다면…….'

미궁에서 태어나는 오리지널과 손색이 없는 잠재능력을 가진, 아니, 세월이 흐른 만큼 힘을 축적한 최악의 고룡, 『에인션트 드래곤』이 저 폭풍 속에 몇 마리나 있다고 한다 면──.

멸망한다.

계층 터주에 필적하는 용이 일제히 풀려난다면, 오라리오를 제외한 거의 모든 인류생존권이, 소멸한다.

"……종말대론 수업에서 배웠어요. 『계곡』에서 내려온 용이, 엄청난 피해를 입힌다고. 저건……."

"봉인되어 잠든 『흑룡』이 이따금 내는 『용의 코골이』…… 그것이 폭풍을 흔들고, 그렇게 생겨난 굴곡을 통해 용이 빠져나올 때가 있다. 우리는 그걸 『용의 계곡에서 내려온 다』고 부르지. 지금도 하계에 『방룡문제』를 일으키는 요인이다."

헛숨을 삼키고, 깨달았다.

역시 저 『정령의 폭풍』이야말로 진정한 『하계의 발생원』이다.

저 위대한 바람의 봉인이, 지금의 하계를 낳고, 계속해서 지켜온 최후의 보루.

이것이…… 『종말』.

하계가 계속 직면하고 있었던 종언의 위기.

"저 폭풍의 기슭에는, 봉인을 유지하고 보강하기 위해 『학구』가 제작한 결계장치가 원형으로 배치되어 있지. 이 이상 『계곡』에 접근하는 건 용인할 수 없으니 직접 볼 방법은 없지만."

분명 애들러 선생님의 『종말대론』에서도 들었던 정보지만, 새삼 놀라움을 맛보았다. 분명 그 결계장치를 설치한 것은 레온 선생님을 비롯한『학구』의 교사진이었을 거고, 말 그대로 목숨을 건 작업이었겠지.

이 용오름만이 아니다.

이곳으로 오는 도중에 보았던『대방벽』도 포함해, 수많은 사람과 정령의 손으로, 하계의 평화는 지금까지 유지되었던 것이다.

설령 그것이, 불면 꺼져버릴 촛불처럼 조그마한 등불이라 해도.

"니이나. 내가 맡겼던『수정』을 꺼내주겠니?"

"앗, 네, 네엣!"

레온 선생님의 지시에, 그때까지도 정신을 차리지 못하고 있었던 니이나는 흠칫해 짐을 내렸다.

잘 움직이지 않는 팔다리를 질타하며, 백팩에서 매직 아이템으로 보이는 등황색 수정을 꺼내, 좌대 같은 장치와 함께 지면에 설치하기 시작했다.

우리가 있는 곳은『용의 계곡』에서 떨어진, 암반이 드러난 고지대.

『계곡』과의 거리는 5K는 되지 않을까.

아마도 이곳이 용들을 자극하지 않는 아슬아슬한 안전권이겠지.

용오름의 봉인이 있다 해도,『에인션트 드래곤』은 물론이고『흑룡』이 눈을 뜰 만한 행위를 저지르다니, 그것만으로도 온몸의 핏기가 사라질 것 같다는, 그런 생각이 들 만큼 사위스럽고도 숨 막히는 압력이 지금도 용오름 안쪽에서부터 전해지는 것 같았다.

"......?"

그때, 문득 까마득한 시야 저편에서 무언가가 눈가에 들어왔다.

용오름이 꿰뚫는 구름의 경계 언저리.

파직파직하고, 번갯불 같은 무언가가 빛나는 것처럼 보였는데.

'......기분 탓인가?'

다시 응시해도 빛의 거품은 환영이었던 것처럼 사라지고, 무언가가 일어나는 일은 없었다.

처음으로 본 『용의 계곡』에 압도당해 너무 예민해졌던 걸까.

무의식중에 긴장했던 나는 어깨에서 힘을 빼고 살짝 숨을 내쉬었다.

"이걸, 저에게 보여주는 게...... 『야외조사』의 목적이었나요?"

오오오오오오...... 하고 기류의 소리를 뿌리는 용오름에 시선을 고정시킨 채, 중얼거리듯 물었다.

내 뒤에 있던 레온 선생님은 대답했다.

"그래. 그리고── 여기서부터가 『모험』이지."

그와 동시에, 울렸다.

칼집에서 칼날이 뽑혀 나오는 소리가.

이번 여정에서 몇 번이고 들었던, 그『장렬한 발검』의 소리가.

"―――――――――우읏?!"

지각과 동시에 땅을 박찼다.

진의를 묻는 것 따위 뒤로 미룬 채, 그 일격의 범위 밖으로 도망치려 했다.

하지만 이쪽의 반사 속도와 순발력을 이미 다 읽고 있었던 것처럼, 은색 섬광은 내 머리를 아슬아슬하게 스쳤다.

충격은 없었고, 상처 하나 입지 않았다. 마치 산들바람처럼.

다만『라피의 가발』만은 적확하게 포착되어, 갈색 머리카락 다발이 지면으로 스르륵 떨어졌다.

"웃……?! 레온 선생님……?!"

"훌륭한 반응이었다. 그리고 미리 사과해두마. 나는 지금부터 이 몸에 흐르는 드워프의 피에 따르겠다."

머리카락을 빼앗긴 회피행동 직후, 지면에 착지하자마자 돌아보니, 레온 선생님은 여느 때와 다를 바 없었다.

공평하고, 올바르고, 자만하지 않는, 대형 장검을 한손에 든『기사』가 그곳에 서 있었다.

나는 눈을 크게 뜨고, 니이나도 움직임을 멈춘 채 아연실색했다.

여기에 박차를 가하듯―― 지면에 설치된 수정구가 광채를 발해, 한 줄기 빛이 하늘로 솟았다.

마치 우리의 『위치정보』를 멀리 떨어진 땅에 전하듯.

'지금 그 느낌은……『신위』?!'

설마——!!

주위에는 우리 말고는 없다.

그럼에도 불구하고 느낄 수 있었다.

워 게임에서도, 파벌대전에서도 느꼈던 『수많은 시선의 기척』을!

활짝 열린 『신의 거울』이 지금, 우리를 중계하고 있어?!

"**벨**. 무기를 뽑아라. 약속했던 시간이다."

들려올 리 없는 대함성의 환청 속에서, 나를 향해 레온 선생님이 말했다.

한 손으로 대형 장검을 든 채, 나와의 『그것』을 기다리듯.

"오라리오와 『학구』가 자웅을 결정한다는 그 명분을 빌어—— 너와의 『모험』에, 『싸움』에 임하게 해다오."

계속 억누르고 있었던 『사자의 투쟁심』을 해방하는 것과도 같이.

최강의 기사는, 입가를 틀어 올렸다.

4장 기사잔광

『영웅』은 사라졌다.

3대 퀘스트의 마지막 하나, 『흑룡』 토벌 실패.

그렇게나 짜증 나고, 두렵고, 목표로 삼고자 했던 영웅
놈들은 처참하게 패배해, 검은 종말에 삼켜져 버렸다.

믿을 수 없었다. 인정하고 싶지 않았다.

절망하는 세계와 마찬가지로, 머릿속이 하얘지고 충격
에 시달렸다.

그 광채로도 상대가 되지 않는다면, 그 패자들조차 닿지
못한다면, 대체 누가 종말에 순간에 맞설 수 있단 말인가?
놈들만한 빛은 존재하지 않는다. 놈들만큼 극한에 이른 패
도(覇道)는 어디에도 없다. 놈들에게 줄곧 패배하고 단련되
며 이끌려왔던 자신이기 때문에 알 수 있다.

하계는 끝난다.

입을 다물고 사색에 잠긴 신들조차 그렇게 말하고 있
었다.

그래도.

"다음은 우리의 시대지."

시건방진 건방진 파룸 용사가 말했다.

"종언은 필요 없다. 아직 나는 세상 전부를 보지 못했다."

말괄량이 하이엘프 왕녀가 말했다.

"피가 끓는구먼. 다음은 뜨거운 싸움이 있겠지."

누구보다도 동포다운 드워프는 웃었다.

"너희들의 등불을 먹어 치우는 것은 우리다."

무엇보다도, 『진흙탕』을 뒤집어쓴 멧돼지가 으르렁거렸다.

"덤벼라. 병아리들아."

과거의 최강, 보기에도 처참한 몰골로 변해버린 외팔의 영웅이 선언했다.

검은 용에게 패배하고, 얼마 남지 않은 목숨을 불태우며 모든 것을 맡기듯, 『차세대 병아리』와의 싸움에 임했다.

"네 목숨을 내놔라, 영웅 맥심. 우리를 위해. 다음 시대를 위해."

자신 또한, 피와 포효를 뿜으며 검을 꽂고, 과거의 영웅 놈들에게 작별을 고했다.

『영웅』은 사라졌다.

그래도 새로운 『영웅』이 산성(産聲)을 올렸다.

그것이야말로 영웅신화.

한 명의 영웅이 썩어 문드러진 곳에서 또 새로운 영웅이 일어난다.

의지는 끊이지 않는다. 등불은 돌고 돈다. 어디까지고 전해진다.

『고대』 시절로부터 여행을 이어온 영웅들의 항로라고, 우레가 아득한 하늘 너머에서 울려 퍼졌다.

그렇다면 다음은 자신들의 차례다.

많은 영웅 놈들이 이 몸에 꽂아주었던 피에 젖은 가르침과 함께, 종말에 맞선다.

『영웅』은 사라지더라도, 『영웅들의 신화』는 사라지지 않는다.

물려받은 이가 있는 한. 가르침이 끊이지 않는 한.

앞에서 끊임없이 나아가는 뒷모습을, 뒤를 따르는 이들이 좇는 이상, 계속.

"나는 『교사』가 되겠어."

과거의 『해상요새』가 『배움터』인지 뭔지로 변해버린 후.

주신의 인도에 따라, 악동을 그만둔 자신의 진로는 정해져 있었다.

"그들의 절기를, 영웅들의 광채를…… 그 『잔광』을, 하나라도 더 많은 이들에게 전하고 싶어."

무인도, 마녀도 뿜어내던 참광.

과거 해상에서 펼쳐졌던 전투에서 눈에 새겨진 광채를 본떠, 그 절기를 『잔광(殘光)』이라 부르게 되었다.

"나는 여신을 위해서가 아니면 싸울 수 없다."

영웅들을 제외하면 언제나 충돌하던 멧돼지에게 둘만 있을 때 말하자, 녹슨 색깔의 눈동자가 지독히도 서툴게 대꾸했다.

"지도는 레온, 너에게 맡기겠다."

"——하하. 제멋대로라니까."

무인에게 가장 큰 영향을 받았던 이 사내 또한 구도자였다.

패도를 나아갈 수밖에 없는 멧돼지에게는 이 정도가 딱 좋다.

웃음을 터뜨리며, 언젠가 다시 싸우기로 맹세했다.

"저 못된 꼬맹이가 교사라?"

"신 발두르의 인도에 감복해야겠군."

"과연 빛의 신이라고 해야 하나? 우리 주신하고는 달라도 너무 다른데."

미궁도시가 원하는 대량의 인재. 그것을 전 세계에서 모집하는 것. 『백년계획』이라고도 불리는 사명을 맡은 『배움터』가 출항하던 날, 드워프와 하이엘프, 파룸이 웬일로 배웅을 나왔다.

내일은 하늘에서 검이 내리겠다고 웃음을 나누며, 서로 다른 전장에서 계속 싸우기로 약속했다.

온 하계를 돌아다니며 많은 제자를 얻었다.

단련하는 한편, 자신 또한 계속 배우고, 지도자로서의 삶에 타협하지 않았다.

자신의 사명을 강요하지 않고, 그들의 진로를 존중하며, 원하는 이들만 미궁도시로 이끌었다. 유망한 모험자가 많이 태어났다. 훌륭한 자질을 가진 마도사가 용사의 파벌에 들어갔다. 그러나, 그래도『잔광』을 자신의 것으로 만든 이는 나타나지 않았다.

역시, 그 허황되고 부조리하기 짝이 없는 영웅들을 재현하는 것은 무모했을까.

종말에는 이 손으로 맞설 수밖에 없는 것인가.

전해진 의지가 의구심을 넘어 원통함의 형태로 바뀌려던, 그때.

세상은『너』를 발견했던 것이다.

제우스와 헤라 파벌 놈들도 흉내 낼 수 없는 속도로,『영웅』의 계단을 뛰어오르는『너』를.

『영웅』이 사라져버린 후, 신화의 끝에서,『나』는『너』를 만날 수 있었다.

🔥

『오————옷!! 애태우고 애태우고 그렇게나 애를 태우더니, 이제야, 드디어 중계가 연결됐습니다아아아!』

환성이 드높아지고 하늘에까지 닿으려 하던 무렵.

한층 커다란 이브리의 목소리가 울려 퍼진 순간, 오라리오와 학구에 있던 모든 이가 머리 위를 우러러보았다.

허공에 전개된 것은 거대한『신의 거울』.

그곳에 비친 것은 한 명의 기사, 그리고 그와 대치하는 소년의 모습이었다.

"""떴다아아————————————!!"""

"【래빗 풋】이랑, 【나이트 오브 나이트】! 생각한 대로야!"

"근데 저 애송이 녀석, 왜 『학구』 교복을 입고 있지……?"

"멍청아, 그딴 거야 아무렴 어때! 그냥 코스프레겠지! 엣다, 아저씨가 주는 술이다! 마셔 마셔!"

"뭔진 잘 모르겠지만 코스프레? 라면 할 수 없구만!"

"야, 그보다도 저거……."

"그러게, 저놈들 있는 곳……『북쪽 한끝』 아냐?"

"혹시나가 역시나 『용의 계곡』 말이야?! 굉장해, 처음 봤어!"

아직 아무것도 시작되지 않았음에도, 암피테아트룸은 벌써부터 열광에 빠졌다.

벨과 레온의 옆모습을 보고 웃음과 성원을 보내는 이, 복장과 장소에 고개를 갸웃거리며 눈을 의심하는 이. 관객의 반응은 천차만별이었다.

"아스피의 좌표계 크리스탈이 드디어 작동했네. 이젠 걱정 없이 『거울』에 비출 수 있겠어."

"너무 멀리 떨어지면 우리들의 『아르카넘』도 쪼끔 더 필요하지! 하지만 좌표를 알면 출력도 가볍게 최소한! 지금, 『계곡』의 용을 자극하고 싶진 않다아아아아아아아아아아아아아아아아아아아!!"

"설명 고마워, 가네샤. 하지만 아이들에게 들려줄 필요는 없고, 시끄러우니까 목소리 조금 낮춰줄래?"

"에헷낼름 가네샤!!"

중계석에서는 헤르메스와 가네샤가 만담을 펼치고 있었다.

육성으로도 충분히 시끄러운 코끼리 신 때문에 한쪽 귀에 손가락을 꽂고 있는가 싶더니, 여리여리한 남신은 입가를 틀어 올렸다.

자리에서 일어나, 책상에 한쪽 발을 얹고는 마석제품 확성기를 쥐고 쩌렁쩌렁 외쳤다.

『기다리게 했다아 제군! 최후를 장식할 제5회전! 신회가 선정한 전장은 보시다시피 땅끝에서도 끝! 【용의 계곡】부근!!』

새삼스레 그 이름을 들은 관객석은 잠시 고요해졌다.

그러나 신은 예정조화라는 것처럼 말했다.

『이 정도라면 제1급 모험자가 아무리 날뛰어도 문제는 어어어어어없지! 이제까지는 주변의 피해를 신경 쓰느라 규칙으로 어떻게든 제한했던 파워도 아낌없이 발휘할 수 있다! 자아 지켜보자고! 제5회전의 종목은 당연히, 무규칙 얼티밋 매치다아아아아아아아아아아아아아아아!!』

신의를 이해한 순간, 암피테아트룸은 다시 한번 쩌렁쩌렁 흔들렸다.

관중의 목소리가 『파벌대전』때로 돌아갈 듯한 기세를 타고 도시 전역으로 퍼져나갔다.

"벨님이 마지막 대표선수?! 그런 말은 못 들었다고요?!"

"솔직히, 모습이 보이지 않는 시점에서 어렴풋이 그럴 것 같기는 했습니다만……."

"벨 님은 괜찮으실는지요……!"

"헤스티아님이 준비시켰던 무기가 이것 때문이었어……?"

관객석 중단에 한 줄로 나란히 앉은 릴리, 미코토, 하루히메, 벨프가 경악과 달관, 걱정과 추측을 입에 담았다.

"하지만, 뭐."

그렇게 말하며 벨프는 미소와 함께 동료들을 바라보았다.

"응원하자고. 『오라리오피아드』의 결과 따위 아무래도 상관없지만, 저건 우리 단장이니까 말이야."

그 제안에 동료들은 얼굴을 마주 보고, 일제히 고개를 끄덕였다.

주위의 소란에 지지 않는 목소리로 『거울』을 향해 외쳤다.

"벨 니이이임—!! 나중에 설교할 테니까안! 냉큼 이기고 돌아오세요오!"

"부디 침착하게! 상대분은 빈틈이 없습니다!"

"파, 파이팅~! 이옵니다!! 벨 님—!"

"지지 마십시오, 벨!"

멈추지 않는 열기에 【헤스티아 파밀리아】의 응원이 더해졌다.

민중도, 모험자도, 신들도 단 한 순간조차 놓치지 않겠노라 뜨거운 시선을 보내는 가운데, 혀로 입술을 축인 이브리가 중계자의 역할을 다했다.

『우리에게까지 숨겨놓았던 오라리오피아드 최종전! 그 대결 카드는! 역시!! 학구 최강의 교사 레온 바덴베르크와, 오라리오 제일의 소동꾼 벨 크라넬입니다아아아아아아아아아아아아아아아아아아아아아!!』

지금, 이곳에 세계를 근심하는 목소리는 없다.

지금, 종말에 겁을 먹은 비관은 없다.

『영웅의 도시』는 모험의 풍경을 추구해, 멀리 떨어진 북쪽 대지로 거친 목소리를 날렸다.

"싸워요……? 레온 선생님과 라피 군이…… 벨 선배가, 여기서?!"

이 상황에서 소외되어버린 니이나의 강한 곤혹감이 우리 사이에 울려 퍼졌다.

레온 선생님과 마주하는 나도 같은 마음이다.

왜 싸워야만 하는가. 왜 그런 일을 해야만 하는가.

그런 당혹감과 조바심을 안은 반면, 동시에 마음 한구석으로는 납득도 하고 있었다.

——다음에는 내가 너와 모험을 하고 싶구나, 벨."

——너의 그릇을 가름하게 해다오.

이제까지 했던 레온 선생님의 발언은 암시를 주고 있었다. 말 한구석에 바람을 담고 있었다.

나에 대해 알고 싶다고, 힘을 확인하고 싶다고.

레온 선생님은 분명, 기다리고 있었던 게 아닐까.

『교사』라는 신성한 직책을 잠시만이라도 좋으니 내려놓고, 순수한 『기사』가 될 수 있는 순간을.

그리고, 그것이 지금이라고 한다면.

"네가 상상하는 대로, 나에게도 입장이 있다. 하지만 이런 상황이라면, 학생들도 신들도 검을 뽑는 것을 너그럽게 봐주겠지."

"……!"

"새삼 다시 말하마. 『1 대 1 대결』이다, 벨."

귀 안쪽에서 다시 환호성의 환청이 들리는 것 같았다.

이 싸움을 사냥할 수는 없다. 그것을 깨달았다.

'게다가…… 레온 선생님과 싸우고 싶다는 모험자 벨 크라넬이, 가슴 속에 있어.'

줄곧, 강하다고 생각했다.

오탈 씨와 비슷할 정도로 빈틈이 없다는 것을 느꼈다.

제1급 모험자가 되었는데도, 손이 닿지 않는 높은 곳에 있다는 사실을 알아차리고 있었다.

그 감각은 야외조사 여행을 하면서 더욱 확신에 가깝게 바뀌어갔다.

그것을 알면서도, **도전해 보고 싶다고**, 모험자인 내가 말하고 있다.

아이즈 씨가 자신보다 강하다고 말했던 이 사람에게.

"도망칠 수 없겠죠?"

"그래."

"거절할 수 없겠죠?"

"그래."

"도전해도, 괜찮겠죠?"

"물론이지."

짧은 말을 주고받으며, 서로 머금은 작은 미소를 입술 안쪽으로 숨겼다.

이 모험심에 이유를 붙이는 것은 이제 그만두자.

동경을 따라잡고 싶다. 비네를 지키고 싶다. 라이벌인 그 사람에게 이기고 싶다.

수없이 손에 넣었던 바람과 목적은 모두 『강해지고 싶다』는 생각으로 직결되어 있다.

그렇다면 나는 다시 한번 여기서 말해야만 한다.

이 『기사』와 어깨를 나란히 할 수 있도록, 강해지고 싶다고.

나는 《주신님 나이프》를 뽑았다.

레온 선생님은 조용히 자세를 잡았다.

시야 가장자리에서 헛숨을 삼키는 니이나에게 미안하다고 사과하면서, 수컷의 시선을 사자와 나누었다.

한순간 후—— 땅을 박찼다.

"흡!!"

검과 나이프가 충돌한다.

초격은 내 패배.

이미 알고 있었던 대로 드워프라는 종족의 완력이 나이프와 함께 내 몸을 흔들었다.

눈을 부릅뜬다. 순식간에 땀샘이 왈칵 열린다. 이미 피아간의 실력 차이를 알았다.

하지만 그런 것은 처음부터 이미 알고 있었다. 이것은 앞으로의 시금석.

그렇지 않고선 Lv.7과 씩씩하게 정면에서 검을 마주할 생각 따위 하지도 않았어!

두 손으로 쥔 대형 장검의 위력을 견디지 못하고, 나는 튕겨 날아가듯, 혹은 미끄러지듯 레온 선생님의 머리 위, 대각선 상공으로 뛰었다.

도망칠 곳은 없고, 행동은 제한되는 허공.

발판 없는 처형장에서, 나는 조바심 내는 일 없이 한 손을 내밀었다.

"【파이어볼트】!"

염뢰의 속사포.

남은 마인드 따위 생각하지 않는 10연사.

막대한 마력을 담은 붉은 뇌우에, 레온 선생의 표정은 조금도 흔들리지 않았다.

『장렬한 참격의 소리』가 달려 나왔다.

그것만으로도 모든 염뢰가 찢겨나갔다.

"크읔⋯⋯!"

"정면으로 돌격하는 척하고는 사각에서 마법의 비. 좋은 기습이야. 누구에게 배웠지?"

"똑같은 전법으로 저를 새까맣게 태워버린, 냉혹하고 무자비하고 여성처럼 미인인 엘프 마스터에게요⋯⋯!"

"헤딘 말이구나. 어쩐지."

흩날리는 대량의 불똥이 내 모습을 숨겨준 동안 착지.

다시 벌어진 간격. 자세를 짐승처럼 낮춘 채 방심하지 않고 자세를 잡는 나에게, 레온 선생님은 천천히 돌아보며 웃음을 지었다.

나이프의 일격과 마법 한 차례.

겨우 그 정도의 공방으로 힘의 차이를 이해한 나는 웃음으로 대답했다.

억지로. 뺨을 타고 흐르는 땀을 내버려 둔 채.

이 감각, 알고 있어.

역시 Lv.7⋯⋯ 오탈씨와 같은, 까마득한 정상.

불합리와 부조리의 절벽 앞에서, 그래도 웃음은 지우지 않는다.

이 웃음을 지우면 그것으로 끝장. 이제는 처량하게 겁먹는 것밖에 할 수 없게 된다.

얼어붙은 니이나를 내버려둔 채, 나와 레온 선생님은 다시 충돌했다.

"저『마법』뭐야?! 사기잖아!"

『학구』학생 대표, 감독생인 아리사는『신의 거울』에 대고 외쳤다.

『거울』을 통해 비친 전장에 검광이 내달렸다. 그리고 염뢰가 질주한다.

압도적인 레온의 검기에 어이없이 끝났어야 할 일전이, 영창 없는『속공마법』에 연장전을 거듭하고 있다.

『무영창』이라는, 모든 마도사가 길길이 날뛸 특급 안건을 최대한 이용해 맞서는 벨을 보며, 아리사와 다른 학생들은 하나같이 분개했다.

"하지만 당연~~~히 레온 선생님이 강해!"

"레온 선생님은 우리 최고의 선생님이니까!"

"힘내세요오오오! 레온 선생니임———!"

암피테아트룸과는 다른『학구』의 아레나에서도 성원은 끊이지 않았다.

여학생들의 드높은 목소리도 섞인 학생들의 환호성은, 교사 필두 레온 바덴베르크에 대한 신뢰 그 자체였다.『학구』최강 전력이 패배하리라고는 그 누구도 믿지 않았다.

아무 특별한 제한도 규칙도 없는『1 대 1 대결』.

기사를 속박할 족쇄가 없다면, 레온의 승리는 흔들림이

없다.

학구의 모든 관계자가 오라리오피아드 우승을 확신하고 있었다.

"하지만 벨 크라넬, 끈질기네. Lv.5인데도 제법이야. 불법침입자지만!"

"레온 선생님과 몇 번이나 검을 나누고 있고…… 레코드 홀더란 이름은 허명이 아니었네. 불법침입자지만!"

한편으로, 처음에는 원수처럼 여기던 학생들도, 끈질기게 버티는 벨을 서서히 재평가하고 있었다. 레온과 대치해 『3초 이상 싸우고 있다』는 것이 얼마나 무시무시한지, 학생들이라면 누구나 잘 안다.

검만으로 응전하는 레온을 상대로, 『검과 마법』을 아낌없이 쏟아부어 철저 항전하는 모습에, 못마땅해하면서도 실력을 살짝 인정하고 있었다.

"으~음, 으~~음……."

"왜 그래, 미사? 평소엔 멍하더니, 심각한 목소리를 다 내고."

"교복을 입어서 그런지도 모르지만…… 저 실루엣, 어디선가 본 것 같기도 하고오~…… 구체적으로는 니이나랑 같이 감자돌이 사러 온 적이 있는 것도 같고, 아닌 것도 같고……."

'이글린, 얼버무려. 대충.'

'무리라고! 무슨 소리를 하라는 거야!'

"나한테 맡겨! 이봐, 미사! 저 벨 크라넬은 『제3소대』의 우리 동료 라피와 닮긴 했지만 완전히 다른 사람"아아아아아다닥쳐닥쳐닥쳐어어어어어어어어어어어어!""

옆에 앉은 여학생들의 대화에 진땀을 흘리던 『제3소대』의 이글린은, 모든 것을 망칠 뻔한 크리스의 발언을 고함으로 무마시켰다.

느닷없이 갑자기 소란을 피우는 드워프를 여학생들이 싸늘하게 째려보고, 진화를 채근했던 다크엘프 레기는 모른 척했다. 이글린의 뺨이 분노로 떨렸다.

"……아아 젠장, 누굴 응원해야 하지……!"

이글린은 두 손으로 머리를 엉망진창 헤집어대며 『거울』로 시선을 돌렸다.

그곳에서 싸우는 것은, 여전히 존경하는 선생님 레온과 이제는 정체를 알고 있는 옛 급우.

이 아레나에서 유일하게 그들만이 순수하게 응원을 하지 못하고 있었다.

"아니, 레온 선생님이지! 레온 선생님을 응원해야 해! 하지만……!"

표정만은 새침한 레기는 착용한 마스크를 이따금 만지작거리고, 크리스도 보기 드물게 시선을 좌우로 돌리며 수상쩍은 행동을 보였다. 이글린이 내는 번민의 목소리가 『제3소대』의 속마음을 대변하고 있었다.

그때.

"니이나?!"

하나 남은 『제3소대』 대원의 이름이 튀어나왔다.

학생들이 낸 경악의 목소리.

벌떡 튕겨지듯 나머지 『제3소대』도 『거울』을 올려다보고, 눈을 휘둥그렇게 떴다.

"왜 벨 크라넬에게 『마법』을 걸어주는 거야?!"

『학구』 최고의 우등생이, 오라리오의 모험자에게 치유의 빛을 주고 있었다.

✦

"죄송해요……! 죄송해요, 레온 선생님!"

완전히 너덜너덜해져 이미 무릎을 꿇을 뻔했던 내 귀에 니이나의 사과가 날아들었다.

그 사과의 의미는, 몸을 감싸는 『따뜻한 하얀 빛』이 말해주고 있었다.

짧은 시간이지만 릴리와 류 씨에게 혹독하게 단련된, 『움직이는 대상에 대한 회복』의 기술로 내 체력을 회복시켜준 것이다. 나도 모르게 놀라고 있으려니,

"하지만…… 역시 벨 선배가 불쌍해요!"

놀란 표정은, 금세 얼굴의 경련으로 바뀌었다.

연하의 여자아이에게 동정을 받은 내가 복잡한 심정을 품는 동안, 생채기 하나 입지 않은 레온 선생님은 일단 대

형 장검을 내렸다.

니이나를 돌아보는 사자색 눈동자는 조금도 꾸짖으려 하지 않았다.

"1 대 1 대결이란 건 알지만, 하지만……!"

"상관없다. 오히려 나는 이것 때문에 니이나 네게 동행을 부탁했을 정도였으니."

"!"

"오만하게 느껴졌다면 미안하다만, 핸디캡이다. 오히려 그게 없다면 Lv.7이 Lv.5에게 1대 1 대결을 바라는 것 자체가 부조리의 극치지."

로드를 든 니이나에게, 레온 선생님은 느긋하게 고개를 끄덕였다. 미소와 함께.

지시를 받아 꼭두각시처럼 움직이는 것이 아니라, 자신의 의지로 결단해준 것을 교사로서 환영하듯.

"벨, 너에게는 굴욕일지도 모르겠다만."

"……아뇨. 누군가의 손을 빌린다는 건, 꼴사납지만, 익숙하니까요."

"그렇구나. 그럼 덤비거라. 니이나와 함께."

"──네!"

체력이 바닥나려 했던 나는, 화살과도 같은 기세를 되찾고 달려들었다.

죄책감을 던 니이나도 각오를 다졌는지, 그 자리에서 어깨너비로 다리를 벌리고 마력의 제어와 영창에 전념했다.

"【흔들리는 성륜, 토한 숨결은 희게. 꽃이여 꽃이여 노래하라 청정의 언덕】—— 【마기아 크리스】!"

　내 행동을 저해하지 않도록, 이동 지점을 노려 『회복마법』을 몇 번이나 놓아주었다.

　이제 체력적으로 무리하지는 않게 되었다. 남은 것은 【파이어볼트】를 위한 마인드를 얼마나 아낄 수 있느냐인데—— 그렇게 생각하던 바로 그 순간, 깎여있던 나의 마인드가 보충되었다.

　흠칫 놀라 돌아보니, 니이나가 땀을 흘리며 억지로 웃어주고 있었다.

　"니이나의 회복마법은 대상에게 자신의 마인드를 나눠줄 수도 있지."

　불꽃을 튀기며 검을 나누었던 레온 선생님이 엇갈려 지나가며 답을 알려주었다.

　나는 니이나의 헌신에 가슴이 벅찼다.

　그와 동시에 그녀의 다채로운 재능을 실감했다.

　니이나는 역시 우수한 힐러이며, 귀중한 버퍼다.

　최강의 『요술사』인 하루히메 씨와 분담하면, 【헤스티아 파밀리아】에 막대한 은혜를 가져다줄 것이 틀림없다. 우리는 틀림없이 엄청난 파티가 될 수 있다.

　——그런 미래도 바라기에, 나는 더욱 힘을 쥐어짜냈다.

　오라리오피아드에서 이기면, 니이나는 문제없이 입단할 수 있다.

이겨야만 하는 이유를 하나 늘리고, 온몸을 불태우며 레온 선생님과 맞부딪쳤다.

"……!"

니이나의 회복을 기대하고, 항상 전력 전속력을 다하는 히트 앤 어웨이.

앞인가 하면 측면, 뒤인가 하면 머리 위.

잔상을 만들어낼 듯한 기세로 몇 차례나 지면을 깎아냈다.

일격을 날릴 때마다 떨어지고, 종횡무진 뛰어다니며 사방팔방에서 덮쳐드는 초고속 포위망.

『마법』까지 섞어 넣은 연속적인 강습에, 레온 선생님의 눈이 살짝, 그러나 처음으로 크게 뜨였다.

"크으윽?!"

대각선 뒤를 차지하고 공격했지만, 별 어려움도 없이 튕겨내신다.

손은 물론 온몸이 저릿저릿해지면서 뒤로 착지했다. 그 즉시 날아드는 회복의 빛.

이쪽을 응시하는 기사는, 마치 다시 시작하려는 듯 자세를 풀었다.

그뿐 아니라, 대형 장검을 등의 칼집에 집어넣었다.

"벨. 너는 혼자 싸우는 것보다 누군가와 함께 싸우는 것이 훨씬 강하구나."

"웃……?"

"그리고 늠름한 모습은 빛이 되어 전파되지. 너에게 고무되어, 주변 사람들도 힘이 더해질 거다. 『종말』에 맞서기 위한, 보기 드문 소질이지. 나는 에누리 없이 귀중한 모습이라고 생각한다."

그리고는, 갑옷에서 떼어낸 칼집을 **버려버리듯**—— 땅에 꽂았다.

"그렇기에, 한층 더 너의 힘을 이끌어내게 해다오."

무장을 해제한 모습에 내가 곤혹스러워하거나 말거나.

레온 선생님은 조용히 『영창』했다.

"【울려라 잔광. 이는 곧 웅혼한 열두 자리】."

경악하는 내 눈앞에서, 손안에 『빛』을 만들어냈다.

"【블레이즈 오브 라운드】."

찬란히 빛나는 바람과 함께, 강렬한 마력이 기사의 왼손에 집속되었다.

레온 선생님이 발동한 『마법』.

그것은 『한손검』의 형태를 이루는, 사자색 빛의 검이었다.

'인챈트……? 아니야, 마력으로 구성된 무기를 만들어내는 『무장마법』……?'

경계의 정도를 끌어올렸던 나는 나는 당혹감을 서서히 높여나갔다.

레온 선생님이 손에 쥔 『빛의 한손검』은 분명 강렬한 마력의 덩어리이기는 했다.

하지만 일반적인 『마법』에서 기대할 수 있는 『필살』의 이미지와는 상당히 거리가 멀었다.

사정거리는 원래 무기인 대형 장검이 훨씬 길고, 솔직히 말해 『마법』을 사용하기 전이 더 공격하기 어려웠으며 압박감도 있었다. 이렇게 비교하는 건 이상할지도 모르지만, 아이즈 씨의 『바람』이 훨씬 더 처절하고 무서웠다.

알고 있다. 방심해서는 안 된다는 걸.

『마법』인 이상 분명 다른 효과가 있을 것이다. 하지만.

——넌, 공격할 때가 제일 강해.

얼마 전 아이즈 씨와의 훈련을 떠올리고, 나는 과감하게 공격하기로 했다.

시야 밖에서 말문이 막혔던 니이나를 알아보지 못한 채.

"벨 선배, 안 돼요! 레온 선생님의 마법은——!!"

제지하는 목소리가 질주의 풍압 너머로 사라져버린 사이에, 힘차게 발을 내디뎠다.

대형 장검보다 휘두르기 쉬워진 한손검이 한순간 검광을 발했다.

하지만 휘두르기 쉬운 것으로 치면 내 무기 쪽이 위다. 이제까지 아껴두었던 롱 나이프 《하쿠겐》을 재빨리 뽑아, 광검의 측면을 쳐서 강력한 검격을 살짝 밀어냈다.

마법 무기라 그런지 가벼워!

대형 장검만큼 중량감이 느껴지지 않고, 일격이 무겁지

않아!

필살권 밖으로 도망친 나는 그대로── 육박과 회피의 소리 속에 숨겨놓은 『차지』를 해방했다.

지릉, 지릉 울리는 차임 소리.

2초 분량의 차지.

스킬 【아르고노트】를 덧씌운 일격을, 빔의 검에 내리꽂는다!

"하아아앗!"

하얀 빛의 입자를 두른 통렬한 참격.

몇 초 분량의 차지라고는 하지만 파격적인 위력을 손에 넣은 《주신님 나이프》는 레온 선생님의 방어를 처음으로 관통했다.

드높은 파쇄음.

『빛의 한손검』이 유리처럼 산산이 부서져 버렸다.

Lv.7의 힘에도 굴하지 않는 순간적인 힘의 해방. 하지만 레온 선생님은 당황하지 않고 선언했다.

"훌륭하군. 그럼 **다음이다.**"

"에?"

기뻐하려 했다. 그러나 그럴 시간은 없었다.

부서졌던 『한손검의 파편』이, 광채의 입자가 되어 레온 선생님의 손에 다시 돌아왔다.

다음 순간 그 손에 생겨난 것은, 『빛의 쌍검』이었다.

"아앗?!"

엇갈리며 멀어진 줄로만 알았던 간격이, 순식간에 사라졌다.

레온 선생님이 뛰어들었다.

이제까지보다도 더 빠른 속도로.

전율하기도 전에, 끝없는 충격이 왔다.

"크으으윽~~~~?!"

"제1시검(試劍)『퍼실』은 클리어. 다음은 제2시검『가벨』이다."

내 몸을 크게 젖혀버린 후의 무자비한 추가 공격.

처절한 연격을 빠져나가듯 피해, 즉시 응전했다.

대형 무기인 장검에서 한손검 일도류, 그리고 다음은 쌍검 이도류?!

이 짧은 전투 속에서 배틀 스타일이 세 종류나! 믿을 수 없어!

올라운더인 미코토 씨와도 통할 만한 무예백반. 더욱 무서운 점은, 이도류로 바뀌었어도 중압과 치열함은 조금도 쇠하지 않는다는 것. 세 종류의 스타일이 전부 극치에 달했어!

"크으으아아아아아아!"

쏟아지는 충격에 굴하지 않겠노라, 속도의 기어를 최대로 전개했다.

나야말로 본가 원조 이도류라고, 날뛰는 심장 고동을 숨기면서 허세를 부렸다. 마치 거울처럼 참격의 폭풍이 펼쳐지고, 투무(鬪舞)를 추며 팽이처럼 몇 번이고 회전했다.

'뭐야, 레온 선생님의 『마법』은 도대체 뭐야?! 단순한 『무장마법』이 아닌 거야?! 서로다른 무기를 만들어내는 이중 효과?! 하지만 레온 선생님의 『민첩』이 아까보다도 **높아졌어……?!**'

레온 선생님의 『마법』이 어떤 것인지, 도저히 알 수 없었다.

너무나도 섬뜩했다. 그리고 무서웠다.

그러나 찰나의 공방 속에서는 억측도 추측도 허용되지 않아, 당하지 않으려고 애쓰는 것만으로도 벅찼다.

사자색으로 빛나는 빛의 참격.

《주신님 나이프》와 《하쿠겐》이 신음했다.

『바람』을 두른 아이즈 씨와 비견될 만한 위압감에 호흡이 얼어붙었다.

그리고 쉽게 품속으로 파고드는 오른손의 단검. 한순간 후에 내려질 패배 선언.

그것을 거부하며, 자신이 피해를 입더라도 상관하지 않고, 칼끝을 내렸던 《주신님 나이프》에서 염뢰를 뿜어냈다.

"【파이어볼트】!"

지면에 작렬시켜, 폭발로 나 자신도 레온 선생님도 날려버린다.

화상을 입었다. 고막의 기능을 잠시 빼앗겼다.

그래도 치명상 대신 옆구리의 피부가 살짝 갈라지는 데

에서 그쳤다.

이번에도 생채기 하나 없이 아무렇지도 않게 착지하는 레온 선생님을 보며, 태세를 재정비할 여유가 필요했던 나는 마법을 난사했다.

"아아아아아아아!"

이번에는 20연사. 전부 피하리란 것은 알고 있다.

하지만 레온 선생님은 일부러 응했다.

회피를 선택하지 않고 『빛의 쌍검』으로 모두 격추시켰다.

이미 자세를 바로잡은 나는 눈을 부릅뜨고 염뢰를 더욱 추가했다. 추가할 수밖에 없었다.

레온 선생님과 『답 맞추기』를 하기 위해.

잇달아 발사한 염뢰가 베여버리기를 77회.

마침내 『빛의 쌍검』이 한계에 이르러 산산조각이 났다.

"제2시검 『가벨』을 돌파. 제3시검 『달바자르』── 해방."

"……!"

그리고, 조금 전의 광경을 반복하듯.

춤추던 빛의 파편이 레온 선생님에게 빨려 들어가, 이번에는 『빛의 도끼』가 태어났다.

그레이트 액스라고 해야 할 만큼 거대한 도끼. 여기에 맺힌 색은 역시나 사자색.

내 두 눈은 한계를 잊고 크게 뜨였다.

"벨 선배! 레온 선생님의 마법은 『무장마법』이 아니라 『강화마법』! 1에서 11까지 빛의 무기가 파괴될 때마다【스테이터스】가 상승해요!"

"뭐어?!"

겨우 몇 순간에 불과했던 공방극과 격렬한 투쟁의 소리 때문에 정보를 전할 틈도 없었던 니이나의 고함을 듣고, 귀를 의심했다.

처음으로 『한손검』을 파괴했을 때 느꼈던, 레온 선생님의 속도 상승.

역시 그건 착각이 아니라, 마법의 특성에 의한 것!

다시 말해 레온 선생님은……!

"싸우면 싸울수록…… 강해져……?"

동화 그야말로 동화 속의 한 페이지.

페이지를 넘길 때마다, 어떤 어려움에 처하더라도 승리를 향해 나아가는 영웅담.

역경을 극복하고 불굴을 외치는 『기사』처럼!

"다들 오해하기 십상이지만, 내 【라운드】는 지독히 효율이 안 좋은 마법이다. **전력**을 발휘하려면 합계 11가지의 무장을 파괴당해야 하지."

"헉……?!"

"제1시검 『퍼실』부터 순서대로 『민첩』, 『기교』, 『힘』, 『내구』, 『마력』, 『스킬』에 『마법』…… 각각의 강화 항목이 부스트되는 거다. 한번 행사하면 【스테이터스】가 크게 상승하는 오탈의 『수화』와는 비교할 수도 없지."

공평을 기하려는 것처럼 공개해주는 마법의 정보에 식

은땀이 멈추질 않았다.

레온 선생님의 말은 옳다. 정말로 그 마법은 효율이 안 좋을 수도 있다.

하지만 오탈 씨의 『수화』와 다른 점이 있다면, 레온 선생님의 마법은 아마도 위험성 제로.

아무 대가도 없이 단계적으로 올라가는 능력은 그 자체가 위협이다.

그리고 여기부터는 추측에 불과하지만, 그런 번잡한 강화 순서를 거치는 만큼 『12번째 무장』이 해방되었을 때의 강화력은── 오탈 씨의 『수화』를 능가할 것이다.

확신에 가까운 예상이 머릿속에서 속삭였다.

그것은 아마도 『레벨 부스트』에 필적하는 효과일 것이며, 특정한 능력치는 【랭크 업】의 상승폭을 넘어서도 이상하지 않다.

한낱 개인이 가져서는 안 될 반칙적인 힘에, 내 심장은 갈라질 듯이 떨렸다.

"각자의 무기에도 특성이 있어. 이 제3시검 『달바자르』는 제1시검 『퍼실』이나 제2시검 『가벨』처럼 가볍게 휘두를 수는 없지만…… 일격은 **무겁지**."

레온 선생님은 허리를 틀며 어깨에 『빛의 그레이트 액스』를 얹고 힘을 모았다.

마법의 무기임에도 불구하고 중량감이 여기까지 전해져 온다.

피부가 떨린다.

의식을 벗어나, 손이 제멋대로 『차지』를 시작했다.

거리는 10M 이상 떨어져 있음에도 불구하고 경종을 울려댄다.

"버틸 수 있을까, 벨?"

그렇게 말하며, 레온 선생님은 두 손으로 든 도끼를 우상단에서 대각선으로 내리쳤다.

순간, 『빛의 칼날』이 태어났다.

"――――――――――――――."

『파벌대전』때에도 맛보았던 기시감.

밀려드는 빛의 절망.

『차지』로 마법을 쏴 상쇄할 생각이었지만, 나는 이를 회피에 썼다.

오른쪽으로 뛰며 염뢰를 진로 방향과는 반대, 왼쪽을 향해 발사해 꼴사나운 회피의 가속을 시도했다.

그 직후, 파괴와 굉음이 찾아왔다.

가공할 진동이 주위 일대를 뒤덮었다.

"～～～～～～～～～～～～～～～～～～～～～～～～～～～～～～～～～～～～～～크으윽?!"

충격파에 날아가 땅을 몇 번이나 굴렀다.

사자색 섬광이 온 시야를 지배했다.

지면과의 포옹을 몇 번이나 거절당한 끝에, 마침내 기세가 멎었을 무렵. 일어나는 동작과 함께 고개를 들자, 내가 있던 곳과 반대 방향에 있던 니이나가 엉덩방아를 찧고 있었다.

그 이유는 금방 알 수 있었다.

우리가 있던 고지대의 『절반』이 깡그리 소실되었다.

깊은 균열로 변모해 철저히 파괴되었던 것이다.

"……오탈 씨의 『마법』……."

——레온처럼 잘 되진 않는군.

류 씨, 미아 씨와 함께 싸울 때 그 분이 중얼거렸던 말의 의미를 겨우 이해할 수 있었다.

이 『참광』이야말로 유래이자 시작.

『절대방어』를 가진 오탈 씨와 달리, 레온 선생님은 『절대공격』을 가지고 있다——.

🔥

『우와아아아아아아아아아! 시작됐습니다아아아아아아아아아아아아아아아아아!! 레온 바덴베르크의 진수! 암만 봐도 미친 울트라 참격 【성 베기】!! 벨 크라넬의 얼굴에서 핏기가 사라집니다아~~~~~~~~~~~! 나한테서도 사라지고오오오오오오오오오!』

암피테아트룸에서 솟아난 비명을 억누르며 이브리의 고함이 쩌렁쩌렁 울려 퍼졌다.

소년에 대한 환호성은 기사에게 대한 전율과 경외로 바

꿰었다. 마치 【맹자】의 싸움을 단단히 보아야 했던 『파벌 대전』의 재연과도 같았다.

"『성을 베었다』고 전해지는 【나이트 오브 나이트】의 참격……! 최강의 기사라 불리는 이유이며, 그를 상징하는 기술!"

대표전을 마치고 암피테아트룸으로 달려가는 3인조 중에서, 이런 오버스펙의 광경을 목도한 아스피가 신음했다.

오라리오를 대신해 『학구』와 함께 몇 번이나 하계의 위기를 구해내 『현대의 영웅』이라 불리기에 이른 기사의 영광. 여기에 저 무시무시한 『참광』의 일화가 다분히 관여했으리라는 데에는 논쟁의 여지조차 없었다.

아스피만큼 도시 밖의 정보에 밝지 못한 류와 아이샤는 나란히 할 말을 잃어버렸다.

"제우스와 헤라의 파벌을 제외하고, 오탈의 『절대 방어』를 정면으로 뚫었던 것은 레온의 참격뿐……."

"썩을…… 저 되다 만 기사 자식, 그새 또 강해졌어."

냉철하게 전황을 분석하는 제1급 모험자들, 헤딘과 아렌조차 기사의 실력은 인정하지 않을 수 없었다.

세계의 평가라는 한 가지 점에서, 레온은 『최후의 영웅』자리에 가장 가까운 『영웅후보』였다.

"……얼빠진 낯짝 하지 마라, 우둔한 토끼. 너는 지금 **시험받고 있는 거다.**"

헤딘은 짜증을 내며 『거울』 너머에 서 있는 『바보 제자』

를 질타했다.

"나는 이 기술을 『잔광』이라고 부르지."

얼음처럼 차가운 땀이 뺨을 타고 흐른다.

시야 끄트머리에, 너무나도 거대한 빛의 상흔이 대지에 새겨져 있다.

심장 고동 소리가 머리 꼭대기까지 울리는 가운데, 빛의 그레이트 액스를 한 손으로 든 레온 선생님은 여유롭게 걷고 있었다.

"원래 나나 오탈의 『강화마법』은 육체 및 무장의 힘을 높이는 것뿐. 포격과도 같이 참격을 날리거나 할 수는 없어."

내 시야를 느긋하게 가로지르는 기사는 나를 보지도 않고 담담하게 말할 뿐.

그 발길이 향하는 곳은, 아직 일어나지 못하고 있는 니이나.

"하지만 이 『잔광』과 조합되면…… **거리를 없애고, 표적을 갈라버린다.**"

"웃?!"

"제우스와 헤라의 부조리를 숱하게 겪어왔던 우리가 도적처럼 훔쳐낸 절기다."

제우스와 헤라의 『기술』……?!

약 천 년 동안 오라리오를 지배해온 양대 파벌의?!

목소리를 잃는 동시에, 거짓말이 아니라는 것을 깨닫고 말았다.

레온 선생님이 펼친 『사자색의 참광』, 그것은 오탈 씨가 펼쳤던 『황금의 참광』과 한없이 비슷했다. 양대파벌이 『흑룡』에게 패배한 15년 전, 당시 오라리오에서 싸웠다는 두 사람이 배우고 터득했다는 『기술』이라면…… 전부 납득이 가!

'게다가 같은 공격이라도…… 오탈 씨보다 레온 선생님 것이 더 **날카롭고 무서웠어!**'

조금 전의 일격과 파벌 대전. 두 광경을 비교할 수 있게 된 지금에 와서 생각해보면, 오탈 씨의 경우에는 인외적인 완력을 휘둘러 억지로 『기술』을 보완했던 것 같았다.

그것이 의미하는 것은, 『기술』의 숙련도 자체는 레온 선생님이 더 높다는 것.

방어가 아닌, 공격── 아니, 『참격』의 일점특화를 선택한 『기사』의 패도.

마도사, 그것도 제1급 모험자의 포격조차 넘어설 것 같은 『참광』이자 『잔광』.

이것이 【나이트 오브 나이트】──『현대의 영웅』이라 칭송받는 까닭!

"내 생각에, 이 『잔광』을 마스터하기 위해서는 조건이 있다. 첫째는 당연히, 검이나 도끼와 같은 참격 무기의 사용

자일 것. 그리고 또 하나는——."

니이나 앞에서 발을 멈추고 손을 내밀어 일으켜 세워준 성실한 기사는, 자연스러운 동작으로 그녀의 곁을 지나, 지면에 놓인 짐으로 다가갔다.

"——『강화』에 준하는 『마법』이나 『스킬』을 가지고 있을 것."

백팩에서 떼어내, 풀려난 흰색 천 속에서 나타난 것은 한 자루의 대검.

여신님이 내게 주신 벨프의 무기.

"다시 말해 벨. 너 또한 『잔광』을 마스터할 자격을 갖추고 있다."

"!!"

한순간 무슨 말을 들은 것인지 이해하지 못한 나를 향해, 레온 선생님이 아래에서 위로 손을 휘둘렀다.

단지 그것만으로도, 회전하는 대검은 가볍게 허공을 날아올라선 푸욱! 하고.

내 눈앞에, 선택의 검처럼 꽂혔다.

"지시가 아니라 명령하겠다. 그 대검을 잡아라."

"......?!"

"내 눈이 틀리지 않았다는 것을 증명해주기 바란다."

대검을 보고, 금세 레온 선생님을 돌아보았다.

혼란에서 벗어나지 못한 표정을 짓는 내게, 기사는 말을 이었다.

"오라리오피아드 개최가 결정되기 전, 어떤 흑의의 메이거스와 교섭해 마법의 수정에 기록되어 있었던 『파벌대전』 당시의 네 모습을 보았지."

"!"

"오탈에게도 찾아가 소감을 들었다. 그리고 나서 네가 울리는 『종』의 음색…… 그 『영웅의 티켓』과도 같은 『스킬』은 우리와 같은 『잔광』에 이를 수 있으리라 확신했다."

그 직후, 레온 선생님의 모습이 사라졌다.

다음으로 그 모습이 나타난 곳은 내 눈앞.

빛의 그레이트 액스가 날아들고, 본능의 포효에 따라 창졸간에 대검을 뽑아 방어했다.

제1격, 제2격을 버티고, 비틀거리듯 위치를 바꾸었을 때 날아드는 제3격.

퍼올리는 듯한 큰 스윙이 내 몸을 쉽게 날려버렸다.

완만한 곡선을 그리며 겨우 착지하자, 내 바로 뒤에는 놀란 표정을 지은 니이나가 있었다.

"『스킬』을 써라. 축적 시간은 기다려주마."

"네……?!"

"니이나의 치유도 빌려, 최대의 『종』을 울리는 거다. **마주 쏴보자.**"

그 제안에, 이번에는 온몸이 경악에 휩싸였다.

마주 쏘다니…… 『잔광』을?

나와 레온 선생님이?!

"제게, 뭘 시키고 싶으신 거예요……?!"

쓸 수 있는지 어떨지도 모르는 기술을 정말로 재현할 수 있을까? 무기를 준비해준 헤스티아 님은 이렇게 될 것을 알고 계셨을까? 지금, 나는 대체 뭘 해야 하는 거지?

태어났다가는 터져나가는 온갖 의문들이 혼란에 박차를 가해, 내가 쥐어짜낼 수 있었던 것은 하나의 의문뿐이었다.

"추악한 진심을 들려주마. ……『나』는 이 『잔광』을 마스터하고 싶다."

나를 꿰뚫는, 검과도 같이 올곧은 시선은 흔들리지 않았다.

"언덕을 가르고, 성까지는 베었다. 나는 이 기술로 『용』을 물리쳐야만 한다."

"우웃?!"

"그리고 제우스와 헤라 파벌의 가르침을 따른다면……이 『잔광』을 훔쳐낸 자와 충돌해, 서로를 드높이고 잡아먹어야 비로소, 나의 검은 마침내 다음 단계로 나아갈 수 있는 거다."

그 말은 거짓이 아니었다.

알 수 있었다. 레온 선생님이 진심이라는 것을.

그렇지 않고서야, 나보다도 저 사람과 훨씬 오래 알고 지낸 니이나가, 바로 뒤에서 벌벌 떠는 기적을 보일 리가 없으니까.

나는 이때, 어젯밤의 옛날이야기에서 들었던『기사와는 어울리지 않는 악동』의 환영을 보고 말았다.

"벨, 준비해라."

"크윽……."

"나는 이제, 이것 말고 다른 방법으로 결판을 지을 생각은 없다."

이제는 모든 말을 다 마쳤다는 듯, 레온 선생님은 빛의 그레이트 액스를 두 손에 들었다. 언제든 머리 위로 치켜들 수 있는 자연체.

선언한 대로, 내 차지를 기다리는 절대강자의 풍모.

——도전할 수밖에 없는 걸까?

——도전할 수밖에 없어.

혼란의 숲을 빠져나온 나의 망설임은, 한 번으로 끝났다.

오라리오피아드라는 시험 속에서, 출제자인 레온 선생님은 이미 해답의 방법도, 해답의 조건도 제시해주셨다.

내가 해야 할 일은 자리에서 일어나서 추궁하는 것도, 자포자기해 답안지를 찢어버리는 것도 아니다.

검을 들고, 끝나는 종이 울리는 그 순간까지 이 난해한 문제에 도전하는 것이다.

출제자의 의도를 읽고, 답에 도달하는 것이다.

『학구』에서 배운 학생의 정신을 떠올리며, 지금도 입고 있는 교복을 바람에 나부끼며, 자세를 낮추었다.

차임 소리를 울리며, 대검에 차지를 개시했다.

"베, 벨 선배……?!"

"미안…… 니이나. 힘을 빌려줘."

기사만을 바라본 채, 뒤에 있는 후배 소녀에게 사과하고, 부탁했다.

"나는, 레온 선생님의 기대에 대답하고 싶어."

그리고 운이 따른다면, 넘어서고 싶어.

내 마음이 전해졌는지, 말을 잃었던 니이나는 잠시 후 고개를 끄덕였다.

방해가 되지 않도록 거리를 두고, 뒤에서 로드를 드는 소리가 들렸다.

"큭…….."

하얀 빛의 입자를 벨프의 대검에 집중하는 동안, 갈등이라는 이름의 수식이 몇 번이고 머릿속을 가로질렀다.

아무리 차지를 오래 해도, 내 참격은 날릴 수 없을 것이다. 분명.

골라이아스 때도, 라이벌인 그 사람 때에도, 오탈 씨 때에도 그랬다.

대검의 차지를 사용할 때는, 반드시 접근해 펼쳐야만 회심의 일격을 가할 수 있었다.

그렇다면 레온 선생님과 오탈 씨를 참고해, 눈대중으로 지금부터 기술을 모방해 볼까?

무리다. 벨 크라넬은 그렇게 요령 좋은 녀석이 아니다. 실패는 역시 대전제.

거리를 없애는 것뿐이라면 마법으로도 충분하지 않을까? 【파이어볼트】에 차지를 하면 안 될까?

안 되겠지. 레온 선생님은 자신의 『잔광』을 사용하기를 바라고 있다.

나를 이용해 자신의 절기(絶技)도 마스터하고 싶다고 단언했다. 마법은 전문 분야가 아니라고 공언했다.

참격의 달인이 바라는 것은, 어디까지나 『용을 가르는 일검』인 것이다.

애초에 위력이 낮은 속공마법으로는 참광의 위력을 결코 모방할 수 없다.

재현할 수 있는 것이라면, 『힘』의 【어빌리티】와 벨프가 만들어준 무기의 강도를 합친 참격뿐.

——그렇다면 실패를 전제로, 정신이 아득해질 정도의 실전과 도전을 각오하고, 꼴사납게 발버둥 쳐야 간신히 기술을 체득할 수 있는, 평범 이하의 재능을 가진 나는, 앞으로 얼마나 더 차지를 해야 할까?

무엇이 정답이고, 어떤 중간식이 적절할까? 하나에서 열까지 손으로 더듬듯이 모색해야 하는 그 와중에, 무겁게 느껴지는 땀방울을 흘리는 나는 레온 선생님의 조언을——구하지 않았다.

'1분. 1분이다.'

초심을 굽히지 않는다. 자신의 손으로 해답을 도출한다.

레온 선생님도 같은 길을 걸었을 테니까.

제우스와 헤라 파벌과 투쟁하며 독학으로 『성을 가르는』 경지에까지 이르렀을 것이다.

그 일화를 들어버린 나도, 도전해야만 한다.

이 입이 『영웅이 되고 싶다』는 뜻을 내걸고 있는 한.

"첫 번째 해답은 그거구나."

자세와 미세한 조정, 차지의 규모, 그리고 기척을 통해 나의 판단과 방침을 꿰뚫어 보셨는지, 사자 같은 두 눈이 물었다.

심장을 꽉 붙들리고 목이 압박되어 숨이 가빠지는 환각을 맛본 후, 눈썹을 곤두세우며 대검의 손잡이를 힘껏 쥐어 의지를 표명했다.

차지의 출력에만 의존하지 않고, 먼저 기술의 근간을 거머쥔다.

날리는 참격, 잔광에는 과연 어떤 법칙이 있는지, 그 핵심을 거머쥔다.

던전의 『미지』에 계속해서 시달려왔던 경험으로부터 역산해, 지금 가지고 있는 지식과 지혜를 총동원해, 나는 천천히 대검을 들었다.

거울에 비친 것처럼, 레온 선생님도 빛의 그레이트 액스를 어깨 위로 들어 힘을 모았다.

"하아아아아아아아아아아아아————!!"

그리고 어깻죽지에서부터 힘차게 휘둘렀다.

1분의 차지.

두 사람의 Lv.7이 보였던 자세로부터 공통점을 찾아낸, 혼신의 우상단 대각선 내려베기.

그것을,

"약하다."

기사는 단칼에 베어버렸다.

나중에 휘둘렀음에도 불구하고, 순수한 힘과 기술의 날카로움만으로 시간의 섭리를 덧칠해버리고, 무시무시한 『잔광』을 나보다도 먼저 펼쳤다.

"──────크으윽?!"

아까와 똑같다.

시야를 온통 뒤덮는 무시무시한 섬광.

사자색의 참잔광이 음속을 돌파해 밀려드는 가운데──나의 참격은 날아가지 않아!

"크헉?!"

나의 바로 코앞, 지면에 내리찍는 듯한 꼴이 된 차지의 대참격과 잔광이 충돌했다.

가공할 충격의 행방은 말할 필요도 없으리라.

기술의 완성도는 하늘과 땅 차이고, 승패는 엄연했다. 충격의 대부분을 상쇄했다고는 하지만 힘에서 완전히 밀린 나는 오기로 놓치지 않았던 대검과 함께 후방으로 날아갔다.

다시 말해 니이나에게!

"벨 선배?!"

"크, 으으으윽……?!"

달려온 힐러 소녀가 즉시 회복마법을 발동했다.

순식간에 너덜너덜해진 배틀유니폼 속에서, 상처투성이가 된 피부가 순식간에 치유되었다.

단 한 발, 직격이 아니었는데도 이 정도의 대미지를 입다니.

하지만…… 힘을 조절해주었어!

처음에 봤던 『잔광』은 고지대의 절반을 뭉텅 앗아가 버렸는데!

지금의 일격은 지면을 도려내고 깊은 수직 열상을 새겼을 뿐! 나를 소멸시키지도 않았어!

"벨. 나에 대한 걱정은 버려라."

"……!!"

"그딴 것을 가지고 있으면, 내 『잔광』은 영원히 가를 수 없다."

첫 번째 답은, 오답.

조금이라도 레온 선생님을 걱정해, 마음속 어디선가 작동하고 있었던 브레이크에 감점을 당했다.

그것은 그저 기사에게 대한 모욕이었다. 걱정이 아니라 얼간이 짓에 불과했다.

상처 입은 몸과 이 참패의 상황은, 내 모든 답이 틀렸음을 말해주었다.

"크윽……! 니이나, 떨어져 있어!"

벌떡 일어나, 몸을 치유해준 후배를 다짜고짜 밀쳐내는 못된 짓을 하면서, 다시 한번 차지를 개시했다. 니이나는 괴로운 듯 무언가를 말하려 했지만, 그래도 멀찍이 밀어 냈다.

대검을 들고 종소리를 울린다.

기사도 빛의 그레이트 액스를 든다.

그리고는 레온 선생님의 예고대로, 처절한 『맞쏘기』가 시작되었다.

내가 **일방적으로 베이기만 하는**, 참강의 폭풍이.

"커어어어억?!"

2분의 차지가 깨졌다.

"다시."

다음은 3분.

"다시."

다음은 4분.

"다시."

다음은 5분.

"**다시 해라.**"

결과는, 모두 동일.

『잔광』이라 불리는 절기의 극의에 필사적으로 손가락을 내밀었지만, 윤곽조차 잡을 수 없었다.

대신 【아르고노트】의 출력만 올라가고, 그때마다 모조리 분쇄당할 뿐.

배틀유니폼의 일부가 터져 날아갔다. 선혈이 튀었다. 뼈에 금이 갔다.

체력의 회복과 육체의 치유, 마인드의 보충. 힐러의 헌신이 없었다면 이미 힘이 다해 쓰러졌을 것이다.

한번은 마침내 그랜드 벨을 울렸다.

3분의 차지를 거친 순백의 대섬광은 참격이 날아가지는 않았지만, 기사의 참광을 받아내고, 튕겨낼 수 있었다.

튕겨낼 수 있었어야 했다.

기사가 다시 그레이트 액스를 휘두르지 않았다면.

"─────────────────────!"

연격.

전혀 이상할 것이 없다.

영창도 없거니와 차지도 없는 『순수한 검격』이라면, 당연히 두 번째 참격, 세 번째 반격이 있어야 한다. 대전 당시 【맹자】가 펼쳤던 『황금의 참광』을 연달아 두 번이나 받아봤으면서도 기억하지 못했던, 숫제 절망스러운 나의 잘못.

첫 번째 참광을 밀어내려 했을 때, 두 번째 참광, 세 번째 참광까지는 버텨낼 수 있었다.

그러나 전례 없는 네 번째의 참광이 날아들었을 때, 그랜드 벨의 일격은 밀려났다.

날아가 버렸다.

빛과 빛의 범람에 몸이 견디지 못한 채, 꼴사나울 정도로.

이제는 몇 번째인지도 기억나지 않지만 뒤로 날아가 버렸다. 이제까지와는 달리 봇물 터진 듯한 기세로.

스스로는 멈추지도 못하는 나를, 니이나가 몸을 던져 받아주었다.

로드를 내팽개치고 정면에서 받아내 주었고, 그럼에도 함께 날아가.

소녀의 두 팔이 결코 떨어지지 않겠다고 몸을 감고, 데굴데굴 지면을 굴러 한데 얽혀버린 후에야 참광의 여파는 겨우 자취를 감추었다.

원래부터 황폐했던 대지가 박살이 나고, 바위는 증발해 불타버린 초원과도 같이 주위에서 연기가 피어났다.

나를 끌어안은 니이나의 품 안에서, 떨리는 눈꺼풀을 비집어 열자, 시야 저편에는 기사가 그저 유유히 서 있었다.

『이, 이건……! 그냥 린치가 아닐까요……?!』

너무나도 지독한 광경에, 중계 중인 이브리조차 말을 잃었다.

세상의 종언이라고도 불리는 『검은 황야』가 지형을 변모시킬 정도의 파괴력.

극대의 필살과도 같은 참광을 몇 번이고 뿜어내 상위 마도사조차 전율케 하는 기사의 힘에, 암피테아트룸은 냉수를 끼얹은 것처럼 조용해졌다.

도시에서 떨어진 『학구』도 마찬가지였다. 이제까지 본 적이 없는 레온의 잔혹한 모습에 학생들은 모두 손으로 입을 가렸으며, 아레나는 완전히 침묵했다.

『파벌 대전 때도 그렇고, 우리의 벨 크라넬이 대체 뭘 어 쨌다는 거냐아아아아아아아아아아아아아아아아아아!!』

고막을 꿰뚫는 정적을 어떻게든 해보고자 이브리가 중계의 의무를 다하려 했으나, 미궁도시와 학구의 전율은 씻을 수 없었다. 그의 소란스러운 목소리만이 창공으로 허무하게 빨려 들어갔다.

"영웅의 계단에 한 발을 얹었어."

""""그게 다야.""""

메아리치는 사내의 절규에 담담히 대답한 것은, 알프릭을 비롯한 걸리버 4형제.

"저 썩을 토끼놈이 누더기 꼴이 되는 거야 늘 있는 일이지만."

아렌 또한 늘 그랬듯 오만하게 내뱉었다.

폴크방이라는 괴이한 환경에서 자라난 에인헤랴르들만이, 암피테아트룸 속에서 유일하게 낯빛을 바꾸지 않았다. 다만 헤딘만은 『거울』 너머에서 아무것도 못하고 있는 소년에게 짜증 난다는 듯 혀를 찰 뿐이었다.

"미스릴도 섞기는 했지만 아다만타이트를 단련해 만든

대검이란 말이다……! 벌써 부서진다고……?!"

릴리와 미코토, 하루히메가 낯을 창백하게 물들인 가운
데 벨프만이 『스미스』의 관점에서 소년이 가진 대검의 소
모율을 간파했다.

저 대검은 원래 파벌대전에서 승리를 거둔 상으로 대장
장이 신 헤파이스토스에게 받은 아다만타이트를 오랫동안
단조해, 벨을 위해 준비했던 특제였다. 그런 무기가 파괴
되려는 전조를 『거울』 너머로 느끼고, 한 명의 스미스로서
기사의 『잔광』이 얼마나 무시무시한지를 느껴 낯을 일그러
뜨렸다.

"헤스티아 님은 이렇게 될 줄 알면서도 벨에게 내 검을
건네주셨던 거야……?!"

비난에 가까운 권속의 외침은, 신에게는 닿지 않았다.

그러나 그들과는 멀리 떨어진 관객석, 통로 위치에 서
있던 헤스티아는 두 손을 얹은 난간을 꽉 쥐고 있었다.

"벨…….."

"괜찮았던 거예요? 벨 씨가 저런 꼴을 당하게 해도."

회색 머리카락이 흔들렸다.

헤스티아의 곁에 오종종 나타난 것은, 떡잎색 제복을 입
은 시르였다.

"나도 저렇게까지 번쩍번쩍 펑펑 해댈 줄은 몰랐단 말이
다! 발두르의 편지에는 기사 군과 함께 『계곡』으로 간다는
말과 『토벌』을 도와달라는 내용밖에 없었어! 그리고 오라

리오와 학구의 『싸움』에 좋은 타협점이 있다고 해서!"

"아~ 변명하신다아~. 벨 씨가 불쌍해~."

"벨을 엉망진창으로 폴크방했던 네가 할 소리냐, 시르 아무개에에——!! 애초에 업무는 어떻게 한 거냐아! 난 알 바하는 곳에 제대로 반차를 신청하고 왔거든—!!"

"묻지 마세요오~. 저 이따가 미아 엄마한테 엄청 혼날 테니까요~!"

"역시 땡땡이쳤던 게냐 너는—!"

꽥꽥 소란을 피우는 여신들에게 주위의 관객석에서 민폐스럽다는 듯한 시선이 쏟아졌다.

한바탕 화를 냈던 헤스티아는 한숨을 쉬고는, 다시 머리 위의 『거울』을 올려다보았다.

"……늦든 이르든, 『계곡』에는 가게 될 게다."

"……."

"헤르메스도 그렇게 말했지. 벨은 반드시 『흑룡』 토벌에 차출될 거라고."

"이제는 『영웅 후보』니까요……."

"그렇다면 지금의 하계를 알아야만 한다. 무엇이 기다리고 있는지, 그걸 전제로, 어떤 준비를 해야 할지…… 나도, 대비할 거라면 빨리 하는 편이 좋다고 생각했으니."

레온이 보이는 가혹함 또한 준비의 일환이라고.

헤스티아도 그렇게는 말하지 않았다.

"언제까지고 즐거운 시간이 이어졌으면 좋겠다만……

지금 해야 할 일을 해두지 않는다면, 나도 벨도…… 분명 후회할 게다."

하지만 시르만은 여신의 속내를 제대로 이해하고 있었다.

자비와 근심, 우려로 이루어진 성화의 신의를.

"……그러게요. 저라도, 분명 그랬을 거예요."

서로 다른 사물을 관장하는 여신과 마을 아가씨는, 같은 예감을 품고 같은 아이를 바라보았다.

지금도 시련의 꼭대기 앞에서 상처 입고 발버둥 치는 소년의 모습을.

"이제 그만 하세요, 레온 선생님!"

상체만을 일으켜, 뒤에서 나를 끌어안듯 감싸준 니이나는 당장이라도 울음을 터뜨릴 것처럼 목소리를 높였다.

학생의 비통한 호소에, 레온 선생님은 고개를 끄덕이지 않는다.

교사가 아닌 『기사』의 얼굴을 한 채, 손끝을 경련시키는 나만을 바라본다.

"이런 건 수업이 아니에요! 싸움도 아니에요! 이런 건……!"

"그래, 니이나. 이건 수업도 시합도 아니지. 이것은 『세례』다."

"!!"

"우리가 15년 전부터 제우스와 헤라에게 주입 당해왔던 것. 그리고 앞으로 그가 반드시 직면하게 될 것. 그것을 내가 먼저 쏟아내고 있을 뿐이다. 그리고 이 정도를 넘어서지 못한다면…… 세계에서 영웅으로 추앙받을 자격은 없다. 사람들에게 공허한 꿈만을 보여줄 뿐이지."

아연실색한 니이나를 넘어, 말 한마디 한마디가 나에게 날아와 박혔다.

가슴이 아프다. 유리 조각처럼 푹푹 꽂힌다.

니이나와 『제3소대』의 수학여행을 인솔하고, 제29계층에서 날뛰기도 하면서 착각을 했던 건지도 모른다. 제1급 모험자가 되어 우쭐해졌는지도 모른다.

같은 눈높이, 혹은 더 높은 관점을 가진 사람들이 본다면, 벨 크라넬은 여전히 어린아이라는 것을 잊고 있었는지도 모른다.

"일어나지 않을 거냐, 벨? 나는 아직 너를 다 먹어치우지 못했다. 언덕을 가르고, 성을 베고, 용을 물리치는 너를 보지 못했다."

끔찍한 강요다. 부조리하기까지 했다.

나 자신은 결코 그런 것을 바라지 않았는데.

검을 들어라, 그리고 언덕도 성도 용도 갈라라. 그런 터무니없는 말을 하고 있다.

분명, 내가 모르는 제우스와 헤라 파벌의 『영웅들』도 그런 막무가내를 태연히 저지르는 사람들의 모임이었겠지.

레온 선생님은 내게 잔혹한 짓을 하려고 한다.

"……『잔광』을『희망의 빛』으로 바꾸는 영웅을, 너를, 아직 만나지 못했다."

하지만, 알고 있다.

이런 잔혹한 짓의 의미를.

『세례』속에 숨겨놓은 진의를.

왜냐하면 나는 이미, 저 사람의 일화도, 숨겨진 마음도 다 들었으니까.

『나는 예나 지금이나, 더 많은『영웅』이 일어나기를 바라고 있다.』

타오르는 모닥불 앞에서, 기사는 그렇게 말했다.

'기다리고 있다──.'

저 사람은, 지금도 기다리고 있다.

제우스와 헤라가 사라진 후로, 15년도 넘게 줄곧 기다리고 있었다.

나를.

우리를── 영웅의 알을.

하나라도 더 많은 영웅이 일어나, 쫓아오기를.

그러니 나는──── 떨리는 손을 짚고, 일어났다.

"……! 벨 선배!"

"니이나……! 마법을, 부탁해……!"

핏방울과 함께, 쥐어짜내듯이 말했다.

"다음이, 마지막이야……!"

있는 대로 긁어모은 의지를, 얼마 남지도 않은 힘을 온몸에 장전했다.

기사의 마음을 저버리지 않도록, 사자의 눈을 바라보며, 줄줄 흘러내리는 핏줄기마저 뜨겁게 태웠다.

"『영웅』이 되고 싶어……!"

입술이 되풀이해왔던 그 말을, 검고 황폐해진 대지에 고했다.

"저 사람도 기다리고 있는, 『영웅』 중 한 사람이!"

종말이 위협하는 세계를, 반드시 구해내고 말겠다고.

시선 너머에 있는 인물에게, 반드시 그렇게 되고야 말겠노라고.

이제는 내팽개칠 수 없는 맹세를, 바친다.

저 멀리 서 있는 기사는, 흔들리는 앞머리 속에서 조용히 미소를 지었다.

"크윽……! 【흔들리는 성륜, 토한 숨결은 희게. 꽃이여 꽃이여 노래하라 청정의 언덕】──【마기아 크리스】!"

그 누가 강요한 것도 아닌 나 자신의 결의를 듣고, 니이나도 이해해주었다.

오열을 참고, 목소리를 높이 울려 퍼뜨리며 새하얀 치유를 주었다.

체력도 마인드도, 완전회복과는 거리가 멀다. 하지만 상처 입은 마음과 몸은 윤기를 되찾았다.

충분하다.

이미 균열이 일어난 대검에 사과하며, 다시 한번 힘을 빌려달라고 부탁하며, 나는── 염뢰를 불러냈다.

"【파이어볼트】!"

"",!,"""

니이나와 레온 선생님의 경악을 불러일으키며, 두 손으로 쥔 대검에 『마법』을 쏘았다.

즉시 울려 퍼지는 그랜드 벨의 음색.

『듀얼 차지』.

미스릴에 섞인 아다만타이트가 불꽃에 반발해 마력의 전도를 방해한다. 하지만 그것조차 억지로 찍어누르고, 대검에 『불의 갑옷』을 부여했다.

'레온 선생님 같은 『잔광』은 아직 쏠 수 없어! 나의 『기술』로는 참격을 날리기에는, 아직 말었어! 하지만, 마법의 성질을 빌려서, 한계까지 드높이면──!!'

거리를 없애는 것뿐이라면 마법으로도 충분하다.

속공마법만으로는 참광의 위력을 결코 모방할 수 없다.

나 스스로 이미 생각했던 것이다.

그렇다면 그 일장일단의 특성을 『듀얼 차지』로 끌어올려, 대검 그 자체에 부여해 보완하고, 유사적인 『잔광』──『날리는 불꽃의 참격』을 만들어낸다!

근거도 뭣도 없는 즉흥적인 생각. 연습도 뭣도 없는 이 판사판.

하지만 이것이 가장 확률이 높다고, 『미지』를 헤쳐나온 모험자의 직감이 포효하며 긍정하고 있다. 그렇다면 나는 이 감각을 믿는다.

레온 선생님 같은 사람들과 비교하면, 나에게는 기술도, 영감도, 틀림없이 각오조차도 부족할 것이다.

그러니 있는 것을 모두 사용한다.

『스킬』도 『마법』도, 오늘까지 경험한 것들도, 아이들 눈속임 같은 창의력조차도.

"기술의 완성을 포기하고, 마법을 이용해 비거리를 늘리겠다는 생각이냐, 벨?"

한눈에 꿰뚫어 본다.

감점일까, 아니면 실망을 살까.

하지만 근엄한 기사는, 야성미 넘치는 미소를 지었다.

"근거 없는 도박에 도전하는 게 아니라, 조금이라도 승리의 가능성을 탐하며 지혜로 보완한다……. 가지고 있는 패를 모조리 쏟아부어 마지막에 폭발시킨다……. 그것이 바로 너인가."

그래요.

그렇다.

그것이 지금의 나다!

동경하는 아이즈 씨나 수많은 사람에게 배우고, 수많은 『미지』를 헤쳐나오고 다다른, 지금의 벨 크라넬!

마음속으로 외치며, 목소리 대신 그랜드 벨의 음색을 드높여간다.

순백의 빛 입자 안쪽에서 비대해지며 날뛰는 홍련의 불꽃과 대검을 든 나에게, 레온 선생님은 눈을 가늘게 떴다.

마치 영웅담의 등장인물과 만난 것을 기뻐하는, 아이의 마음을 가진 어른처럼.

"지금의 너와, 전력으로 겨뤄보고 싶었다."

그러면서, 아쉽다는 듯 중얼거렸다.

"하지만―― **늦지 않았구나.**"

그리고 기사는, 돌아섰다.

시선을 위로 들고, 머리 위를 노려본다.

그리고, 먹구름이 낀 하늘이, **울었다.**

『오오오오오오오오오오오오오오오오오오오오오오오 오오오오오오오오오오오오오오오!!』

""!!""

우리 이외의 존재에게서 처절한 포효가 터져나왔다.

나도 니이나도, 경악과 함께『계곡』방향을 보았다.

시인한 것은 빛의 물거품.

파직파직 번개가 치듯 깜빡임을 반복하며,『용오름』으로부터 멀리 떨어진 먹구름의 틈새에서, 무서울 정도로 거대하고『너무나도 긴 무언가』가 모습을 드러냈다.

"뭐야, 저게……."

"거대한 지네?!"

뒤에서 아연실색한 니이나와는 달리, 나는 제1급 모험자의 시력이 포착한 있는 그대로의 인상을 입에 담았다.

거죽의 색은 자남색.

전장 50M은 될 것 같은 장대한 체구는 뱀과는 달리, 수많은 마디로 이루어졌다. 거대한 몸통에 비해 가늘고 짧은 갈퀴 발톱 같은 다리가 좌우에서 수십 개나 돋아나 생리적인 혐오감을 주며 까득까득 꿈틀거리는 모습은 그야말로 벌레와도 같았다. 머리에는 추악한 턱과 모기의 주둥이처럼 길고 날카로운 돌기가 있었다. 게다가 머리 양옆에서는 다리 대신 날개로 보이는 기관이 튀어나와 있다.

그리고 온몸을 감싸고 있는 것은, **용린**과도 같이 강인한 비늘──.

"설마……!"

뇌리를 스친 직감의 빛을, 멀리 떨어진 곳에 있던 레온 선생님이 언어로 바꾸어주었다.

"용이다."

"''!''"

그 한마디가 떨어지자마자, 하늘의 경계에서 꿈틀대던 용의 눈이 우리를 포착했다.

마치 자신들의 영역에서 소란을 피우는 버러지들을 꺼리듯, 모기 주둥이 같은 돌기에서 광선을── 가늘고 긴 섬광을 뿜어냈다.

키이이잉! 하는 고음보다도 먼저 날아든 빛은 레온 선생님이 서 있던 장소를 대폭발시켰다.

"레온 선생님——?!"

"저건……『베놈 스카이 센티피드 드래곤』."

소녀의 비명이 다 터져 나오기도 전에, 기사의 등이 폭염을 뚫고 아무렇지도 않게 우리 곁에 착지했다. 그 모습에 깜짝 놀라는 니이나의 곁에서, 나는 무엇을 하고 있었는가 하면, 순식간에 생겨난 거대한 크레이터에 헛숨을 삼켰다.

피아간의 거리는 약 5K.

그런 초장거리에서, 저만한 위력의 저격이 닿다니……?!

우리가 넋이 나가 있으려니, 레온 선생님은 그 몬스터에게서 시선을 떼지 않은 채 말을 이었다.

"내 기억이 맞다면, 제우스와 헤라 파벌이 발견한 67계층의 몬스터다."

"67계층?!"

그 정보에 눈을 크게 떴다.

『용의 계곡』에 서식하는 것은, 한번 던전에서 지상으로 진출했던 태고의 용종들. 그 점을 감안한다면, 67이라는 숫자를 타이틀로 가진 몬스터가 있어도 이상하지 않다.

이상하지는 않지만…… 말도 안 돼!

"어떻게, 저런 몬스터가……?!"

"십여 일 전, 『용의 코골이』가 확인됐다. 아마도 정령의 『바람 봉인』에 생겨난 굴곡을 통해 빠져나왔겠지."

"읏……?"

갈팡질팡하는 니이나에게, 레온 선생님이 침착하게 설명했다.

나는 그 옆모습을 바라보았다.

'십여 일 전부터 이미 확인했던 거야……? 혹시, 레온 선생님은…….'

한 가지 의문이 내 마음속에서 확신에 이르기도 전에, 백은색 갑옷을 입은 기사는 지금의 상황을 적확하게 분석해냈다.

"『학구』의 결계도 뚫린 것 같군. 지금은 아직 『라이트닝 웹』이 얽혀 있는 것 같다만, 그것만 떨쳐내면 단숨에 덮쳐들겠지."

"……!"

레온 선생님의 말대로, 거무스름한 구름의 바다에서 발버둥 치는 듯한 센티피드 드래곤은 지금도 번갯불과도 같은 빛의 물거품을 파직파직 흩뿌리고 있었다. 응시하니 정말로 용의 날개에 『가느다란 빛의 그물』이 얽혀 있었다.

이곳에 막 도착했을 때 내가 봤던 빛의 물거품…… 그것은 용이 결계에서 벗어나려는 몸부림이었던 거야!

저것이 바로 『용의 계곡』을 뒤덮듯이 설치했다는, 『학구』가 만든 결계겠지.

『라이트닝 웹』이라는 이름 그대로, 용오름에서 힘차게 뛰쳐나온 용에게 휘감겨, 발버둥을 치면 칠수록 얽혀드는 마력의 그물. 용케 돌파하더라도 저렇게 몸 어딘가에 걸려 움직임을 방해하고, 레온 선생님 같은 토벌대가 올 때까지 시간을 끌어주는…… 엄청난 장치구나.

"어, 어떻게 하면 좋을까요?!"

용이 습격한다는 예고에, 니이나가 갈라지려는 목소리를 필사적으로 억눌렀다.

이제까지 『방룡문제』에 대처해온, 누구보다 용과의 전적이 많은 숙련된 기사에게 우리의 시선이 모여들었다.

"오라리오피아드는 현재의 상태를 기해 중단. 신속하게 용의 토벌에 나선다."

『거울』을 통해 이쪽을 보고 있을 오라리오와 학구에도 들려주듯 목소리를 높였다.

그리고.

레온 선생님은 조용히 돌아보며, 지금은 차지를 대기 상태로 둔 불꽃의 대검과── 나를 보았다.

"벨. 네가 쓰러뜨려라."

"?!"

"그 『잔광』을 놈에게 부딪쳐라. 지금의 너라면 할 수 있다."

사자색 눈동자가 누구보다 신뢰하고 있다는 듯한 눈빛을 보내왔다.

무의식중에 굳어버린 내게 등을 돌리고, 레온 선생님이 앞으로 나섰다.

"제우스와 헤라의 파벌이 장난을 쳤던 게 아니라면, 센티피드 드래곤의 추정 잠재능력은 Lv.7……."

"네?!"

"하지만 안심하거라. 내가 보기에…… 저건 우다이오스보다는 약해."

"저, 저는 우다이오스하곤 싸워본 적도 없는데요?!"

폭탄이 투하되는 바람에 처량한 비명을 지르는 나와 달리, 앞으로 나아가는 뒷모습은 마치 언젠가 그랬듯 장난스럽게 웃고 있는 것처럼 보였다.

어느샌가 굳었던 몸에서 힘이 빠져나가고 있었다.

"내가 시간을 끌어주마."

무엇보다도 든든한 한 마디를 마지막으로, 기사는 힘차게 달려나갔다.

거의 동시에, 센티피드 드래곤이 빛의 속박에서 완전히 벗어나 이쪽으로 급강하한다!

『오오오오오오오오오오오오오오———————!!』

꿈틀거리며, 준동하며, 마치 하늘을 기어오듯 끔찍한 용이 쑥쑥 육박했다.

고속비행과 함께 쏘아내는 자남색의 섬광.

레온 선생님에게 날아드는 두 차례의 사격. 그러나 빛의 그레이트 액스를 든 레온 선생님은 어렵지 않게 피했다.

그 직후, 기습과도 같이 우리 쪽으로 날아든 ——갑작스러운 일에 우리를 얼어붙게 만든—— 세 번째 섬광에,

재빨리 끼어들어서는 직격을 맞았다.

"레온 선생님?!"

솟구치는 자남색의 폭광에, 나와 니이나는 함께 비명을 질렀다.

하지만.

"제3시검 『달바자르』, 클리어 ── 제4시검 『파이론』 해방."

기사의 망토가 늠름하게 나부끼고, 새로운 빛의 무구가 태어났다.

맞부딪치면서 섬광과 함께 소멸했던 빛의 그레이트 액스는, 『빛의 그레이트 실드』로 변모한 후였다.

마치 그 자체가 거인의 단검 옆면과도 같은 형상을 띤, 절대수호의 상징.

눈을 크게 뜬 나와 니이나를 안심시키듯, 레온 선생님은 웃음을 지었다.

"드워프의 진면목을 발휘할 때로군! 전열수비수 역할은 내게 맡기거라!"

【스테이터스】가 더욱 상승해, 생동감마저 띠며 돌진하는 레온 선생님은 마침내 용과 처절한 공방전을 펼쳤다.

추정 잠재능력 Lv.7이라는 괴물을 상대로, 한 발짝도 물러나지 않았다.

극악한 섬광을 두려움 없이 모조리 빛의 방패로 받아내고, 자신은 방패 뒷면으로부터 부품을 떼어내듯 빛의 단검을 뽑아 호쾌하게 투척한다.

용린을 관통할 만한 위력을 즉시 간파하고, 센티피드 드래곤은 몸을 비틀어 크게 회피했다.

용의 눈이 귀찮다는 듯 일그러지며, 표적을 레온 선생님 하나로 좁혔다.

어그로를 자신에게 집중시키는, 전열수비수의 교과서 같은 움직임!

"큭——!"

넋 놓고 있을 때가 아니야!

대검을 들고, 차지를 재개했다.

곧바로 울려 퍼지기 시작하는 그랜드 벨의 음색.

그 굉음과, 내부에서 타오르는 불꽃의 기운을 감지했는 지, 센티피드 드래곤은 몸의 마디 하나하나를 마치 풍선처럼 부풀렸다.

이에 맞서는 레온 선생님에 대한 경계를 늦추지 않고, 다음 순간 온몸에서 거무죽죽한 『독기』를 발산시켰다.

"니이나, 【크리스헤임】을 펼쳐라!"

"네?!"

"『계곡』에 있는 Lv.5 이상의 용은 【드라그마(오염독기)】를 퍼뜨린다! 상처를 통해 침식해서 회복마법의 효과를 현저히 저하시키는 용의 인분이다! 벨을 보호해!"

"웃……! 【바람의 자장가, 꽃의 요람】!"

레온 선생님의 요청과, 검은 해일처럼 밀려오는 『독기』

앞에서, 니이나는 즉각 영창에 들어갔다. 내 눈앞으로 뛰쳐나와, 로드를 들고, 마인드가 얼마 남지 않았음에도 주문을 계속해서 엮어냈다.

상처가 완전히 아물지 않은 나를 이번에야말로 지키기 위해, 빛의 영역을 전개했다.

"【라그리엘 크리스헤임】!"

세 번째로 목격하는 『백화의 영역』.

눈앞까지 밀려들었던 검은 독기와, 하얗게 빛나는 꽃잎이 흩날리는 빛의 영역이 충돌했다.

그리고 발생하는 어마어마한 스파크. 용의 턱처럼 에워싸려 하던 독기는 요정의 성역까지는 침입하지 못했다. 대신, 로드를 든 니이나의 무릎이 꺾였다.

"으그윽……?!"

"니이나!"

"괜찮아아……! 괜찮다고, 라피 군!"

이름을 잘못 불렀다. 생각에 여유가 없을 정도로 영역에 온 힘을 쓰고 있다는 증거다.

광역으로 정화되어 희미해지는 독기 건너편을 보니, 레온 선생님은 센티피드 드래곤을 상대로 처절한 방어전을 펼치고 있었다. 시야가 차단되었던 짧은 시간 사이에 지형은 철저히 파괴되고, 독기에 직격당한 바위가 연약한 유리처럼 바스라지기 시작했다. 눈 깜짝할 사이에 고지대가 붕괴되고, 우리가 서 있는 곳 이외의 지형은 의미를 잃고 있었다.

끔찍한 광경이었다. 이 세상의 종말 같은 풍경이다.

후열의 나도, 버퍼인 니이나도, 압도적인 전열인 레온 선생님도, 힘을 다 쏟지 않는다면 즉시 목숨을 빼앗긴다.

그것이 바로 이 북쪽의 끝!

여긴 던전도 아닌데, 세상이 달라도 너무 달라!

"저런 용이, 여기에는 몇 마리나 있다니……!"

"저런 적이, 저 용오름 안쪽에는 수없이 많다고……?"

암피테아트룸에서였는지, 아레나에서였는지, 혹은 도시의 어딘가에서였는지.

누군가가 그렇게 중얼거렸다.

『거울』속에 보이는 칠흑의 바다와는 달리, 자신들의 머리 위에는 푸르고 아름다운 하늘이 펼쳐져 있는데도, 마치 조용히 세계가 침식당하고 있는 기분이었다.

겨우 셋이서 맞서고 있는 모험자와 기사 일행의 모습에, 모두가 할 말을 잃은 채, 그 끔찍한 용과의 싸움에 시선을 고정시켰다.

"과연 알아차렸을까? 알아차려 주면 좋겠는걸. 우리에게 남아 있는 유예가 별로 없다는 걸."

모자챙에 손가락을 가져다 대며, 헤르메스는 목소리를 잃어버린 암피테아트룸을 둘러보았다.

"부디 느껴주었으면 좋겠습니다. 지금도 북쪽에서 다가오는 종말을. 우리에게는 서로 싸울 시간조차 아깝다는 현실을."

브레이다블리크 최상층, 발코니에서 내려다보던 발두르는 떨리는 목소리로 아레나를 향해 중얼거리고 있었다.

"그리고, 바라건대 손을 맞잡고 한 명이라도 더 많은『영웅』이 탄생하기를."

길드의 지하 제단, 신좌에 앉은 우라노스는 깊이 눈을 감은 채 중얼거렸다.

"이것이 우리가 싸우는 상대란다…… 벨, 그리고 얘들아."

마지막으로 헤스티아는 권속들에게 들리도록 미래를 알렸다.

모든 신들이, 투명한 눈빛으로 용과의 일전을 바라보았다.

'저것이—— 우리가 앞으로 싸워야 할 적.'

백화의 영역으로 보호를 받으며, 그랜드 벨의 음색이 계속해서 울리는 가운데, 마음 깊은 곳에서 중얼거렸다.

이 여행 도중 레온 선생님이 했던 모든 말을 떠올렸다.

왜 세계는『영웅』을 원하는지, 새삼스레 인식했다.

한 명이라도 많은『영웅』을. 수많은 동료를.

그렇지 않으면 우리는 틀림없이, 이 종언에 이길 수 없을 것이다.

시야 저편에서, 지금도 고통스러워하듯 소용돌이치는 『정령의 폭풍』을 바라보며 칼자루를 꽉 쥐었다.

다시 한번, 그리고 앞으로도 몇 번이고, 마음을 새롭게

먹자.

이 종말을 저지하기 위해, 지금의 레온 선생님과 니이나처럼, 다 같이 싸우자고.

'그러니── 베자.'

『잔광』을 이 손에.

『영웅들』이 남겨왔고, 『기사들』이 맡기려 하는 잔조의 등불을, 부디 『희망의 빛』으로.

자신에게 바라는 것을 알게 되었다.

자신이 바라는 것도 알게 되었다.

태초의 영웅으로부터 시작된 신화를 물려받아, 『최후의 영웅』이 나타나는 그 순간까지, 우리가 순환시킬 의지를 증명한다.

"흐으읍!!"

【아르고노트】의 트리거, 머릿속에 떠올린 동경의 존재는 『레온 바덴베르크』.

영웅들에게 끊임없이 패배하고, 그럼에도 그들의 뒷모습을 좇아, 하계를 계속해서 지켜왔던 현대의 영웅.

물려받은 사명을 다하고자 하는 숭고한 기사를 눈에 새기고, 불꽃의 검을 쳐든다.

──기사와 맹자의 모습을 떠올린다.

──정한한 두 사람의 자세를, 아직은 미덥지 못한 이 몸으로 재현한다.

──기술이 미숙하다는 것은 이미 자각했다. 이를 보완

할 불꽃의 힘도 이미 장전했다.

　──필요한 것은『힘』과『마력』. 그리고 크나큰 의지.

　──언덕을 가르고, 성을 베고, 용을 물리친다.

'그러니까── **벨 수 있어.**'

사자와 눈이 마주쳤다.

두 눈은 아무것도 의심하지 않는다. 빛은 이미 물려받았다.

울려 퍼지는 그랜드 벨의 음색.

5분. 풀 차지.

검이 닿기에는 너무나도 먼 거리를 노려보고, 똬리를 트는 불꽃을 터뜨리며, 해방했다.

"아르고 베스타(성화의 잔광)."

요정이 뛰어 물러나고, 내리친다.

집속의 때를 깨뜨리고 풀려나온 불꽃의 참격이, 날아갔다.

극대의 불꽃이 되어, 참광의 형태를 이루어, 경악하는 용의 눈앞으로.

기사의 것과는 다른『새로운 빛』이 되어, 사위스러운 용을 갈라버렸다.

『ㅇㅇㅇㅇㅇㅇㅇㅇㅇㅇㅇㅇㅇㅇㅇㅇㅇㅇㅇㅇㅇㅇㅇㅇㅇㅇㅇ

ㅇㅇㅇㅇㅇㅇㅇㅇㅇㅇㅇㅇㅇㅇㅇㅇㅇㅇㅇㅇㅇㅇㅇㅇㅇㅇ
ㅇㅇㅇㅇㅇㅇㅇㅇㅇㅇㅇㅇㅇㅇㅇㅇㅇㅇㅇㅇㅇㅇㅇㅇㅇㅇ
ㅇㅇㅇㅇㅇㅇㅇㅇㅇ─────────?!?!?!』

공중에 있으면서도, 그 거대한 몸을 양단 당한 센티피드 드래곤이 절규를 터뜨렸다.

불꽃의 포효는 이내 그 단말마의 목소리마저 삼켜버렸다. 단절된 곳에서부터 극염(極炎)에 타버린 육체는 소멸하고, 핵인『마석』에 불꽃의 난류가 닿은 순간 무시무시한 홍련의 꽃이 피어났다.

눈발처럼 흩날리는 대량의 재. 용을 베어버린 불꽃의 참격은 멈추지 않고 나아가, 북쪽 대지를 뒤덮은 먹구름에 닿았다.

칠흑이 갈라졌다.

해가 들 일이 없었던『검은 황야』에, 아주 약간의 푸르름과, 눈부신 빛의 계단이 내려왔다.

그립다고 느껴질 정도로 아름다운 햇살을, 니이나와 함께 나는 멍하니 올려다보았다.

"……해냈다."

조그맣게 중얼거렸다.

한계를 넘어, 부서진 채 새까맣게 그을려버린 대검을 늘어뜨리고, 당장이라도 꺾여 땅에 닿을 것 같은 한쪽 무릎을 지탱한 채, 아직도 실감이 따라오지 못하는 감회를 담아서.

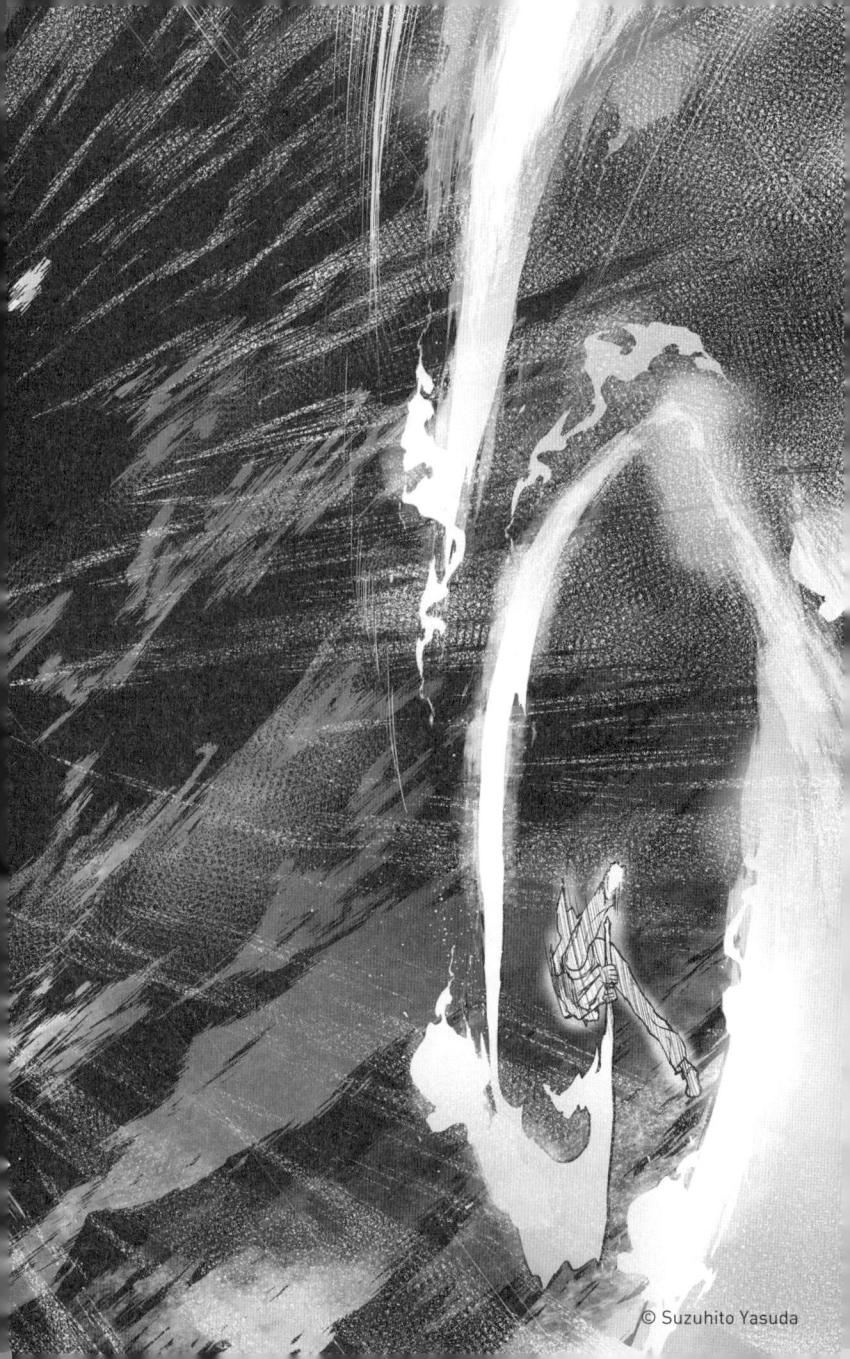

© Suzuhito Yasuda

"그래. 해냈구나."

펄펄 쏟아지는 재의 눈을 넘어, 기사가 이쪽으로 다가왔다.

백은의 갑옷이 살짝 그을린 레온 선생님은, 아직도 넋을 놓고 있는 나와 니이나 앞에서 발을 멈추더니, 웃어주었다.

"고맙다, 벨. 네 덕분에 용을 물리쳤어."

그 감사의 말을 듣고서야 비로소 내 얼굴에도 미소가 피었다.

"굉장해, 라피 군! 이 아니라, 벨 선배!"

니이나도 뺨을 흥분의 색으로 물들이고 내게 바짝 다가왔다.

하지만 인내는 거기까지였다. 긴장의 실이 풀려 푹 꺼지는 몸을, 내 손을 잡으려던 니이나가 황급히 지탱해주었다. 그녀의 품에 안긴 채 몸을 버티고 선 꼴이 된 나는 마지막까지 폼이 안 난다고 처량하게 생각했다.

기쁨보다도 쓴웃음이 앞섰다.

"정말로 훌륭했어. 이『모험』을 해서…… 정말 좋았다."

우리를 부드럽게 바라보던 레온 선생님은 머리 위를 우러러보더니 갈라진 하늘에서 스며드는 한 줄기 햇살에 눈을 가늘게 떴다. 모험 끝에 얻은 성과를 소중히 여기듯.

역시.

그 모습을 보며 나는 생각했다.

레온 선생님은『용의 코골이』와, 봉인에서 빠져나온 용

의 존재를 알고 있었던 것이다

분명 레온 선생님은 혼자서도 센티피드 드래곤을 물리칠 수 있었겠지. 적어도 센티피드 드래곤보다 강한 개체가 나타났더라도 쓰러뜨릴 준비까지 마쳐놓으셨을 것이다.

그러고도 이곳으로 우리를, 아니, 나를 데려오셨다.

내가 용을 물리치도록.

나에게 『잔광』의 편린을 익힐 수 있도록.

그리고——.

"이제는 오라리오피아드 같은 걸 하고 있을 상황이 아니다만…… 계속 싸우고 싶니, 벨?"

"……아뇨."

"그렇구나. 그럼 **예상하지 못한 일이 연속으로 일어났다고는 하지만**, 내 실수를 인정할 테니, 이 승부는 『무승부』로 하자꾸나. 오라리오와 학구의 승부는 결판을 낼 수 없겠는걸."

이제는 유들유들한 태도를 숨기려고도 하지 않는 선생님에게, 나도 미소를 감출 수 없었다.

어깨를 빌려주며 나를 지탱하던 니이나도 전부 이해했는지, 성실한 성격 탓에 웃음을 참느라 필사적이다.

——오라리오의 편도 학구의 편도 들지 않고, 『이 소동을 어떻게 할 수 있는 방법』을 내가 제시한다면, 협력해주겠니?

그때 레온 선생님이 말했던 『방법』이란 게 이거였구나.

오라리오피아드의 최종전을 장식하는 척하면서, 용이라는『반드시 토벌해야 할 괴물』을『난입자』로 꾸며, 오라리오와 학구의 결판을 날려버렸다.

하지만 사람들이 이걸로 납득할까?

지금도『거울』로 우리를 보고 있을 모험자나 학생들을 생각하고 있으려니, 레온 선생님이 입을 열었다.

"벨. 의도는 아니었지만『계곡』의 용과 싸운 지금의 네게 묻고 싶구나. 우리는 어떻게 해야 할까?"

"어떻게 하다뇨?"

"오라리오의 모험자만으로 용들을 물리칠 수 있을까? 우리『학구』의 힘만으로 하계를 계속 지켜낼 수 있을까?"

그것은 분명 이『야외조사』의 최종과제.

조사 대상이었던 내가 이번 여행을 통해 어떤 답을 내놓을지, 레온 선생님이 내주신 마지막 의제.

니이나가 마른침을 삼키며 내 옆모습을 지켜보는 가운데, 답은 이미 정해져 있었다.

"만약 엄청난『영웅』이 나타나더라도…… 혼자서는 이길 수 없어요."

눈을 크게 뜬 소녀에게, 미소를 짓는 기사에게, 그리고 우리를 보고 있을 모든 사람에게, 너덜너덜해진 웃음을 띠었다.

"혼자서는 아무것도 할 수 없어요. 하지만 둘이라면 할 수 있는 게 있죠. 셋이라면 더 많이. 모두와 함께라면……

그야말로 뭐든지."

레온 선생님과 니이나의 도움이 없었더라면, 그 용은 절대 물리칠 수 없었을 것이다.

레온 선생님 혼자라면, 분명 그 바람의 봉인 속에 있는 용을 전멸시킬 수는 없다.

우리 한 사람 한 사람에게는 한계가 있다. 이곳에 와서 그것을 새삼 실감할 수 있었다.

그래서 나는, 큰 목소리를 내 누군가를 의지하고 싶었다. 『한 명의 영웅』보다 『많은 영웅』이 당연히 더 강할 테니까.

"그 말은 영웅담에서 나온 말일까?"

"네. 할아버지가 좋아하던 책에 나오는 대사인데…… 지금 머릿속에 갑자기 떠올랐어요."

고향 마을에서 할아버지가 내게 읽어주셨던, 어떤 영웅의 말.

계속 마음에 남아 있던 그 말이 지금 이 순간에 딱 어울리겠다는, 그런 생각이 들었다.

"저는 모두가 없으면 이기지 못한다고…… 그렇게 생각해요."

그 대답에, 레온 선생님은 만점을 매기듯 깊이 고개를 끄덕였다.

"나도 그렇게 생각한다."

"레온 선생님……."

"세상에는 아직도 서로 싸우고 있는 자들과 세력들이 많지. 하지만 나는 언젠가 단결하고 싶어. 같은 종말에 맞서는 자들끼리…… 우리가 같은 방향을 바라보고 있다는 건 의심할 여지가 없으니까."

말하면서 내미는 손에 들려줄 대답도, 이미 정해져 있었다.

레온 선생님과 웃음을 주고받으며, 악수를 나누었다.

그 모습을 가까이에서 지켜보던 니이나도 활짝 웃었다.

다시금 하늘이 칠흑의 구름에 가려지려 하는 가운데, 따뜻한 햇살은 마지막까지 우리를 비춰 주었다.

『그러면.』

말 없는 시간이 흐르던 오라리오와 『학구』에 신의 목소리가 들렸다.

『【나이트 오브 나이트】의 말대로 결판은 나지 않은 채 끝나버린 것 같은데…… 이제 어떻게 할까? 오라리오랑 학구 양쪽 다.』

어떤 기사와 마찬가지로 유들유들함을 숨기려 하지 않는 헤르메스의 목소리가 마석 확성기에 실려 암피테아트룸과 아레나에 울려 퍼졌다.

관객석에 앉은 모두가 복잡한 표정으로, 혹은 팔짱을 끼고 생각에 잠긴 가운데, 남신은 담담하게 입을 열었다.

『두려웠지, 무서웠지. 땅끝에 있는 용의 계곡은. 그런 걸 누군가가 제압해야만 해. 그리고 그런 걸 제압할 누군가는…… 싸우고 있는 동안에는 태어나지 않을걸. 이건 신의 계시라고.』

세상은 영웅을 원하고 있다──.

『학구』에 우뚝 솟은 브레이다블리크에서, 빛의 신 또한 중얼거리며 눈을 감고 미소를 지었다.

『만약 치켜들었던 주먹을 내려놓을 수 있다면, 우리 신회가 오라리오와 학구 사이를 중재해 건설적인 타협점이란 걸 마련해볼 텐데…… 어떡할까?』

신의 손바닥 위에 있었구만.

신을 싫어하는 한 모험자가 내뱉듯 말했다.

지독한 촌극이었어.

아직 어린 학생들도 그렇게 말하며 입술을 비죽거렸다.

그러므로 누구도, 어떤 대답도 나오지 않았다.

그러나 웃음과 함께 내민 신들의 손을 거부하는 이 또한, 아무도 없었다.

【레온 바덴베르크】

소속: 학구【발두르 클래스】
종족: 드워프
직업: 학구 교사
도달 계층: 제58계층
무기: 검 대검 창 도끼 철퇴 방패
소지금: 47,500,000발리스

《패룡의 대괴검》

- 대형 장검. 오더메이드. 【헤파이스토스 파밀리아】의 츠바키 콜브랜드 작.
- 소재는 『리바이어선의 푸른 송곳니』.
- 사용한 설비는 마법대국 아르테나의 마개정령로.
- 칼집에서 뽑기만 해도 약한 마물을 겁먹게 만드는 부가효과를 가졌다.
- 레온의 『지검(至劍)』의 출력에 견딜 수 있는 유일한 무장.
- 리바이어선 토벌 당시, 대파되었던 해상요새에 걸려있었던 송곳니의 일부를 발두르가 숨겨놓고 있다가 훗날 레온을 위해 무기 제작을 의뢰. 츠바키는 흥분으로 죽을 뻔했다.
- 소재는 학구 측에서 제공했으므로 실비는 츠바키와 정령로 가동비용뿐이었으나, 그것만으로도 1,300,000,000발리스가 든 초 슈페리오르(제1등급 무장).
- 다른 나라의 공주 등이 『현대의 영웅』에게 홀딱 빠진 나머지 다른 세력의 원조와 투자도 듬뿍.
- 레온 개인은 "여러 가지 악연이 생겨나다 보니 허락된다면 버려버리고 싶다"고 생각하고 있다.

스테이터스

Lv. **7**

힘: S999   내구: S907   기교: A815   민첩: C637   마력: C616

권타: E 내성: E 파쇄: F 섬참: H 패격: I

《마법》

【블레이즈 오브 라운드】

- **강화 원탁 십이계위**
  - 제1시검 퍼실 파괴 시, 『민첩』 강화.
  - 제2시검 가벨 파괴 시, 『기교』 강화.
  - 제3시검 달바자르 파괴 시, 『힘』 강화.
  - 제4시검 파이론 파괴 시, 『내구』 강화.
  - 제5시검 세메레이트 파괴 시, 『마력』 강화.
  - 제6시검 아르온 파괴 시, 전 발전 어빌리티 고보정.
  - 제7시검 메르베토레 파괴 시, 전 스킬 고보정.
  - 제8시검 자르드 파괴 시, 전 기본 어빌리티 고보정.
  - 제9시검 아르피아 파괴 시, 마법효과 고보정.
  - 제10시검 레그난트 파괴 시, 발전 어빌리티 『패광』의 일시 발현.
  - 제11시검 맥심 파괴 시, 『패격』 및 『패광』 고보정.
  - 제12시검 라그나레스 레오 달성 시, 전 【스테이터스】 고강화.

《스킬》

【드베르그 건틀렛】
- 『힘』 고보정.
- 권타에 의한 위력 강화.

【드베르그 리벨리온】
- 『내구』 고보정.
- 분노의 정도에 따라 『힘』, 『민첩』 강화 효과 상승.
- 분노의 정도에 따라 『내구』, 『기교』, 『마력』 약화 효과 상승.

후기

초등학교 때, 정말 좋아하는 선생님이 있었습니다.

선생님은 진심을 다하면 저와 친구들이 떼로 몰려와도 따라잡을 수 없을 정도로 발이 빨랐고, 우리는 전혀 닿지 않는 농구 골대에 덩크 슛도 할 수 있었습니다.

학급 친구들이 장난을 치면 손뼉을 치며 웃어주셨고, 하지만 잘못을 하면 저희가 어깨를 흠칫거릴 만큼 엄청나게 큰 목소리로 꾸짖으셨습니다. 저 말고 다른 친구들도 분명 선생님을 좋아했을 거라고 생각합니다.

선생님은 제가 무서워서 뜀틀을 못 넘을 때, 넘을 수 있게 될 때까지 함께 연습을 해주셨습니다. 처음으로 무사히 넘었을 때, 둘이 함께 소리를 지르며 기뻐했던 것을 지금도 기억합니다.

하지만 선생님은 제게 사과했습니다.

"좀 더 일찍 이렇게 하라고 가르쳐줬으면 됐을 텐데. 미안해."

저는 선생님이 왜 사과하는지 몰랐고, 그저 뜀틀을 넘었다는 사실만이 기뻐서 깔깔 웃고 있었습니다. 하지만 지금 돌이켜보면, 선생님이 뭐든 할 수 있다고 생각했던 것은 저희의 착각이고, 사실은 뒤에서 엄청나게 노력하셨던 게 아닐까, 그렇게 생각합니다.

청소를 하다 선생님이 만드신 프린트가 쓰레기통에 버려져 있었을 때, 선생님은 화를 내지 않고 쓸쓸한 눈빛을 하셨던 것 같습니다. 선생님은 당시의 저희에게는 엄청나게 어른이었고, 지금의 저에게는 깜짝 놀랄 정도로 젊은 분이셨습니다. 분명 저희보다도 고민하고, 시행착오도 많이 하셨겠죠.

저는 선생님과의 하루하루가 즐거워서, 선생님이 왜 선생님이 되려고 했는지, 선생님에게는 옛날에 어떤 일이 있었는지, 하나도 물어보려고 하지 않았습니다.

물어봤으면 좋았을 텐데.

선생님에 대해 더 알고 싶었는데.

아직 늦지 않았을까.

지금은 그런 생각만 하고 있습니다.

본편의 키 캐릭터로 설정한 레온이라는 인물을 묘사할 때, 선생님과의 그런 에피소드를 많이 떠올렸습니다.

여기까지 얘기해놓고 이런 말은 좀 그렇지만, 선생님과 레온은 전혀 안 닮았습니다. 까놓고 말해 닮은 점이 없죠. 『내가 생각한 최강의 기사 선생님』이 선생님보다 더 잘생겼고 하이스펙에다 완전 짱 셉니다. 이의는 접수하지 않습니다.

내 취향을 꽉꽉 눌러담았으니깐! 으하하! 뭐 그런 느낌입니다.

그리고 저는 최대한, 저 자신이나 주변 사람들을 캐릭터에 반영하지 않으려고 하니(지인과 캐릭터가 겹쳐버리면 이상한 기분이 들어버리는 타입이라서요), 애초에 그러려고 했어도 잘 안 됐을 거예요.

하지만 어째서인지, 그렇게나 묘사가 어려웠던 레온이, 선생님을 떠올리자 술술 써내려갈 수 있게 되었습니다.

이상하죠. 너무나도. 어째서일까요.

선생님이 만약 지금도 제게 무언가를 가르쳐주려고 하셨던 거라면, 눈물이 나오네요.

만남이란 멋진 것입니다.

만났을 때는 몰랐더라도, 시간이 흐른 후에 보물이었던 것을 깨닫게 되는, 그런 것일지도 모릅니다. 본편을 쓰면서 그런 생각을 했습니다.

마지막으로, 추한 변명이 되겠지만, 주인공이 기사를 보며 품은 마음이나 동경에는, 어쩌면 제가 선생님께 느꼈던 주관이 담겨 있을지도 모르겠습니다. 그 점만은 정말로 죄송합니다.

그러면 감사의 말씀으로 넘어가겠습니다.

담당 우사미 님, 이번 권도 신세 많이 졌습니다. 새로 담당 편집으로 들어와 주신 나카미조 님, 츠쿠이 님, 앞으로 잘 부탁드립니다. 일러스트 야스다 스즈히토 선생님, 레온과 캐릭터들에게 싱그러운 생명을 불어넣어 주셔서 정말로 감사드립니다.

이번 20권은 한정 특장판도 간행되면서 많은 분들의 도움을 받았습니다. 소책자 표지를 그려주신 니리츠 선생님, 게스트 일러스트를 기고해주신 야마치 타이세이 선생님, 야기 타카시 선생님, 모모야마 히나세 선생님, 후쿠키츠네 선생님, 쿠로데코 선생님, 그 밖의 관계자 여러분, 깊은 감사의 말씀을 올립니다. 느닷없이 한정특장판이 결정되어 매우 바빠졌습니다만, 덕분에 무사히 간행될 수 있었습니다. 정말 고맙습니다.

마지막으로 독자 여러분, 던전만남 본편도 마침내 20권이라는 한고비를 넘었습니다.

여기까지 읽어주셔서 정말 감사합니다. 앞으로도 읽어주시면 정말 기쁘겠습니다.

여기서부터는 선전이 되겠습니다만, 이 던전만남 본편과 『외전 소드 오라토리아』는 19권과 13권부터 표면과 이면의 타임라인으로 진행됩니다.

특히 이 본편 20권과 외전 15권은 표면과 이면의 관계를 말할 때 중요한 역할을 하게 되리라 생각합니다.

궁금하신 분은 부디 다음 달에 발매될 오라토리아 15권을 읽어주시기 바랍니다.

외전을 지금까지 읽지 않으셨던 분도, 이번 15권부터 들어가 보시는 것도 괜찮으리라 생각합니다.

시리즈 내에서도 가장 짧은 장, 제5부 『학구편』은 이것으로 끝.

다음 권부터는 드디어 최종장에 돌입하게 됩니다.

부디 기다려주시기 바랍니다.

여기까지 읽어주셔서 감사합니다.

이만 실례합니다.

오모리 후지노

이것은 소년과 기사 일행이 오라리오로 돌아온 후에 알
게 될 결말이다.

오라리오피아드의 승패는, 2승 2패 1무의 무승부라는
결과로 끝났다.

레온은 벨을 상대로 처음부터 끝까지 우세했다.

판정을 매긴다면『학구』의 승리.

그런 못난 소리를 하는 자는 아무도 없었다.

오라리오와 동등한 힘을 가졌음을 증명한『학구』측은,
헤르메스의 선언대로 신회 주도의 중재 아래 오리할콘 전
량 회수 요구를 철회.

그 대신『길드』가 추진하는『샤프트 계획』의 참가권을 요
구했다.

"세계를 구하기 위한 던전 공략, 세상을 위한 사업이라
면 우리도 협력을 아끼지 않겠습니다. 게다가 학구가 자랑
하는『연금학과』가 샤프트 설계에 관여하지 않는다면 예상
할 수 있는 사고의 가능성도 대폭 줄겠지요. 좋은 일밖에
없지 않나요?"

눈을 감은 채 미소와 함께 그렇게 말하는 학구 교장 발
두르에게, 길드는 마침내 설득당하고 말았다.

리크루트 재개를 비롯한 여러 좋은 조건까지 들먹이니
어쩔 수 없었다.『세기의 사업』으로 명성과 권위를 독점하
고 싶었던 길드장 로이먼 혼자만 미련스레 울며 겨자 먹기

로 문안에 조인했다.

신회의 암약은 그 후로도 이어졌다. 온 하계에 알려진 미궁도시와 학구의 대립—— 통렬한 이미지 다운을 불식시키기 위해, 어지간해서는 대중의 눈앞에 나오지 않는 창설신 우라노스를 끄집어내선, 학구 교장 발두르와 손을 잡은 모습이 실린 센세이셔널한 정보지까지 확신시켰다.

양측이 맺은 우호와 계약의 순간을, 수많은 기술자가 흥분하며 그림으로 담아 온 대륙에 뿌렸을 정도였다.

"우라노스의 독승이네."

뚜껑을 열고 보니『학구』의 전면협력을 얻어낸——신회의 움직임도 미리 예측했던—— 노신의 모습에, 그동안 혼자 안절부절못하던 흑의의 메이거스는 깊은 한숨과 함께 투덜거렸다고 한다.

역시 신 따위는 신용할 수 없다는, 그런 푸념을 곁들여서.

"생각했던 것 이상으로 잘 풀렸지, 발두르? 벨 군도 한 단계 성장한 것 같아서 나로서도 만만세지만…… 그쪽의 꿍꿍이에 확실하게 협력해줬으니, 대가는 두둑이 챙겨줘야 해."

여리여리한 남신은 시벽 위에서 바람 속에 사라져가는 독백 한 마디를 남겼다.

오라리오피아드를 선언하기 전, 길드의 오리할콘 징수가 시작된 직후부터 발두르와 함께『간계』를 꾸며온 주신의 모습에, 만능한 권속은 어딘가의 메이거스와 마찬가지로 한숨을 쉬었다.

"오라리오……라기보다 길드는 아직도 용서할 수 없지만, 레온 선생님이 그렇게 말씀하셨으니, 어쩔 수 없잖아……."

"『용의 계곡』이 얼마나 무서운지는 우리도 계속 봐왔고…… 실제로 우리끼리 싸울 상황도 아니니까."

"얘들아! 납득하고는 싶지만 넘어가 주기는 힘들다는 그런 찜찜한 표정 할 거 없어! 난 이미 다 알고 있었거든! 라피……가 아니라 벨 크라넬 같이 엄청 훌륭한 모험자는 오라리오에 얼마든지 있다는 걸!"

『학구』의 어린 학생들은 명분만으로 납득할 수 없어 더러 복잡한 심정을 품기도 했지만, 결국 이 결정에 이의를 제기하는 사람은 나타나지 않았다.

누구보다도 세계의 위기를 자각하고 있다고 자부하는 학생들은 조금 더 어른이 되기로 했던 것이다. 어떤 워스트 파티가 주장했듯, 어이없을 정도로 우직한 흰토끼의 늠름한 모습에 감동했다. 혹은 다시 보았다는 감정의 변화도 약간은 있었을지 모른다.

확실한 것은, 던전 탐색을 더욱 활발히 하기 위해 인턴을 지망하는 사람이 급증했다는 사실뿐이다.

마지막으로 오라리오.

모험자를 중심으로 밉살맞은 농담을 하던 미궁도시는,

어떤 결정을 내렸다.

그것은 어떤 『명명』.

대상은 벨 크라넬.

주어진 이명은 『사자와 토끼의 빛』—— 【레굴루스 아르네】.

제우스와 헤라의 파벌로부터 다음 세대로, 그리고 사자에게서 토끼에게로 전해진 빛이자 희망을 노래하는 존재.

신회에서 제출한 그 칭호에, 주신인 여신은 두 손 들고 항복의 뜻을 보이며 명명을 인정했다.

Lv.5, 제1급 모험자로서의 공식 호칭에, 명성은 급증.

도시는 들끓고, 학구는 인정했으며, 세계는 새로운 꿈을 이어나갔다.

한 마리의 토끼가 영웅들의 대열에 들어서, 검은 종말을 물리치리란 것을.

하계의 비원이 이루어질 미래를.

깨지 않는 꿈이기를 기도하며, 사람들은 신들과 함께 희망을 노래했다.

"미안했다, 벨. 가혹한 짓을 강요해서."

"아, 아뇨, 괜찮아요. 깜짝 놀라긴 했지만, 오라리오와 학구가 화해하기 위해선 필요했던 거였고……. 게다가 폴크방보다 완전 배려가 넘쳐나서 그나마 나았고…… 하, 하하하……."

아직 미궁도시에 도착하지 못해 그런 정보를 알 리 없는 소년은 하프엘프 소녀, 그리고 기사와 함께 창공 아래를 걷고 있었다.

"저기…… 레온 선생님."

"왜?"

"헤어진 부모님과는…… 다시, 만나셨나요?"

북쪽 땅끝과는 달리 맑게 갠 바람으로 가득 차고, 발밑에는 풀과 꽃이 조용히 흔들리는 가운데, 벨은 마음을 먹었다.

벨 크라넬에게 길러준 사람은 있어도 부모님은 없다. 부모님이란 말에 품은 것은 선망과 동경인지도 모른다. 하지만 가족의 유대를 무엇보다도 소중히 생각하기에, 부모님과 작별했다는 이야기를 슬프게 생각했다. 그 후 레온은 가족과 어떻게 되었을지, 사실은 계속 묻고 싶었다.

새파란 하늘과 녹음이 넘치는 초원에 등을 떠밀려, 소년은 과감하게 물어보았다.

"아아…… 맞아. 그런 옛날이야기도 들려주었지. 너한테는 알 권리가 있겠구나……."

니이나가 의아하다는 듯 고개를 갸웃거리는 가운데, 은백색 갑옷의 기사는 발을 멈추었다.

조금 겸연쩍은 듯 『알브 산맥』으로 시선을 피하는가 싶더니, 한때의 말썽꾸러기였던 드워프는 대답했다.

"교사가 된 후, 두 분이 계신 도시로 찾아갔어."

그래서요? 하고 소년은 몸을 내밀며 물었다.

조마조마하며 자신을 올려다보는 루벨라이트색 눈동자
에, 레온은 쓴웃음을 지었다.

"지금의 나를 보고…… 울면서 기뻐하시던걸. 부끄러웠
지만…… 기뻤다."

뺨을 붉적이며, 기사는 소년처럼 멋쩍게 웃었다.

벨 또한 그 얼굴을 보고 활짝 웃었다.

🔥

"지쳤다아~……. 아무 말 없이 학구에서 나와버렸는데,
다들 화났으려나?"

까마득히 올려다봐야 하는 도시문을 지나며, 니이나는
기지개를 쭉 켰다.

장소는 북쪽 메인 스트리트.

『검은 황야』에서 귀환한 벨 일행은 다시금 따뜻한 햇빛
을 온몸 가득 받았다.

"걱정은 하겠지. 전부 내 독단이나 마찬가지였으니 니이
나가 걱정할 필요는 없단다. 내가 모두에게 사과하마."

"네에?! 레, 레온 선생님에게만 그런 일을 맡길 수는……!"

"아하하…… 나도 동료들한테 사과해야지."

이런 면에서도 올곧고 성실한 레온에게 니이나는 황송
해하며 두 손을 내젓고, 벨도 남의 일이 아니라 쓴웃음을

지었다.

　맑게 갠 하늘을 보며 루벨라이트 색 눈을 가늘게 뜬다.

　벨은 이번 여행을 통해 마음의 변화를 느꼈다.

　독기로 뒤덮인 『검은 황야』, 북쪽 땅끝이 잃어버린 이 푸르름을 결코 놓치지 않겠다고, 그런 마음을 새로이 다졌다.

　'강해지자. 지금보다도 더. 주신님께 힘을 빌리고, 【파밀리아】의 모두…… 그리고 아이즈 씨 같은 분들과 함께.'

　마음속으로 맹세하며 다시 걸어나갔다.

　자신과 니이나의 몫까지 짐을 들어준 레온에게 마지막까지 감사하며, 우선은 이런저런 보고를 하고자 길드 본부로 발을 향했다.

　이번에도 도시를 들썩이게 한 인기인 겸 문제아에게, 주민들이 노고를 치하하는 성원을 보내고.

　──그런 광경은, 거의 없었다.

　조용했다.

　도시 전체가.

　그러면서도 급격하게, 기이한 술렁임으로 덮여나갔다.

　자신들이 모르는 오라리오의 모습에 벨 일행은 발을 멈추고 말았다.

　"분위기가 왜 이럴까요……? 오라리오가 이런 느낌이었나……?"

　"……아무래도 도시 중앙 쪽이 소란스러운 것 같구나."

　"으음……? 한번 가보죠."

니이나가 주위를 둘러보면서 당황하고, 레온이 Lv.7의 청각을 발휘해 진원지를 알렸다.

벨은 불길한 느낌을 받으며, 도시 북서쪽에 세워진 길드 본부에서 진로를 돌렸다.

일반인이, 모험자가, 신들이.

시야에 비친 모두가 무언가를 속삭이며, 달라진 눈빛으로 뛰어나갔다.

벨 일행과 같은 방향으로.

백색 거탑을 향해.

마치 무언가에 이끌리고 떠밀리는 것처럼, 벨 일행의 발도 빨라지고 있었다.

종종걸음에서 달리기로, 달리기에서 질주로.

남쪽으로 가면 갈수록, 도시 중심으로 다가갈수록 술렁임이 비명으로 바뀌어갔다.

불길한 느낌이 강렬한 예감으로 바뀌었다.

그렇게나 맑았던 마음이 불안으로 가득 찼다.

'뭐지……? 무슨 일이 있었던 거야?!'

이내 도착한 센트럴 파크.

모험자들이 던전으로 내려가버리면 한산해져야 할 광장에, 속속 사람들이 모여들고 있었다. 이제는 일대 사건이 일어났다는 것은 의심의 여지가 없어, 벨은 많은 이들을 헤치면서 소동의 중심, 거탑『바벨』로 뛰어들었다.

그리고.

"베, 벨 군……"

"언니, 무슨 일이야?!"

문을 지나자마자, 어째서인지 그 자리에서 얼어붙어 있던 에이나가 벨 일행을 알아보았다.

창백하게 질린 얼굴로, 니이나가 불러도 떨리는 눈으로 벨을 바라보며 『여길 떠나줘』라고── 애원하듯 그렇게 호소했다.

이제는 심장 고동 소리가 일그러지는 기분이었다.

그리고 주위에 감도는 『피 냄새』가 결정적으로 뇌리를 붉은색과 검은색으로 명멸시켰다.

호흡을 멈춘 벨은 눈을 크게 뜨고, 힘없이 뻗어 나오는 에이나의 손을 피해, 지금도 고함이 오가는 인파를 헤치며 나아갔다.

"─────────."

그리고 그곳에 있던 것은, 피 냄새의 근원.

선혈에 침범당한 모험자들.

많은 부상을 입고, 몸의 일부를 잃은 자들마저 보이는, 만신창이의 【파밀리아】.

너덜너덜해진 단기에 새겨져 있던 것은, **광대의 엠블럼**.

"『원정』은 실패! 『원정』은 실패!! 60계층에서 파벌연합은 **궤멸**!!"

절망에 사로잡힌 모험자들 속에서 흑발의 청년이 외쳤다.

자신도 피투성이가 되어, 한쪽 팔을 붙든 채, 지금이라도 쓰러질 것 같은 얼굴로 여전히 호소했다.

핏발이 선 눈으로 눈물을 흘리며, 통곡에 가까운 목소리를 높였다.

"어서, 응원을!! 동료들이, 단장님 일행이 아직도『심층』에――!!"

모든 시간이 정지해버린 신의 탑 안에서, 벨의 눈이 한계까지 크게 뜨였다.

어디에도 없었다.

상처 입은 모험자들 속에, 그녀는 없었다.

검사의 모습은.

금발의 소녀는.

목표로 삼아왔던 동경은, 이 지상에 존재하지 않았다.

희망을 너무나도 쉽게 배반하고 비웃는 절망이, 그 이름을 고했다.

【로키 파밀리아】전멸————.

던전에서 만남을 추구하면 안 되는 걸까 20 소책자 특장판

2025년 4월 15일 1판 1쇄 발행

저　　　자	오모리 후지노
일 러 스 트	야스다 스즈히토
옮 긴 이	김민재
발 행 인	유재옥
이　　　사	조병권
본 부 장	박광운
담당편집	정영길
편 집 1 팀	박광운
편 집 2 팀	정영길 조찬희 박치우
편 집 3 팀	오준영 이소의 권진영 정지원
미　　　술	김보라
라이츠담당	김정미 이윤서
디 지 털	김경태 김지연 윤희진
발 행 처	㈜소미미디어
제 작 처	코리아피앤피
등　　　록	제2015-000008호
주　　　소	서울시 마포구 토정로 222, 502호 (신수동, 한국출판콘텐츠센터)
판　　　매	㈜소미미디어
마 케 팅	최원석 윤아림 이다은
경영지원	최정연
전　　　화	편집부 (070)4164-3962, 3963　기획실 (02)567-3388
	판매 및 마케팅 (070)4165-6888, Fax (02)322-7665

ISBN 979-11-384-3693-9 (세트)